何かが道をやってくる

レイ・ブラッドベリ
中　村　　融　訳

創元ＳＦ文庫

SOMETHING WICKED THIS WAY COMES

by

Ray Bradbury

目次

愛をこめて、ジーン・ケリーの思い出に捧ぐ
彼のパフォーマンスに感化され、わたしの人生は変わった

人は愛するものであり、はかないものこそを愛す

――W・B・イエイツ

彼らは悪を行わなければ眠ることができず、
人をつまずかせなければ、寝ることができず、
不正のパンを食らい、暴虐の酒を飲むからである。

――箴言《しんげん》　第四章、十六節―十七節

おれは先々のことを見通してるわけじゃねえが、何が来ようと笑って立ち向かってやる

――『白鯨』の登場人物スタッブ

何かが道をやってくる

プロローグ

なにより大事なのは、それが十月に起きたということだ。少年たちにとって格別な月。もっとも、格別でない月があるわけではない。とはいえ、海賊たちの格言にもあるように、よい月もあれば悪い月もある。たとえば九月は悪い月だ。なにしろ学校がはじまる。いっぽう八月はよい月だ。学校がまだはじまっていない。ならば七月はどうだろう。七月はじつにすばらしい。はじめから終わりまで夏休みだ。では六月は。まちがいなく六月が最高だ。学校のドアというドアがパッと開け放たれ、九月は十億年も先なのだから。

さて、あらためて十月を例にとろう。新学年がはじまって一カ月。きみは手綱《たづな》さばきにも慣れてきて、快調に駒《こま》を進めている。プリケットじいさん家《ち》のポーチにぶちまけるゴミのことや、月の最後の夜にＹＭＣＡへ着ていく毛むくじゃらの大猿のコスチュームのことを考える余裕もできている。十月も二十日ごろになって、あらゆるものに煙のにおいがしみこみ、たそがれ時の空がオレンジ色と灰色に染まるようになっているのなら、ハロウィーン（十月三十一日）が待ち遠しくて、永久に来ないような気がしてくる。

だが、ある奇妙奇天烈《きてれつ》で暗く長い年、ハロウィーンは早めにやってきた。

その年、ハロウィーンは十月二十四日の午前三時にやってきたのだ。

そのとき、オーク通り九十七番地のジェイムズ・ナイトシェイドの年齢は十三歳と十一カ月と二十三日。お隣のウィリアム・ハローウェイは十三歳と十一カ月と二十四日。ふたりとも十四歳を目前にして、それを手中にしたも同然だった。

そう、それは十月の最後の週の出来事だった。ふたりが一夜にして成長し、もう子供ではなくなったのは……。

第一部　到来

1

避雷針《ひらいしん》売りは嵐に先駆けてやってきた。十月も下旬のある曇りの日、しきりにうしろをふり返りながら、イリノイ州グリーン・タウンの通りを歩いてきたのだ。さほど遠くないどこかで、すさまじい稲妻《いなずま》が大地を蹂躙《じゅうりん》しているのだろう。どこかで嵐が、恐ろしい牙《きば》を生やした大きな獣《けもの》のように荒れ狂っているにちがいない。

だから避雷針売りは足早に歩き、大きな革袋をガチャガチャ鳴らしていた。そのなかには特大のパズルのような金物《かなもの》がおさまっているのだが、この男が一軒一軒訪ねてまわり、売り口上《こうじょう》を述べても、それが陽《ひ》の目を見ることはなかった。やがて男は不ぞろいに刈《か》られた芝生に行き当たった。

別に芝生が気になったわけではない。避雷針売りは視線をあげた。ゆるやかな斜面の上のほうで、ふたりの少年が芝草の上に寝そべっていた。ふたりは背恰好が似ていて、この夏グリーン・タウンじゅうの置物に片っ端から指紋をつけ、新学年がはじまってからは、町と湖と川のあいだを走る小径《こみち》に片っ端から足跡をつけてきたことに満足しきって、いまは小枝に穴をあけて笛を作りながら、来し方行く末について語りあっていた。

「やあ、きみたち！」嵐の色の服で全身を固めた男が声をはりあげた。「おうちの人はいる？」

少年たちはかぶりをふった。

「きみたち、お金持ってる？」

少年たちはかぶりをふった。

「そうか――」避雷針売りは三フィートほど歩いて立ち止まり、肩をすぼめた。うなじに注がれる視線に不意に気づいたとでもいうようだった。家々の窓や、寒々《さむざむ》しい空に見つめられている気がするのだろうか。男はクンクンと空気のにおいを嗅《か》ぎながら、ゆっくりと向きを変えた。風が吹いて、葉の落ちた街路樹をざわめかせた。分厚い雲の小さな裂け目から射す陽光が、最後まで残っていた数枚のオークの葉を黄金《こがね》色に染めた。しかし、太陽が姿を消し、それら金貨は使われてしまい、空気は灰色になった。避雷針売りがぶるっと身震いして、われに返った。

避雷針売りは芝生をゆっくりと登っていった。

「ねえ、きみ、名前は？」

するとノゲシのように白みがかった金髪の少年が、片目を閉じて、首をかしげ、開いたほうの片目だけで避雷針売りを見た。夏の雨のしずくのようにキラキラ輝く澄みきった目だった。

「ウィル」彼はいった。「ウィリアム・ハローウェイ」

嵐の紳士が首をまわし、

「そっちのきみは？」

もうひとりの少年は動かずに、秋の芝草の上で腹這《ば》いになったままだった。まるで偽名を使おうかどうか迷っているみたいだ。髪の毛はもじゃもじゃで、蠟《ろう》塗りの栗《くり》材を思わせる光沢のある色をしていた。自分の内部の遠い一点を見据えているような瞳は、水晶のようなミントグリーンだ。やがて彼はさりげなく枯《か》れ草をくわえて、

「ジム・ナイトシェイド」といった。

避雷針売りの男は、最初から知っていたというかのようにうなずいた。

「ナイトシェイド。そいつは変わった名前だな」

「でも、ぴったりなんだよ」とウィル・ハローウェイ。「ぼくは十月三十日の午後十二時一分前に生まれた。ジムは午後十二時の一分後に生まれたから、十月三十一日生まれってことになる」

「ハロウィーンの生まれだよ」とジム。

少年たちは生《お》い立ちのすべてを話して聞かせた。隣同士に住んでいた母親たちが、病院へそろって駆けこみ、それぞれの息子――ひとりは光で、ひとりは闇――を百二十秒の差で産み落としたのを誇りに思っていること。生まれてからずっといっしょに誕生日を祝ってきたことを。ちなみに、毎年ウィルが午後十二時一分前にひとつきりのケーキに蠟燭《ろうそく》をともし、その二分後、つまり月の最後の日のはじまりと同時に、ジムが蠟燭を吹き消すのだ。

ウィルが興奮気味にこれだけのことを語った。ジムは無言でこれだけのことに同意した。嵐に追いつかれていないものの、ここで足止めを食った避雷針売りは、顔から顔へ視線を移しながら、これだけのことを聞きとった。

「ハローウェイ。ナイトシェイド。お金はないんだね?」

男は仕方がないといいたげに革袋のなかをかきまわし、鉄製の珍妙《ちんみょう》なものを引っぱりだした。

「持ってけ、泥棒! なんでかって? どっちかの家に雷《かみなり》が落ちるからだよ! この避雷針がなかったら、ドッカーン! 火事になって、豚の丸焼きと消し炭《ずみ》のできあがりだ! 受けとれ!」

避雷針売りが棒を放《ほう》った。ジムは動かなかった。だが、ウィルが鉄の棒をつかまえて、息を呑んだ。

「うへ、こいつは重いな! それにおかしな形をしてる。こんな避雷針、見たことない。ほら、ジム!」

するとジムが、とうとう猫のように伸びをして首をめぐらした。緑の目が大きくなり、ついで糸のように細くなる。

その金属製のものは、三日月と十字架を合わせたような形に鍛造《たんぞう》されていた。心棒をとり巻くように小さな渦巻やらなにやらがハンダづけされている。表面全体に見慣れない文字が細かく刻まれている。舌がもつれるか、顎《あご》がはずれるかしそうな名前、足し合わせたら途方もない桁《けた》になりそうな数字、籾殻《もみがら》めいた形をして、棘《とげ》と鉤爪《かぎづめ》を生やしている昆虫の絵文字。

「それはエジプトの文字だ」とジムが鉄棒にハンダづけされた昆虫を鼻で示し、「スカラベっていう甲虫《こうちゅう》だよ」

「仰《おお》せのとおりだ！」

ジムが目をすがめ、

「で、そっちのは――ミミズがのたくったようなフェニキアの文字」

「ご明察！」

「なんで？」とジム。

「なんでかって？」と男。「なんでエジプト語と、アラビア語と、アビシニア語と、チョクトー語が彫りこんであるのかって？　だって、風は何語を話すんだい？　嵐の国籍はどこだい？　雨はどの国から来るんだい？　稲妻は何色だい？　雷はやんだら、どこへ行くんだい？　きみたち、セント・エルモの火をつかまえようと思ったら、ありとあらゆる国のありとあらゆる言葉に通じてなくちゃいけない。そうでないと、シューシューうなる猫みたいに大地をうろつく、あの青い光の玉はつかまえられないんだ。ここにあるのは世界でただひとつ、どんな嵐の音だって聞き分けて、正体を見きわめ、急所を突いてやれる避雷針だ。相手がどの国の言葉を話そうが、どんな声を出そうが、どんな記号を使おうが関係ない。とてつもなく声の大きい雷を敵にまわしても、この避雷針ならいい負かせるんだよ！」

しかし、ウィルの視線はいま男の向こう側に注がれていた。

「どっち」彼はいった。「どっちの家に雷が落ちるの？」

「どっちかって？　ちょい待ち、ちょい待ち」避雷針売りはふたりの顔の奥まで探るような目つきで、「世の中には稲妻を引きよせる人がいる。猫が赤ん坊の息を吸いとるみたいに吸いよせるんだ。磁極がプラスの人もいれば、マイナスの人もいる。暗闇のなかで光る人もいるし、ふっと消えちまう人もいる。さて、きみたち、きみたちふたりは……ええと——」

「雷がこの辺に落ちるって、どうしていい切れるの？」ジムが目を輝かせて、いきなり尋ねた。

避雷針売りは虚《きょ》をつかれたようだった。

「そりゃあ、おれには鼻と目と耳があるからだ。あの家はどっちも木造だろ！　耳をすましな！」

ふたりは耳をすました。午後の涼風《すずかぜ》のもとで、彼らの家がかしぐ音がしたのかもしれないしなかったのかもしれない。

「稲妻が伝わるには、流路《りゅうろ》ってもんがいるんだ。川みたいなもんだな。二軒の屋根裏部屋のどっちかは干《ひ》あがった川床《かわどこ》で、そこに稲妻を流したくてうずうずしてるんだよ！　それも今夜だ！」

「今夜だって？」ジムがうれしそうに上体を起こした。

「そんじょそこらの嵐じゃないぞ！」と避雷針売り。「このトム・フューリーさまがいうんだ。憤怒《フューリー》だぞ、避雷針を売る商売にはうってつけの名前だろう。芸名みたいなもんだろうって？　とんでもない！　名前がおれを焚《た》きつけ、この商売をはじめさせたのかって？　そのとおりだ！　おれは雲から火が飛びだして、世界を跳《は》ねまわるのを見て大きくなった。みんながあわてて隠れるのを見てきた。で、考えたんだ――ハリケーンの進路を図面にして、嵐の地図を作ってから、この奇跡の楯《たて》、鉄の棍棒《こんぼう》をふりまわしながら先まわりしてやろうってな！　おれは信心深い人たちの家をざっと十万軒は守ってきた。その人たちがぬくぬく暮らせるようにしてきたんだ。だから、おれが話をするときは、耳の穴をかっぽじって聞いたほうが身のためだぞ！　日が暮れる前に屋根へ登って、この避雷針を高いところへ打ちつけて、地面までアース線を引くんだ！」

「だから、どっちの家に落ちるの、どっちか教えてよ！」とウィルが尋ねる。

避雷針売りはあとずさり、大きなハンカチで洟《はな》をかむと、まるで音もなく時を刻む大きな時限爆弾に近づいていくかのように、ゆっくりと芝生を横切った。

彼はウィルの家の玄関ポーチの親柱《おやばしら》に触れ、柱に、床板《ゆかいた》に手を走らせてから、目を閉じて家にもたれかかり、その骨組みの語る声に耳をすました。

それから、ためらいがちに、隣のジムの家へと慎重に移動した。

ジムは立ちあがって見ていた。

避雷針売りは手を伸ばして古いペンキに触れ、撫《な》でまわし、指先を震わせた。

「こっちだ」とうとう彼はいった。「こっちに落ちる」

ジムが誇らしげな顔をした。

避雷針売りはふり返らずにいった。

「ジム・ナイトシェイド、こっちがきみの家だな?」

「ぼくん家《ち》だ」とジム。

「やっぱりそうか」と男。

「ねえ、ぼくん家《ち》はどうなの?」とウィル。

避雷針売りはもういちどウィルの家のにおいを嗅いだ。

「いや、あっちには落ちない。まあ、火花がひとつふたつは雨樋《あまどい》に飛ぶだろう。でも、本物のショーはこっち、ナイトシェイドの家で催《もよお》される! おっと!」

避雷針売りは急いで芝生を引き返し、大きな革袋をつかんだ。

「もう行かないと。嵐が来るんだ。ぐずぐずするなよ、ジム。さもないと――ドッカーン! きみの五セント白銅貨《はくどう》と十セント銅貨と一セント銅貨が、電気メッキでくっついちまうぞ。エイブ・リンカーンが溶けてミス・コロンビアとくっついて、二十五セント銀貨の裏で鷲《わし》が羽根をむしられて、全部がジーンズのポケットのなかで水銀みたいになっちまうんだ。それどころじゃない! 雷に打たれたら、だれだってこの世の見納めだ。まぶたをあげたら、目玉に映ってるんだ、ピン先に書かれた主《しゅ》の祈りみたいにくっきりとな! なにが映ってるかって? 火が空から降りてきて、きみをブリキの笛みたいに吹っ飛ばし、きみの魂《たましい》を吸いあげて、光り輝く階段を昇らせる場面だよ。箱形カメラの写真みたいなもんだ! さあ、そいつを高いところに打ちつけな。さもないと、夜明けには死人になってるぞ!」

そして鉄の避雷針の詰まった袋をガチャガチャいわせながら、避雷針売りはくるっと向きを変えて歩道へ出た。空に、屋根に、木々に向かって盛んに目をしばたたかせていたが、やがて目を閉じて、クンクンにおいを嗅いでは、つぶやきながら歩いていく。

「いやはや、まずいぞ、ここへ来る、感じるぞ、いまは遠いけど、どんどん迫ってくる……」

そして嵐のような暗い色の服を着た男は、雲の色の帽子を目深《まぶか》にかぶって行ってしまった。

木々がざわめき、空は急に老《ふ》けこんだ感じで、ジムとウィルは風のにおいを嗅いで、電光の気配を探っていた。ふたりのあいだに避雷針が落ちていた。

「ジム」ウィルがいった。「なにを突っ立ってるんだ。きみの家だっていわれただろう。その避雷針を打ちつけないと」

「やめとくよ」ジムがにやりと笑った。「せっかくのお楽しみをふいにすることはないさ」

「お楽しみだって！　頭がおかしいのか？　ぼくは梯子《はしご》をとってくる！　きみは金槌《かなづち》と釘《くぎ》と針金だ！」

しかし、ジムは動かなかった。ウィルが走りだした。梯子をかついでもどってくる。

「ジム。お母さんのことを考えろよ。焼け死んでほしいのか？」

ウィルひとりが家の側面へ登り、下を見た。ジムがのろのろと梯子まで来て、登りはじめるところだった。

はるか彼方《かなた》、雲の影に覆われた丘陵《きゅうりょう》で雷鳴がとどろいた。

ジム・ナイトシェイドの家の屋根の上で、空気はすがすがしかった。

さしものジムもそれは認めるしかなかった。

2

水責めの拷問《ごうもん》や、人を細切《こまぎ》れにする刑罰や、白熱した溶岩《ようがん》を城壁から道化や香具師《やし》の頭にぶっかける方法について書いた本ほど面白いものはない。ジム・ナイトシェイドはそういってはばからず、そういう本ばかり読んでいた。国立第一銀行の破り方でなければ、投石機の作り方か、キャベツの夜（子供や若者のいたずらが許される夜）にそなえて、黒いコウモリ傘《がさ》を気味の悪いコウモリのコスチュームに仕立てる方法に関する本だった。ジムはそういったすばらしい知識をすべて吐きだした。するとウィルが吸いこむのだった。

ジムの家の屋根に避雷針をとりつけおわると、ウィルは得意げで、ジムは面目《めんもく》を失ったという顔をしていた。ジムにしてみれば、自分たちがふたりとも臆病風に吹かれたとしか思えなかったからだ。すっかり日も暮れて、夕食をすませると、ふたりが週にいちど図書館まで走って行く時間だった。

少年ならだれでもそうだが、ふたりはどこへも歩いて行かない。ゴールを定めて、押しのけあうようにして走りだすのだ。勝者はいない。勝者になりたい者もいない。友情の証《あかし》に、影と影になって永遠に走りたいだけなのだ。ふたりのテニス・シューズが小馬の足跡を、芝生に、剪定《せんてい》された灌木《かんぼく》やリスのいる木のわきに並行につけていき、ふたりの手が同時に図書館のドアの把手《とって》をたたき、ふたりの胸が同時にゴール・テープを切る。こうして、どちらも負けずに、ふたりとも勝ち、仲違いしたときにそなえて友情を貯《たくわ》えておくのだ。

生暖かい風が吹き、ついで涼しい風が吹いたこの夜もそうだった。ふたりは八時になると風に乗って繁華街へ向かった。指と肘《ひじ》に翼が生えた気がしたかと思うと、つぎの瞬間には新たな空気の領域へ飛びこんでいた。澄みきった秋の川が、行かなければならない場所まで飛ぶような速さで運んでくれた。

階段を登る。三段、六段、九段、十二段！　パシン！　ふたりの掌《てのひら》が図書館のドアをたたいた。

ジムとウィルはにやりと顔を見合わせた。なにもかもがすばらしい。風が吹く静かな十月の夜も、いま緑の笠《かさ》のついた電灯とパピルスのほこりをなかに用意して待っている図書館のたたずまいも。

ジムが耳をすました。

「あれはなんだろう？」

「えっ、風じゃないのか？」

「音楽みたいだ……」ジムは目をすがめて地平線を見た。

「音楽なんか聞こえないよ」

ジムはかぶりをふった。

「消えちゃった。でなければ、空耳《そらみみ》だったのか。行こう！」

ふたりはドアをあけ、なかへはいった。

立ち止まる。

奥行きのある図書館の閲覧室がふたりを待っていた。

外の世界ではたいしたことは起こらない。だが、特別な夜にここ、つまり紙と革に囲まれた国では、なにが起きても不思議はないし、じっさいつねに起きている。耳をすませ！　すると一万人が、犬の耳にしか聞こえないほど高い音で絶叫している。百万人が大砲を運び、ギロチンの刃《は》を研《と》いでいる。中国人が四列縦隊《じゅうたい》で永遠に行進している。たしかに目には見えないし、音も聞こえない。だが、ジムとウィルには耳と鼻だけでなく舌という授《さず》かり物があるのだ。ここは遠い国々から来た香辛料《スパイス》の工場だ。ここでは異邦の砂漠がまどろんでいる。正面にデスクがあり、そこで感じのいい老嬢のミス・ワトリスが紫のスタンプを本に押してくれるが、その先にはチベットと南極大陸とコンゴ川がある。もうひとりの司書のミス・ウィリスが、北京《ペキン》と横浜とセレベスの断片を物静かに運びながら、外モンゴルを通りぬけて行く。さらに奥まった先に三列目の本棚があり、年老いた男が静かに箒《ほうき》で床を掃《は》きながら、暗がりのなかで落ちたスパイスを積みあげている……。

ウィルは目をみはった。

いつも驚かされる――この老人と、その仕事と、その名前には。

あの人はチャールズ・ハローウェイだ、とウィルは思った。ぼくのお祖父《じい》さんじゃないし、遠くを放浪している年のいったおじさんでもない（そう考える人もいるだろうが）……ぼくの父さんだ。

　通路をふり返って、この隔絶された深度二万尋《ひろ》の世界を訪ねてきた息子の姿を見たとしたら、やっぱりパパも愕然《がくぜん》とするのだろうか？　ウィルが姿を見せると、パパはいつも茫然《ぼうぜん》とした顔をする。まるでふたりが前世で出会っていて、ひとりは歳をとったのに、もうひとりは若いままで、この事実がふたりのあいだに立ちはだかっているかのように……。

　はるか彼方で、老人が笑みを浮かべた。

　ふたりは慎重に歩みよった。

「おまえかい、ウィル？　今朝から一インチも背が伸びたじゃないか」チャールズ・ハローウェイは視線を移した。「ジムかい？　目はますます黒くなったし、頬《ほほ》はますます青白くなった。もっと陽に当たったほうがいいんじゃないかね、ジム」

「大きなお世話《ヘック》だ」とジム。

「ヘックなんていう場所はない。でも、地獄《ヘル》ならまさにここにある、アリギエーリの『A』の下に」

「寓意《アレゴリー》ってなんのことです」とジム。

「おっと、こいつはひとりよがりだったね」パパが笑い声をあげ、「つまり、ダンテのことだよ。これをご覧。ドレ氏が描いた場面の数々を。これほどみごとに描かれた地獄はほかにない。ここでは亡者《もうじゃ》が泥沼に首まで漬かっている。そちらでは逆さ吊りにされた人間が、裏返しにされている」

「うわ、気色《きしょく》悪い！」ジムがページをためつすがめつし、親指でめくった。「恐竜の絵はないんですか？」

パパはかぶりをふり、

「そいつはつぎの棚だ」ふたりを連れて本棚をまわりこみ、手を伸ばして、「ほら、これだ――『翼手竜《よくしゅりゅう》、破壊をもたらす凧《たこ》』！　それとも『凶運を告げる太鼓《たいこ》――雷竜《かみなりりゅう》の伝説』のほうがお好みかな！　お気に召したかい、ジム！」

「気に入りました！」

パパがウィルにウインクした。ウィルがウインクを返した。トウモロコシ色の髪をした少年と、月のように白い髪をした中年男。ふたりはいま向かいあっていた。夏のリンゴの顔をした少年と、冬のリンゴの顔をした中年男。パパ、パパ、とウィルは思った。どうして、どうして、パパは……割れた鏡に映ったぼくみたいに見えるの！

すると急に記憶がよみがえった。夜中の二時に目をさましてトイレへ行き、町を見渡したら、図書館の高い窓に明かりがひとつだけ灯《とも》っていて、パパひとりが緑のジャングルのような電灯の下に深夜まで居残って、ぶつぶついいながら本を読んでいるのだとわかったときの記憶が。その明かりを目にして、その老人――いや、言葉を変えよう――自分の父親が暗がりのなかにいるとわかったとき、泣き笑いしたくなったのだった。

「ウィル」たまたま彼の父親でもある図書館員の老人がいった。「おまえはどうする？」

「えっ？」ウィルははっとわれに返った。

「おまえに必要なのは、白い帽子の本かね、それとも黒い帽子の本かね？」

「帽子って？」とウィル。

「たとえば、ジムは——」三人は歩きまわった。並んだ本の背にパパが指を走らせる——「黒いテンガロン・ハットをかぶって、それにふさわしい本を読む。ミドルネームはモリアーティっていうんだろう、ジム？ そしていつか、フー・マンチューからこのマキャベリへと進むだろう——この連中の悪さはMサイズの黒いフェードラ帽（バンドつきのフェルトの中折れ帽）ってところかな。それとも、あちらのフォースタス博士へ進むのか——そっちは特大の黒いステットソン帽（つば広のフェルト帽。特にカウボーイ・ハット）だ。そうすると、おまえに残されたのは白い帽子をかぶった連中ってことになる、ウィル。ここにガンジーがいる。お隣は聖トマス。そのまた隣の列には、ええと……仏陀《ブッダ》がいるな」

「せっかくだけど、ぼくは『神秘の島』がいいな」とウィル。

「白い帽子とか、黒い帽子とか、いったいなんの話をしてるんだよ？」ジムが顔をしかめた。

「それはね——」パパがジュール・ヴェルヌをウィルに渡し——「つまり、遠いむかし、このわたし自身が、どちらの色の帽子をかぶるか決めなくちゃいけなかったっていう話さ」

「それで、どっちを選んだんですか？」とジム。

パパは驚いた顔をした。それから引きつった笑い声をあげ、

「そうやってあらためて訊かれると、ジム、答えに詰まってしまうな。ウィル、わたしはすぐに帰るとお母さんに伝えてくれ。さあ、ふたりとも出ていくんだ。ミス・ワトリス！」デスクについている司書にそっと声をかける。「恐竜と神秘の島がそちらへ行くよ！」

玄関のドアがバタンと閉まった。

外へ出ると、無数の星々が夜空にきらめいていた。

「ちくしょう」ジムが北のにおいを嗅ぎ、ジムが南のにおいを嗅いだ。「嵐はどこにあるんだよ？　ちぇっ、あの避雷針売りめ、約束したくせに。どうしても見たいんだよ、稲妻がうちの雨樋を伝わるところを！」

ウィルは風に服を、肌を、髪をなぶらせた。それから蚊《か》の鳴くような声でいった。

「来るよ。朝までには」

「だれのお告げだよ？」

「ぼくの腕に鳥肌が立ってる。そいつらのお告げだよ」

「ばかばかしい！」

風がジムを吹き飛ばした。

ウィルも似たような凧になって舞いあがり、そのあとを追った。

3

遠ざかっていく少年たちを目で追いながら、チャールズ・ハローウェイは、ふたりといっしょに走りたい、群れをなしたいという不意に突きあげてきた衝動を押し殺した。風がふたりになにをしているのか、どこへ連れていくのかを彼は知っていた。人生で最高に秘密めいた秘密の場所へ連れていくのだ。彼の体内のどこかで、影が悲しげに寝返りを打った。こんな夜とはいっしょに走らなければならない。そうすれば、悲しみに心が傷つくこともない。

まあ、考えてもみろ！　と彼は思った。ウィルが走るのは、それ自体が目的だからだ。ジムが走るのは、行く手になにかがあるからだ。

それなのに、おかしな話だが、ふたりはいっしょに走るのだ。

どうしてだろう？　図書館のなかを歩きまわり、明かりを消して、明かりを消しながら彼は思った。答えは指先の渦巻に潜《ひそ》んでいるのだろうか？　なぜ世の中にはキリギリスのような人がいて、ヴァイオリンを弾《ひ》いたり、触角を震わせたり、大きな神経節を際限なくねじったり、ひねったりしているのだろう？　彼らは一生を通じて溶鉱炉《ようこうろ》に燃料をくべ、唇《くちびる》を汗で濡らし、目を輝かせる。しかも、ベビーベッドで寝ているうちからはじめるのだ。カエサルの痩《や》せて腹をすかせた友人たち。彼らは闇を食べる。立って、息をするだけの者たちは。

それがジムだ。キイチゴとイラクサだ。

ならばウィルは？　そうだな、夏の木の高所に最後まで残ったモモだろうな。少年たちのそばを通りかかると、その顔を見たとたん、泣きたい気持ちにさせる者がいる。彼らは機嫌がよさそうだし、見るからに健康で、善良そうだ。そう、悪事を働くとしても、せいぜい橋の上から小便したり、たまに十セント・ストアの鉛筆削《けず》りを盗むくらい。だから、そのことが悲しいんじゃない。通りかかった彼らを見ると、その一生がどんなものかがわかってしまうのが悲しいのだ。彼らはなぐられ、痛めつけられ、切りつけられ、打ち身を負わされ、なんでこんなことが起きるんだ？　なんでこんなことが自分の身に降りかかってくるんだ？　とそのたびに首をひねることになるのだ。

けれども、そうなるのをジムはもう知っている。それが起きるのを待ちかまえ、それがはじまるのを見て、終わるのを見届ける。予想していた傷をなめ、「なんで」とはけっして訊かない。知っているからだ。いつも知っていたからだ。彼より先に生きただれか――遠いむかし、狼をペットにし、ライオンと夜をともに過ごしただれかが知っていたように。いや、ジムは頭でわかっているわけではない。だが、体が心得ている。そしてウィルがいちばん新しい擦《す》り傷に包帯を巻いているあいだ、ジムはどこかから飛んでくるにちがいないノックアウト・パンチをダッキングとウィーヴィングでよけ、飛びのいてかわすのだ。

ほら、ふたりが行く。ジムはウィルを置いていかないよう速度を落として走っていて、ウイルはジムに置いていかれないように速度をあげて走っている。ジムが幽霊屋敷の窓ガラスを二枚割るのは、ウィルが隣にいるからだし、ウィルが一枚だけ割るのは、ジムが見ているからだ。そうとも、われわれ人間はおたがいを粘土《ねんど》のようにこねあげる。それが友情というものだ。たがいに陶工《とうこう》を演じて、相手をどんな形に変えられるのか、いろいろと試してみるのだ。

ジム、ウィル、不思議な者たちよ、と彼は思った。どんどん進むがいい。いつか、追いついてみせるぞ……。

図書館のドアがあえぐように開いて、バタンと閉まった。

五分後、彼は毎晩一杯だけ引っかけるために立ちよる角《かど》の酒場へはいり、ある男性客の言葉をちょうど耳にした――

「……ものの本によると、アルコールが発明されたとき、イタリア人は何百年も探してきた万能薬ができたと思ったそうだ。不老不死の霊薬《れいやく》ってやつだ！　この話、知ってたか？」

「いいえ」バーテンダーが背中を向けた。

「じつは」と男が言葉をつづけ、「蒸留酒《じょうりゅうしゅ》のことなんだよ。九世紀か十世紀の話さ。見た目は水と変わらない。でも、燃えた。つまり、口と胃袋を焼くだけじゃなくて、火がついたんだ。それで水と火の混じりあったものだと思われた。火の水、これすなわち不老不死の霊薬《エリキシル・ヴィタエ》ってわけだ。もっとも、万能薬だと思った連中も、あながちまちがってなかったのかもしれん。なにしろ、奇跡を起こすんだから。一杯どうだね？」

「わたしはいらないが」とハローウェイ。「わたしのなかのだれかさんには必要だ」

「だれかさんって?」

少年だったころのわたしだ、とハローウェイは思った。秋の夜に木《こ》の葉のように歩道を走る少年だ。

しかし、それを口に出すわけにはいかなかった。

そういうわけで彼は目を閉じ、体内のものがもういちど寝返りを打つかどうか、燃やすつもりで積みあげたが、けっして燃やさない薪《たきぎ》の奥でガサガサいう音がするかどうかを聞きとろうと耳をすましながら酒を飲んだ。

4

ウィルは立ち止まった。ウィルは金曜の夜の町を見渡した。

町役場の大時計が九時の鐘《かね》を打ちはじめたとき、商店はすべて明かりがついていて、みな商売に勤《いそ》しんでいるようだった。しかし、時鐘《じしよう》の最後のひと打ちが人々の歯の詰め物を震わせるころには、理髪師はシーツを引っぺがし、髪粉《かみこ》をまぶして、客を追いだしにかかっていた。ドラッグストアのソーダ・ファウンテンは、蛇《へび》の巣のようにシューシューと音をたてるのをやめていたし、いたるところにあるネオンサインは、昆虫のようにジージーいうのをやめていたし、金属とガラスと紙の小物を数かぎりなくとりそろえて客を待っていた十セント・ストアの煌々《こうこう》と輝く店内は、いきなり真っ暗になった。日よけが降ろされ、ドアがバタンと閉まり、鍵は錠《じょう》のなかで骨をガチャガチャと鳴らし、人々は踵《かかと》をかじるネズミのような破れた新聞紙に追いたてられて逃げていった。

ズドン！　人っ子ひとりいなくなったぞ！

「おいおい！」ウィルが声をはりあげた。「みんな逃げてったぞ。嵐が来たと思ってるのかな！」

「ちがうよ、ぼくらが怖いんだよ！」とジムが叫ぶ。

ふたりはドスン・ドッカン・ガラガラと、けたたましい音をたてながら鉄格子を、鋼鉄の跳《は》ね上げ戸を踏んでいき、十軒あまりの明かりの灯っていない店、十軒あまりの明かりが半分だけ灯っている店、十軒あまりの闇を締めだしている店の前を通り過ぎた。町が死んだようにに静まりかえるなか、ふたりはユナイテッド葉巻《はまき》店の角をまわりこんだ。すると屋外の暗闇のなかをひとりでにすーっと移動しているチェロキー族の木像が目に飛びこんできた。

「やあ！」

店主のミスター・テトリーが、インディアンの肩ごしにひょいと顔をのぞかせた。

「怖がらせちゃったかな、坊やたち」

「まさか！」

しかし、ウィルはぶるっと身震いした。奇妙な雨が冷たい高波となって、人けのない岸辺に押しよせるように、大草原《プレーリー》を進んでくるのを感じたのだ。稲妻が町を直撃するときは、十六枚も重ねた毛布と枕の下にいたいものだ、と彼は思った。

「ミスター・テトリー？」ウィルが声を潜めて呼びかけた。

というのも、熟《う》れたタバコ色の闇のなかに立っているインディアンの木像が、いまや二体になっていたからだ。木像を宙に浮かせていたミスター・テトリーは、ぴたりと動きを止めて、口をあけ、聞き耳を立てていた。

「ミスター・テトリー？」

なにかが風に乗ってはるか彼方から聞こえてくる。だが、その正体はわからなかった。

少年たちはあとずさった。

ミスター・テトリーは見向きもしなかった。身動きもしなかった。ひたすら耳をすましていた。

ふたりは彼のもとを離れて、走りだした。

図書館から四つ目の人けの絶えた街区《ブロック》で、少年たちは三つ目のインディアンの木像に行き当たった。

理髪店のミスター・クロセッティが、震える指に鍵をはさんだまま自分の店の前にいたのだ。ふたりが立ち止まるところは、彼の目に映らなかった。

ふたりはどうして足を止めたのか？

涙のせいだ。

それはキラキラ輝きながら、ミスター・クロセッティの左頬を伝い落ちていた。彼が重々《おもおも》しくため息をつき、

「クロセッティ、おまえはなんてばかなんだ！　なにかが起きても、なにも起きなくても、赤ん坊みたいに泣くとはな！」

ミスター・クロセッティはクンクンにおいを嗅ぎながら、震える息を吸いこんでいった。

「におわないか？」

ジムとウィルはクンクンにおいを嗅いだ。

「甘草《リコリス》だ！」

「いや、ちがうね。コットン・キャンディーだ！」

「何年ぶりだろうな、このにおいを嗅ぐのは」とミスター・クロセッティ。

ジムが鼻を鳴らし、

「年がら年じゅうにおってるよ」

「たしかにそうだけど、だれが気づく？　いつ気づく？　いまは、わたしの鼻がいうんだ、息を吸いこめって！　だからわたしは泣いている。なぜかって？　遠いむかし、子供たちがそういうものを食べたころを思いだしたからだ。この三十年、なぜわたしは立ち止まってそれを思い浮かべたり、においを嗅いだりしなかったんだろう？」

「忙しかったんでしょう、ミスター・クロセッティ」とウィル。「時間がなかったんです」

「時間、時間か」ミスター・クロセッティは目をぬぐった。「このにおいはどこから来るん

だろう？　この町にコットン・キャンディーを売る店はない。サーカスでしか売ってないんだ」

「そうだ、そのとおりだ！」とウィル。

「さて、クロセッティは泣きやんだ」

そういって理髪師が洟《はな》をかみ、店のドアを施錠《せじよう》しようと背中を向けた。そのあいだ、ウィルは理髪店のポールを見ていた。そこには赤い蛇がどこからともなく現れ、彼の視線を引きつけたまま螺旋《らせん》を描いて上昇し、どこへともなく消えていく。数えきれないほどの昼下がり、ウィルはここに立ってこのリボンの謎を解こうとしたものだ。それが果てしなく去来するのを眺めたものだ。

ミスター・クロセッティが回転するポールの下にある照明のスイッチに手をかけた。

「やめて」ウィルがいった。それから、つぶやくように、「消さないで」

ミスター・クロセッティはポールを見た。まるでその驚くべき性質にあらためて気づいたかのように。彼はそっとうなずくと、目をなごませた。

「これはどこから来て、どこへ行くんだろうね？　だれにもわからない。きみにもわからないし、彼にもわからないし、わたしにもわからない。ああ、なんという神秘だろう。だから、このままにしておこう！」

よかった、これでポールは夜明けまでぐるぐるまわり、どこからともなく現れて、どこへともなく去っていき、そのあいだぼくらは眠っていることになる、とウィルは思った。

「おやすみなさい！」

「おやすみ」

そしてふたりはそこを去り、リコリスとコットン・キャンディーのにおいがほのかに香る風のなかにミスター・クロセッティが残された。

5

チャールズ・ハローウェイは、酒場の両開き式スィング・ドアに手をかけたところでためらった。まるで手の甲に生えた灰色の毛が、触角さながら、十月の夜の町をこっそりと歩く妖《あや》しいものを感知したかのように。ひょっとしたら、どこかで大きな火事があって、その溶鉱炉なみの熱風が外へ出るなと警告してくれたのかもしれない。それとも大陸の反対側でつぎの氷河期がはじまっていて、その氷結したかたまりが、一時間のうちに十億人を呑みこんでしまったのかもしれない。ひょっとしたら〈時〉そのものが巨大な砂時計から漏れだしていて、あとから降ってきた粉末状の闇がすべてを埋めつくしたのかもしれない。

それとも、黒いスーツ姿の男が、通りの反対側にいるのが酒場の窓ごしに見えるから――それだけの話かもしれない。大きな巻紙を小腋《こわき》にはさみ、反対の手に刷毛《はけ》とバケツをさげて、男はひどく遠く聞こえる口笛を吹いていた。

それは季節はずれの曲、チャールズ・ハローウェイが耳にするたびに悲しい気分になる曲だった。十月にはそぐわない歌だが、何月何日に歌われようと、心を動かさずにはいられないのだ――

クリスマスの日の鐘が鳴る
古いおなじみのキャロルを奏《かな》でている
甘く切ない
言《こと》の葉がくり返す
地には平和を、人には善意を！

チャールズ・ハローウェイは身を震わせた。不意に恐ろしいほどの高揚感がよみがえったのだ。クリスマスの前日に、無垢《むく》なる者たちが雪の積もった通りをさまよっているのを見て、いっしょに笑い、いっしょに泣きたいという気持ちが突きあげてきたことがある。彼らのまわりには疲れた男女がいて、その顔は罪に汚《けが》れており、いきなりなぐりかかってきては、いったん逃げて隠れたあと、またなぐりにもどってくる人生に砕《くだ》かれた小さな窓のようだった。

やがて鐘はいよいよ高らかに鳴り響く――
「神はいませり、見そなわせり！

悪《あ》しき者は滅び
正しき者が栄え
地には平和が、人には善意がもたらされる！」

口笛がやんだ。

チャールズ・ハローウェイは外へ出た。はるか前方で、それまで口笛を吹いていた男が、電信柱のわきで両腕を動かして、音もなく作業をしていた。とそのとき、ある店舗の開いたドアの奥へ姿を消した。

チャールズ・ハローウェイは、わけもわからずに通りを渡り、借り手のいない店舗の内部で男がポスターを貼っているのを見まもった。

やがて男が刷毛と糊《のり》のはいったバケツと巻紙を手にドアから出てきた。ギラギラ輝いている目がチャールズ・ハローウェイに据えられた。にやりと笑って、男が片手を開いた。

ハローウェイは目をみはった。

その掌は、黒絹《くろぎぬ》のような細い毛で覆われていた。見た目はまるで――

その手がぎゅっと握りしめられた。男がその手をふった。角をまわりこんでいった。チャールズ・ハローウェイは茫然として、不意に襲ってきた夏のような熱気に顔を赤くし、ふらふらしてから、視線を空き店舗のなかに向けた。

二台の木挽《こび》き台が並べられ、一条《ひとすじ》のスポットライトを浴びていた。

その二台の木挽き台のあいだに、長さ六フィートの氷の柱が掛けわたされていて、雪と結晶の葬式をあげているかのようだった。それはみずからの光でほんのりと輝いており、色は明るい青緑だった。闇のなかに鎮座《ちんざ》するそれは、巨大な冷たい宝石だった。

木挽き台の窓に近い側に小さな白い貼り紙がしてあり、飾り文字で書かれた文言が、電灯の光のおかげで読みとれた――

〈クーガー&ダークの万魔殿魔術団《パンデモニウム・シャドウ・ショー》〉――

ファントッチーニ、マリオネット・サーカス、並びに

あなたの大草原カーニヴァル。

近日到来！　ここにお目にかけまするは、

数多《あまた》の演し《だ》物のひとつ――

世界一の美女！

ハローウェイの目が、窓ガラスに貼られたポスターに飛んだ。

世界一の美女！

そして冷たく長い氷の柱にもどった。

子供のころ、旅まわりの奇術師の一座のショーでよく似た氷の柱を見た憶《おぼ》えがある。地元の製氷会社が冬のひとかけらを提供し、そのなかに霜《しも》の乙女《おとめ》たちが封じこめられて、十二時間にわたり展示されたのだ。そのあいだ、見物客の前でドタバタ劇が演じられ、さまざまな演芸が披露《ひろう》された。そしてついに青ざめた淑女たちが出てくる時が来て、汗水《あせみず》垂らす奇術師たちによって削りだされ、にっこり笑いながら、カーテンの裏の暗闇へ連れていかれたのだった。

世界一の美女!

それなのに、この冬のガラスの大きな柱には、凍った川の水しかはいっていない。

いや。かならずしも空《から》ではない。

ハローウェイは、心臓が特別なひと打ちをするのを感じた。

大きな冬の宝石の内部に特別な真空がおさまってないだろうか? それはなまめかしい空洞、氷の先端から後端まで曲線を描く引き伸ばされた虚無だ。そしてこの空所《くうしょ》、この虚無は、夏の肉体で満たされるのを待っていないだろうか? その形はどこか……女体に似ていないだろうか?

答えはイエスだ。

氷。そして麗《うるわ》しい空洞、氷の内部に水平にくりぬかれた空所。麗しい虚無。氷が懸命に捉えようとしているのは、目に見えない人魚の精妙な曲線だ。

氷は冷たい。

氷の内部の空虚は温かい。

彼はこの部屋から去りたかった。

しかし、チャールズ・ハローウェイは、空き店舗のなかと、二台の木挽き台と、掛けわたされた冷たい北極の棺《ひつぎ》を見つめながら、不可思議な夜のなか、長いこと立っていた。暗闇のなかでその棺は巨大なインド星勲章《くんしょう》のようだった……。

6

ジム・ナイトシェイドはヒッコリー通りとメイン通りの角で立ち止まり、呼吸をととのえながら、ヒッコリー通りの街路樹の並ぶ暗闇に鋭い目を向けた。

「ウィル……？」

「だめだ！」ウィルは自分の声の激しさに驚いて立ち止まった。

「すぐそこだよ、五軒目だ。一分だけでいいからさ、ウィル」ジムが猫なで声でいう。

「一分だけ……？」ウィルは通りの先に視線を走らせた。

それは〈劇場〉のある通りだった。

この夏まで、そこはなんの変哲もない通りで、旬《しゅん》のモモやスモモやアプリコットを盗み食いする場所だった。しかし、八月の下旬、ふたりが酸っぱいリンゴをもぎにサルのように木登りしているあいだに、ある〝異変〟が生じて、家々や、果物《くだもの》の味や、噂話を交わしている木々のあいだの空気そのものが変わってしまったのだ。

「ウィル！　あれが待ってるんだ。なにか起きてるかもしれない！」と声を殺してジムがいう。

なにか起きてるかもしれない。ウィルはごくりと唾《つば》を飲みこんだ。と、ジムの手が腕を握りしめてくるのを感じた。

というのも、それはもはやリンゴやスモモやアプリコットの実る通りではなく、側面にも窓のある家の建つ通りだったからだ。ジムにいわせれば、この窓は幕――つまり、日よけ――のあがっている舞台だった。そして部屋のなか、その奇妙な舞台の上に俳優がいて、謎めいた言葉を交わしたり、笑ったり、ため息をついたり、盛んにひとりごとをいったりしていた。大部分がウィルには理解できないつぶやきだった。

「これっきりにするからさ、ウィル」

「そうならないのはわかってるくせに！」

ジムの顔が赤くなり、頬がカッカと燃えて、緑のガラスのような目に火がついた。彼はあの夜のことを考えた。ふたりでリンゴをもいでいたとき、ジムがいきなり声を潜めて、「おい、あそこ！」といったのだ。

そしてウィルは、木の枝にしっかりとしがみついて、ひどく興奮しながら、〈劇場〉を見つめた。その風変わりな舞台では、人々が見られていることを知らずにシャツを頭上でふりまわしたり、服を絨毯《じゅうたん》の上に脱ぎ散らかしたり、ブルブル震える馬のように素《す》っ裸《ぱだか》で立って、おたがいに触れようと手を伸ばしたりしていた。

いったいなにをしてるんだろう？　とウィルは思った。なぜ笑ってるんだろう？　頭が変なんだろうか。どうかしちゃったんだろうか⁉

明かりが消えたらいいのに、と彼は思った。

しかし、突然すべりやすくなった木にしがみつき、明るい窓の〈劇場〉を見つめ、笑い声を聞いていた。そしてとうとう腕が萎《な》えて、ずるずるとすべり落ち、頭をくらくらさせながら横になっていたが、やがて暗闇のなかで立ちあがり、いまだに高い枝にへばりついているジムを見あげた。ジムの顔は暖炉のように赤く染まり、頬は火がついたようで、唇は半開き。じっと目をこらしている。

「ジム、ジム、降りてこい！」だが、ジムは聞く耳を持たなかった。「ジム！」

するとジムがようやく下を見たが、その目は地上に降りてきて暮らせという、ばかげた要求をする赤の他人を見るかのようだった。そういうわけでウィルはひとりでそこを走り去ったのだ。考えることがありすぎて、考えることがなにもなくて、なにを考えればいいのかもわからずに。

「ウィル、頼むから……」

ウィルは、図書館の本をかかえているいまのジムを見た。

「図書館へ行っただろう。それじゃ足りないのか？」

ジムはかぶりをふった。

「こいつを持ってってくれ」

彼はウィルに本を渡し、風でざわめく街路樹の下を小走りに去っていった。三軒先でふり返り、声をはりあげる――

「ウィル。自分がだれか知ってるか？　老いぼれた堅物《かたぶつ》の監督教会派《エピスコパル》の牧師だぞ！」

そういうとジムは行ってしまった。

ウィルは本を胸にきつくかかえこんだ。その本は手の汗で濡れていた。

ふり返るな！　と彼は自分に命じた。

ふり返るもんか！　ふり返らないぞ！

そしてわき目もふらずに家に向かって歩きはじめた。足早に。

7

帰り道で、ウィルは息づかいの荒い人の気配が背後に迫るのを感じた。

「〈劇場〉は閉まってたのか？」と、ふり返らずにウィルは尋ねた。

ジムは長いあいだ無言で彼と並んで歩いていたが、やがて「だれもいなかった」と答えた。

「ざまあみろ！」

ジムが唾を吐き、

「ろくでもないバプテスト派の説教師だよ、きみは！」

そのとき回転草のようなものが角から現われてころがってきた。それは青白い紙でできた大きなコットン・ボールで、いちど弾《はず》んだかと思うと、バタバタ震えながらジムの脚にへばりついた。

ウィルが笑いながら紙をつかんで、引きはがし、宙に舞わせた！　と、その笑い声がやんだ。

少年たちは、青白い宣伝ビラがガサガサと音をたてながら、街路樹のあいだをぬけていくのを見ていたが、急に寒けをおぼえた。

「ちょっと待てよ……」ジムがゆっくりといった。

つぎの瞬間、ふたりはわめき、走り、飛び跳ねた。

「破るなよ！　気をつけて！」

その紙はふたりの手のなかでスネア・ドラムのような音をたてた。

「**当地に推参《すいさん》、十月二十四日！**」

ふたりの唇が動き、飾り文字の活字で組まれた言葉を読みあげた。

「クーガー＆ダークの……」

「カーニヴァル！」

「十月二十四日！　明日だ！」

「そんなこと、あるわけない」とウィル。「労働者の日（九月の第一月曜日）を過ぎたら、カーニヴァルは来ないんだ――」

「知ったことか。千とひとつの驚異だぞ！　ほら！　**溶岩飲みのメフィストフェレ！　ミスター・エレクトリコ！　モンスター・モンゴルフィエ**？」

「気球だよ」とウィル。「モンゴルフィエは気球のことだ」

「**マドモワゼル・タロー！**」ジムが読みあげた。「**宙吊り男。悪魔のギロチン！　全身を彩った男《イラストレイテッド・マン》！**　すごい！」

「じいさんが刺青《いれずみ》をしてるだけだよ」

「ちがうね！」ジムは暖かい息を紙に吐きかけた。「体じゅうを刺青で彩《いろど》ってるんだ。特別なんだよ。ほら！　怪物で覆われてる！　動物もいっぱいいるぞ！」ジムの目が飛び跳ねた。

「**ご覧あれ！　骸骨男《がいこつ》を！**　すごいじゃないか、ウィル。骨と皮の男じゃない、**骸骨男だぞ！　ご覧あれ！　塵《ちり》の魔女を！**　塵の魔女ってなんだ、ウィル？」

「小汚いジプシーのばあさんだよ——」

「ちがうね」ジムはよく見えるように目をすがめた。「塵のなかで生まれ、塵のなかで大きくなり、いつか塵に還《かえ》るジプシーだ。まだまだあるぞ——**エジプトの鏡の迷路！　一万倍に増えたご自分をご覧あれ！　聖アントニウスの誘惑の神殿！**」

「**世界一の——**」とウィルが読みあげる。

「——**美女**」とジムが引きとった。

ふたりは顔を見合わせた。

「地上で一番の美女がカーニヴァルのサイド・ショー（中道に並ぶ付随的な演し物のこと）にいるわけないよな、ウィル」

「カーニヴァルのご婦人がたを見たことあるのか、ジム？」

「ヒグマみたいだった。でも、このビラによると——」

「おい、黙れよ！」

「怒ってるのか、ウィル？」

「いいや、ただ——あっ、つかまえてくれ！」

風がその紙をふたりの手からむしりとったのだ。

ビラは風に乗って木々を越え、跳ねまわりながら行ってしまった。

「とにかく、あんなのは嘘っぱちだ」ウィルがあえぎ声でいった。「カーニヴァルはこんな遅い時期にやって来ない。まがいもののにおいがプンプンする。だれがそんなの見にいくんだよ?」

「ぼくだよ」ジムは暗闇のなかでひっそりと立っていた。

ぼくもだ、とウィルは思った。ギロチンがひらめき、エジプトの鏡が光のアコーディオンを展開し、硫黄《いおう》色の肌をした悪魔人間が、溶岩を玉緑茶《たまりよくちゃ》のように飲む光景を思い浮かべながら。

「さっきの音楽……」ジムがつぶやいた。「蒸気オルガンだった。今夜やって来るにちがいない」

「カーニヴァルは日の出に来るものだよ」

「それはそうだけど、甘草《リコリス》とコットン・キャンディーのにおいがしたじゃないか」

そういわれてウィルは、暗くなった家々の向こうから風の川に乗って流れてきたにおいと音、インディアンの木像のわきで耳をすましていたミスター・テトリー、ひと筋の涙を頰に光らせていたミスター・クロセッティ、どこからともなく現れ、螺旋を描いてどこへともなく消えていく赤い舌を永遠にぐるぐるまわしている理髪店のポールを脳裡《のうり》に浮かべた。

ウィルの歯がカチカチ鳴った。

「帰ろう」

「もう帰ってるぞ!」驚いた顔でジムが叫んだ。

というのも、知らぬ間にそれぞれの家に着いていて、いまそれぞれの家の玄関に向かって歩きだしたからだ。

自分の家のポーチにあがったジムが身を乗りだし、そっと声をかけた。

「ウィル。そんなに怒っちゃいないだろう?」

「ああ、怒っちゃいないよ」

「あの通りへは、あの家へは、〈劇場〉へはもう行かない。一カ月、いや、一年だ！　誓うよ」

「わかったよ、ジム、わかったから」

ふたりはそれぞれの家のドアノブに手をかけて立っていた。ウィルがジムの家の屋根を見あげると、冷たい星空を背に避雷針がきらめいていた。

嵐が近づいている。嵐は近づいていない。

どっちにしろ、ジムがあの鉄製品をあそこへとりつけてくれてよかった。

「おやすみ！」

「おやすみ」

それぞれのドアがバタンと閉まった。

8

ウィルがドアをあけて閉めた。今回は静かに。

「いつもそうしなさいよ」と母親の声。

居間へつづくドアが額縁《がくぶち》になって、ウィルがいま大事に思っているただひとつの劇場が見えた。その見慣れた舞台では、父親が（もう帰ってる！　ぼくとジムはよっぽど遠まわりしたにちがいないぞ！）本を手にしているが、虚空を読んでいる。暖炉わきの椅子では、母親が編み物をしながら、鼻歌でやかんの沸いたような音をたてている。

彼はふたりの近くにいたいと同時にいたくなかった。ふたりが近くに見えると同時に遠くに見えた。不意に両親が恐ろしく小さくなり、あまりにも大きすぎる世界の、あまりにも巨大な町の、広すぎる部屋のなかにいるかのようだった。この戸締まりのされていない部屋のなかで、夜の闇から押し入ってくるかもしれないものに対して無防備に思えた。

ぼくだって同じだ、とウィルは思った。ぼくだって同じなんだ。

急に、ふたりが大きく思えたときよりも、小さく思えるいまのほうが愛《いと》おしくなった。

母親の指がせっせと動き、その唇は編み目を数えていた。これほど幸せそうな女性は見たことがない。彼は冬のある日の温室で見たバラを思いだした。密生したジャングルのような葉を押しのけると、温室育ちのクリーム色がかったピンクのバラが、荒れ野にぽつんと咲いていたのだ。あれは母親だった。新鮮なミルクのようなにおいをさせ、この部屋で幸せそうにしている母親だった。

幸せだって？　でも、どうして幸せでいられるんだろう？　数フィート離れたところにいるのは図書館の管理人、司書、見知らぬ男だ。いまは制服を着ていないが、その顔はあいかわらず夜にひとりきりで大理石の丸天井の下にいて、隙間風《すきま》のはいる通路で箒を動かしているほうが幸せな男のものだ。

なぜこの女はこれほど幸せそうで、この男はこれほど悲しそうなのだろう——ウィルはいぶかしみながらふたりを見ていた。

父親は片手を膝《ひざ》に載せて暖炉の火をじっと見つめていた。その手には、くしゃくしゃに丸められた紙が握られていた。

ウィルは目をしばたたいた。

青白い宣伝ビラが風に吹かれて街路樹のあいだをヒラヒラと舞っていたのを思いだす。いまそれと同じ色をした紙が父親の手のなかにあり、そこには飾り文字の活字が隠れているのだ。

「ただいま！」

ウィルは居間に足を踏み入れた。

ママが即座に満面の笑みを浮かべた。まるで暖炉とは別の火を灯したかのようだった。

パパはぎくりとしたようだった。あたかも犯罪行為を見とがめられたかのように。ウィルは、「ねえ、そのビラをどう思う……？」といおうとした。

しかし、パパはそのビラを椅子の布張り地に深く押しこんでしまった。

いっぽう母親は、ウィルが図書館から借りてきた本をめくりはじめた。

「まあ、これはすてきだわ、ウィリー！」

そういうわけで、ウィルはクーガー＆ダークという言葉を舌に載せたまま突っ立っていたが、やがてこういった。

「すごかったよ、本当に風に家まで飛ばされてきたんだ。通りは吹き飛ばされた紙でいっぱいだった」

パパはそう聞いてもひるまなかった。

「なにかあった、パパ？」

パパは椅子の側面に片手をさし入れたままだった。ひどく疲れた目つきで、かすかに心配そうな灰色の目を息子に向けた。

「石のライオンが図書館の階段から吹き飛ばされたよ。いまごろは町をうろついて、善良なキリスト教徒を探しているんだろう。でも、見つからないだろうな。たったひとりがここに囚《とら》われていて、彼女は腕のいい料理人なんだから」

「ばかばかしい」とママ。

二階へあがる途中で、なかば予想していた音がウィルの耳に届いた。

なにかが火にくべられて燃えだすときの静かなため息のような音。暖炉の前に立って、その紙が縮んで灰になるのを見おろしているパパの姿が目に浮かぶ――

「……**クーガー**……**ダーク**……**カーニヴァル**……**魔女**……**驚異**……」

彼は一階へもどって、パパと並んで立ち、両手を伸ばして、暖炉の火に暖めてもらいたくなった。

しかし、そうせずにのろのろと二階へあがり、自分の部屋のドアを閉めた。

夜、ウィルはベッドにはいってから、壁に耳を押しつけて隣室の音を聞こうとすることがある。聞いてもかまわないことを両親が話していれば、そのまま聞いている。聞いてはならないことなら、耳を離す。話題が時勢や彼自身や町や、真意をうかがい知ることのできない神さまが世界を治める流儀一般であれば、ぬくぬくと心地よい状態でひそかに耳を傾ける。というのも、話すのはたいていパパだからだ。家のなかでも外でも、彼はパパと気軽に言葉を交わしたり、パパの話にじっと耳を傾けるほうではないが、このときだけは別だ。宙に模様を描く白い鳥のように舞いあがっては舞いおりるパパの声にはなにかがあって、耳はそれを追いかけたくなり、心の目はそれを見たくなるのだ。

そしてパパの声を特別なものにしているのは、真実が語られているという響きだった。めまぐるしく様変わりする都市であれ、変化の乏《とぼ》しい田園であれ、真実の響きに魅了されない少年はいないだろう。多くの夜、ウィルはこうしてパパの声を聞きながらまどろんだ。その歌うような声が静まるずっと前に、彼の五感は時計が止まったようになるのだった。パパの声は真夜中の学校であり、計り知れぬほど深い時間について教え、その教材になるのは人生だった。

今夜もそうだった。ウィルは目を閉じ、ひんやりした漆喰《しっくい》に頭をもたせかけた。最初はパパの声が、コンゴ川流域の太鼓のように、地平線の彼方から静かに聞こえてきた。バプティスト教会の聖歌隊では水のように澄んだソプラノを響かせる母親の声は、歌っていないのに歌って返事をする。ウィルは、横になって空《から》っぽの天井に話しかけているパパを脳裡に浮かべた――

「……ウィルを見ると……自分がひどく年寄りだという気がする……男ってものは息子と野球をするのが当たり前で……」

「そうとはかぎらないわ」と女の声がやさしくいった。「あなたはいい人よ」

「――遅すぎたんだ。ちくしょう、あの子が生まれたとき、わたしは四十だったんだぞ！　それにきみだ。娘さんですか、ってしょっちゅう訊かれる。まったく、横になると、ろくな考えが浮かんでこんな。まったくもう！」

ウィルの耳にベッドのきしむ音が届いた。パパが暗闇のなかで上体を起こしたのだ。マッチが擦《す》られる。パイプが煙をくゆらせるのだろう。風が窓をガタガタ鳴らした。

「……ポスターを小腋にかかえた男が……」

「……カーニヴァル……」と母親の声。「……こんな遅い時期に??」

ウィルは耳を離したかったが、できなかった。

「……世界……一の……美女」パパの声がつぶやいた。

ママが静かに笑い声をあげ、

「あいにくだけど、わたしじゃないわね」

そうじゃないんだ！　それは宣伝ビラの文句なんだ！　とウィルは思う。どうしてパパはそういわないんだ⁉

なぜなら、とウィルは自答した。なにかが起きているからだ。そう、なにかが起きているからなんだ！

あの紙が街路樹のあいだをヒラヒラと飛びまわるところが目に浮かび、その**世界一の美女**という文字が思いだされて、彼の頰は火照《ほて》った。彼の頭にさまざまな想念が浮かんだ——ジム、〈劇場〉のある通り、あの〈劇場〉の窓を舞台にして、中国の歌劇のように踊り狂っていた全裸の人々。古い中国の歌劇か、柔道か、柔術か、インドのパズルなみにイカレていた。そしていま、父親の声が夢のなかに遠ざかっていく。悲しげに、さらに悲しげに、この上なく悲しげに、あまりにも悲しげになり理解できないほどだ。彼は急に怖くなった。なぜなら、ひそかに燃やした宣伝ビラについてパパが語ろうとしないからだ。ウィルは窓の外に目をやった。あっ！　ふわふわしたトウワタみたいなものが！　白い紙が宙を舞ってるぞ。

「そうじゃない」彼はささやき声でいった。「カーニヴァルはこんな遅くにやって来ない。来るわけがない！」

彼はベッドカヴァーの下に隠れ、懐中電灯をつけて、本を開いた。最初に目に飛びこんできたのは、百万年前の夜空を咆哮《ほうこう》で揺るがす、先史時代の爬虫類《はちゅうるい》を描いた絵だった。

ありゃ、しまった、あわててたんで、ジムの本を持ってきちゃった。ジムがぼくの本を持ってったんだな。

でも、それはかなりイカシた爬虫類だった。

そして眠りに向かって飛びながら、階下で父親がせかせかと動きまわっている音が聞こえるような気がした。と、玄関のドアが閉まった。父親が繁華街へもどるのだろう。深夜に箒を持ってわけもなく仕事をするか、本を読むかするために。その音が遠のいていく……遠のいて……。

そして母親は、夫が出かけたことも知らずに、ぐっすり眠っていた。

9

これほどすんなりと口をついて出る名前を持つ者は、世界にまたといない。

「ジム・ナイトシェイド。ぼくのことだ」

ジムは背伸びをしてから、ベッドに長々と横たわった。体の各部がごわごわした草でつながれているかのように、肉のなかで骨がゆるみ、骨にくっついた肉がゆるんだ。図書館の本が、すっかり力のぬけた右手のわきに、開かれもせずに置かれていた。

じっとしているとき、彼の目はたそがれなみに暗い。母親によれば、彼は三歳のとき死にかけたそうで――そのときのことはまだ憶えていた――それ以来、両目の下に隈《くま》がある。髪は黒っぽい秋のクリの色。こめかみや眉間《みけん》や首の血管、ほっそりした手の手首や甲で脈打つ血管はすべて濃紺《のうこん》。ジム・夜の翳り《ナイトシェイド》の名のとおり、彼にはまだら模様になった暗闇がはいっている。年々口数が減り、笑顔を見せなくなった少年には。

ジムの困ったところは、世の中を見ると、目を離せなくなる点だ。そして生まれてから一度も目を離さないでいると、十三歳になるころには、世の中という洗濯物を二十年分はとりこんだ計算になる。

ウィル・ハローウェイのほうは、まだ幼さを残しているので、いつもきょろきょろして、よそ見をする。したがって十三歳になっても、見つめてきた歳月を六年分しか溜《た》めこんでいなかった。

ジムは自分の影を知りつくしていて、タール紙から切りだし、旗竿《はたざお》に巻きつけてからひるがえすことができる――彼の旗印だ。

ウィルのほうは、どこへでもついてくる自分の影を見てときおり驚くのだが、それ以上のことはしない。

「ジム？　起きてる？」

「うん、ママ」

ドアが開いて、すぐに閉まった。母親の体重がベッドにかかるのを感じた。

「あら、ジム、手が氷みたい。窓をあんなにあけちゃだめよ。体に障《さわ》るから」

「わかってるよ」

「『わかってるよ』なんていっちゃだめ。子供が三人できて、ひとりしか残らなくなるまでは、それがどんなに大事なことかわからないのよ」

「子供なんかひとりもできないよ」とジム。

「そういってられるのもいまのうちだけよ」

「知ってるんだ。なにもかも知ってるんだ」

母親はちょっと間を置いて、

「なにを知ってるの？」

「人を増やしても仕方がないってこと。人は死ぬんだ」

その声はひどくおだやかで、静かで、悲しげといえそうだった。

「それがなにもかもだよ」

「なにもかもではないわね。ジム、あなたはこうして生きている、そうでなかったら、わたしはとっくに生きることをあきらめていたでしょうね」

「ママ」長い沈黙。「パパの顔を憶えてる？　ぼくはパパに似てる？」

「あなたが遠くへ行く日は、あの人が永久にわたしのもとを去る日よ」

「ぼくは遠くへなんか行かない」

「ねえ、ジム、あなたはそこに寝そべっているだけで、すごい速さで走っているのよ。眠っているだけで、あんなに遠くまで行く人は見たことがない。約束して、ジム。どこへ行くにしろ、帰ってくるときは、子供をたくさん連れてくるって。その子たちを駆けまわらせてあげて。いつか、わたしにその子たちを甘やかさせて」

「つらい思いをする元になるものは持たないんだ」

「じゃあ、岩石標本でも集めるの、ジム？　いいえ、いつか、つらい思をすることになるわ」

「いいや、そんなことにはならないよ」

彼は母親に目をやった。その顔は、遠いむかしになぐられたことがあった。その傷跡は、目のまわりから消えていなかった。

「あなたは大きくなり、傷つけられる」暗闇のなかで母親がいった。「でも、そのときが来たら、わたしに教えて。わたしにさよならをいって。さもないと、あなたを行かせないかもしれない。でも、つかまえて離さないなんて、ずいぶんひどい話よね」

彼女はいきなり立ちあがり、窓を降ろしに行った。

「どうして男の子は窓を大きくあけたがるのかしら？」

「血が温かいから」

「血が温かいから」母親はその場に立ちつくした。「それがわたしたちの悲しみの元。理由は訊かないで」

ドアが閉まった。

ジムはひとりきりになるとまた窓をあげ、澄みきった夜のなかへ身を乗りだした。

嵐よ、そこにいるのか、と彼は思った。

いるよ。

感じる……はるか西のほうから……途方もないものが突き進んでくる！

避雷針の影が、下の私道に落ちていた。

彼は冷たい空気を吸いこみ、膨大《ぼうだい》な量の熱を吐きだした。

そうだ、屋根へ登って、あの避雷針をひっぺがし、投げ捨てちまおうか。

そうしたら、どうなるだろう。

よし。

そうしたら、どうなるのか見届けてやろう！

10

真夜中を過ぎたころ。

足を引きずる音。

人けの絶えた通りを、避雷針売りの男がやってきた。野球のミットのような手が握っている革袋は、ほとんど空《から》になって揺れており、男の顔は安らかだった。彼はある角を曲がって、立ち止まった。

紙のようにやわらかい白い蛾が数匹、空き店舗の窓をトントンたたきながら、なかをのぞいていた。

その窓の向こうには木挽《こび》き台が二台置いてあり、巨人の指環の上で輝いてもおかしくないほどの大きさに削られたアラスカ製氷会社の氷の柱が載っていた。まるで星色のガラスでできた大きな棺桶のようだ。

そしてこの氷のなかに世界一の美女が封じこめられていた。

避雷針売りの男の微笑が薄れて消えた。

千年前の雪崩《なだれ》に巻きこまれ、眠りについたかのように、氷にまとわる夢見るような冷気のなか、この女は永遠に若いままだ。

彼女は今朝の空と同じくらい晴れやかで、明日の花と同じくらい初々《ういうい》しく、人が目を閉じると、まぶたの裏に完璧なカメオ細工となって浮かぶ乙女と同じくらい麗しかった。

避雷針売りの男は、息をするのも忘れていた。

かつて、遠いむかし、ローマとフィレンツェの大理石をめぐって旅していたころ、こういう女を見たことがあった（氷の代わりに石に封じこめられていたが）。かつて、ルーヴル美術館のなかをさまよっていたとき、こういう女を見つけたことがあった（夏の色に洗われて、絵の具に封じこめられていた）。かつて、少年だったころ、映画館の自由席へ向かう途中、スクリーンの裏にある、ひんやりした人工洞窟《どうくつ》へ忍びこみ、ふと顔をあげると、女の顔がそそり立ち、幽霊の出没しそうな暗闇からあふれ出ていたことがあった。あれほど大きくて美しい顔には、以来お目にかかっていない。その顔はミルク色の骨と月《つき》色の肉からできており、彼は舞台裏でひとり凍りつき、彼女の唇の動き、鳥の翼のようにはためく両目の動き、頰から発する雪のように白く死のように明滅する光のもと、影につつまれていたのだった。

そうした過去の歳月から、いくつかのイメージが飛びだしてきて、氷のなかに流れこみ、そこに新たな実体を見いだした。

彼女の髪は何色だろう？　白みがかったブロンドだが、氷からとりだされたら、何色になっても不思議はない。

背丈はどれくらいだろう？

数匹の蛾が窓をそっとたたく音が、パタパタと切れ目なく夜のしじまを破っているなか、彼が空き店舗の窓の前を右へ左へと動いたら、氷がプリズムの作用をして、その背丈は伸びたり縮んだりしたりするかもしれない。

そんなことはどうでもいい。

なにはともあれ――避雷針売りの男はぶるっと身を震わせた――彼は途轍《とてつ》もないことを知っていた。

もし奇跡が起こって、あのサファイヤのなかで彼女がまぶたを開き、こちらを見ることがあったなら、その目が何色なのかを知っていたのだ。

おれはあの目が何色か知ってるぞ。

もしこのうらぶれた夜の店へはいって――

もし手をさし伸べれば、その手の温かさで……どうなるだろう？

氷が溶けるのだ。

避雷針売りの男は、目をすばやく閉じて、長いこと立ちつくしていた。

息を吐きだす。

歯に当たるその息は、夏のように暖かかった。

彼の手が店のドアに触れた。ドアが勢いよく開いた。北極の冷気が吹きだしてきて、彼をつつみこんだ。彼はなかへ踏みこんだ。

ドアが閉まった。

白い雪ひらのような蛾たちが、窓をコツコツとたたいていた。

11

真夜中を過ぎると、町の時計が深夜の一時、二時、ついで三時に向かって時を刻みつづけ、大時計の鐘の音《ね》が、高い屋根裏部屋で古いおもちゃのほこりを払い、もっと高い屋根裏部屋で古い鏡から銀箔《ぎんぱく》をふるい落とし、子供たちが眠っているすべてのベッドで時計にまつわる夢をかきたてる。

ウィルには聞こえた。

遠い大草原《プレーリー》からくぐもって伝わってくる機関車のシュッシュッという音、そのあとをドラゴンが這いずるように、ゆっくりと追いかける列車の音が。

ウィルはベッドで上体を起こした。

路地をはさんだ向かい側で、鏡に映したように、ジムも上体を起こした。

百万マイル彼方で、蒸気オルガンがひっそりと、慟哭《どうこく》を絞りだすかのような演奏をはじめた。

流れるような動きでウィルは窓から身を乗りだし、ジムも同じことをした。ひとことももいわずに、ふたりはゆらゆらと揺れる木々の波ごしに目をこらした。

少年の部屋はかくあるべきだが、ふたりの部屋は高いところにある。ひょろ長いその窓から視線の射程距離を伸ばせば、図書館、町役場、停車場、牛小屋、農地を越えて、茫漠《ぼうばく》と広がる大草原までライフル射撃ができるのだ!

そこ、世界のへりに、カタツムリの這った跡《あと》のようにキラキラと輝く鉄道線路が走っていて、レモン色かサクラ色の腕木《うでぎ》信号を星々に向かってせわしなくふっている。

そこ、大地の崖っぷちで、これから来る嵐雲《あらしぐも》の先駆けのように、ひと筋の煙が羽毛《うもう》のように立ち昇っていた。

列車本体が一輛《りょう》また一輛と姿を現した。機関車、炭水車、番号のついた車輛が多数。ぐっすりと眠るか、夢を見ながらまどろんでいる車輛たちは、ホタルのような火花を散らす機関車のあとを追い、詠唱《えいしょう》をくり返し、眠たげな秋の炉辺《ろべ》の咆哮をとどろかせている。地獄の業火が、茫然として声もない丘陵を朱《あけ》に染めた。これほど離れていても、バッファローの腰肉《こしにく》のようにたくましい腕をした男たちが、黒い隕石《いんせき》のような石炭をシャベルですくい、機関車のボイラーへ放りこむ場面が目に浮かんだ。

あの機関車！

少年たちはふたりとも姿を消し、もどってきて双眼鏡をかまえた。

「あの機関車！」

「南北戦争のころのものだ！　ああいう煙突は、一九〇〇年から作られてないんだ！」

「ほかの車輌も、みんな古いぞ！」

「旗だ！　檻《おり》だ！　カーニヴァルの列車だ！」

ふたりは耳をすました。最初のうちウィルは、鼻孔《びこう》をヒューヒューとぬける空気の音が聞こえているのだと思った。しかし、そうではなかった――列車の音だった。そしてその列車に乗ってため息をつき、すすり泣いている蒸気オルガンの音だった。

「教会音楽みたいだぞ！」

「ばかいえ。なんでカーニヴァルが教会音楽を弾《ひ》くんだよ？」

「地獄《ヘル》っていうなよ」ウィルがたしなめた。

「ヘル《ヘル》」文句があるならいえとばかりにジムが身を乗りだし、「一日分を貯《た》めておいたんだ。どうせみんな眠ってる――ヘル！」

音楽が彼らの窓辺をただよい過ぎた。ウィルの両腕に、おできと同じくらいの大きな鳥肌が立った。

「いまのは教会音楽だ。転調したんだ」

「うへ、ぞっとするな。テントを張るところを見にいこう！」

「夜中の三時に？」

「夜中の三時に！」

ジムが窓からひっこんだ。

つかのま、ジムが跳ねまわり、シャツをまくりあげ、ズボンをはいた。いっぽう夜の田園地帯では、黒塗りの車輛と甘草色《リコリス》の檻を連《つら》ねた葬儀列車が息をあえがせ、煤《すす》けた蒸気オルガンがけたたましく三つの賛美歌を混ぜあわせ、やがてその音がかき消えた。ひょっとしたら、はじめから音などなかったのかもしれない。

「消えてなくなったぞ！」

ジムが眠っている芝生に向かって、自分の家の縦樋《たてどい》をすべり降りた。

「ジム！　待てよ！」

ウィルはあわてて服を着た。

「ジム、ひ、ひとりで行くな！」

そして追いかけた。

12

空高く舞う凧を見ると、それに知恵があって、風を知りつくしているように思えるときがある。それは風に乗って飛び、やがて着地する一点を選ぶと、なにがあろうと、それ以外の場所へは降りない。きみがどれほど紐《ひも》を引っぱろうと、右へ左へ走ろうと、凧はあっさりと紐を切って、休む場所を探し求めるので、追いかけるきみはへとへとになるまで走りまわるはめになるのだ。

「ジム！　待ってくれよ！」

いまジムはそういう凧であり、麻糸《あさいと》を断ち切っていた。しかもその知恵のおかげで、地べたを走り、いまは暗く静かな高空《こうくう》にいて、急に見知らぬ者となった友人を追いかけるしかないウィルを引き離しているのだった。

「ジム、置いてかないで！」

そして走りながらウィルは考えた。ちくしょう、むかしからこうだ。ぼくはしゃべる。ジムは走る。ぼくが石を持ちあげると、ジムは石の下にあった冷たいガラクタをつかむ——電光石火の早業《はやわざ》で！　ぼくは丘を登る。ジムは教会の尖塔《せんとう》に登って大声をあげる。ぼくは銀行に口座がある。ジムにあるのは髪の毛と、口のなかの叫びと、着ているシャツと、はいているテニス・シューズだけだ。なのにどうしてジムのほうが裕福に思えるんだろう？　なぜなら、とウィルは思った。ぼくは岩に腰かけて日なたぼっこするけれど、ジムのやつは月光のもとで腕の産毛《うぶげ》を逆立たせ、ヒキガエルといっしょに踊るからだ。ぼくは牛の世話をする。ジムは毒トカゲを飼い慣らす。ああ、このばか！　とぼくがジムに怒鳴る。意気地《いくじ》なし！　とジムが怒鳴り返す。ああ、やっとジムに追いついた――さあ、行くぞ！

そしてふたりは町から走り出て、野原を越え、鉄道橋の下で同時に立ち止まった。月は山の端にかかり、草地は毛皮のように朝露《あさつゆ》をまとって震えていた。

グワン！

カーニヴァルの列車が轟音《ごうおん》をあげて橋を渡りはじめた。蒸気オルガンがむせび泣いた。

「弾《ひ》いてる人がいないぞ！」ジムが上方に目をこらした。

「ジム、ふざけるなよ！」

「ママの名誉にかけて本当だ、見ろ！」

どんどん遠ざかっていく蒸気オルガンのパイプが、星明かりを浴びてきらめいている。だが、その高い鍵盤の前にすわっている者はいなかった。風が、パイプを吹きぬける氷水のような空気が、音楽を奏でているのだ。

少年たちは走った。列車がカーヴを曲がり、海底に沈んで錆《さ》びつき緑の苔《こけ》も生えた弔鐘《ちょうしょう》を盛んに打ち鳴らしながら去っていった。やがて機関車の汽笛《きてき》が大きな蒸気を噴きあげ、ウィルは氷の真珠を思わせる朝露のなかで立ち止まった。

深夜にウィルは聞いたことがある——どれくらいの頻度でだろう?——眠りの際《きわ》を走る列車の汽笛がピーッと蒸気を噴きだす音を。どれほど近づいて来ようと、その音は寄る辺《べ》なく、孤立していて、遠方にあった。ときどき目をさますと、頬に涙が伝っていることがあり、なぜ泣いているのだろうと自問して、仰向けになり、耳をすまして考えるうち、そうだ! 汽笛のせいで泣けてくるんだ、と答えが思い浮かぶ。列車は東へ行き、西へ行き、はるか田園地帯の奥深くまで行って、町から流れ出る眠りの潮《しお》のなかに沈むのだ。

そうした列車とむせび泣きは、駅と駅とのあいだで永遠に失われ、どこにあったのか記憶に残されることもなく、どこへ行くのかと推測されることもなく、地平線の向こうで最後の青白い息を吐きだして消えてしまう。これまで、すべての列車がそうだった。

それなのに、この列車の汽笛といったら!

一生分の慟哭が、ほかの年のほかの夜のまどろみからこの汽笛のなかに集められている。月を夢見る犬たちの遠吠え、一月のポーチの網戸《あみど》を吹きぬけて血を凍らせる冷たい川風のうなり、千台の消防車のサイレンのむせび泣き、いや、それどころじゃない! 流れ出た息の断片、死にたくないのに死んでしまった、さもなければ死にかけている十億人の抗議の声、彼らのうめき声とため息が大地にあふれだしたかのようだ!

ウィルの目に涙がこみあげてきた。彼はよろめいた。ひざまずいた。靴紐を結びなおすふりをした。

しかし、そのときジムが手で耳を覆うのが見え、彼の目も濡れているのがわかった。汽笛が絶叫した。その絶叫に対抗してジムが絶叫した。汽笛が金切《かなき》り声をあげた。その金切り声に対抗してウィルが金切り声をあげた。

と、そのとき十億の声が一瞬にしてやんだ。まるで列車が大地を離れて炎の嵐へ突入したかのように。

列車は黒い三角旗をはためかせ、胸焼けがするほど甘いキャンディーのにおいをただよわす風を起こし、風が運ぶ黒い紙吹雪《ふぶき》につつまれて、丘をすべるように下っていき、少年たちは列車を追いかけ、空気はあまりにも冷たく、息をするたびにアイスクリームを食べるかのように。

ふたりは最後の丘を登って見おろした。

「おいおい」とジムが小声でいった。

列車は〝ロルフの月の草地〟へ乗り入れていた。その名の由来は、町のカップルがここへ月の出を見に来ることにある。その土地はあまりにも広大で内海さながら、春には草で、晩夏には干し草で、冬には雪で満たされる。月がせりあがってきて、その潮流の面《おもて》で揺れるのを見ながら、すがすがしい岸辺を歩くのは気分爽快《そうかい》なのだ。

そしていま、カーニヴァルの列車は、林の近くにある古い引きこみ線にうずくまり、秋の草に囲まれていた。少年たちは忍びより、灌木《かんぼく》の下に身を伏せて、ようすをうかがった。

「すごく静かだ」とウィルがささやく。

列車は乾燥した秋の野原のまっただなかに停《と》まっていた。機関車は無人で、炭水車も無人で、うしろの車輛も無人、月の下でどこもかしこも黒く、レールの上で金属の冷えるカチカチという小さな音がするだけだった。

「シーッ」とジムがいった。「気配でわかるよ、あそこでだれかが動いてる」

ウィルの全身に何千もの猫の毛玉が生じた。

「ぼくらに見られてるのを気にするかな?」

「かもね」ジムがうれしそうにいう。

「それなら、どうしてあんなにうるさい蒸気オルガンを鳴らしたんだろう?」

「理由がわかったら教えてやるよ」とジムがにんまりと笑い、「あっ、見ろ!」

サラサラいう音。

巨大なモスグリーンの気球が、あたかも空からまっすぐ吐きだされたかのように、月に触れた。

それは二百ヤード上空に浮かんでおり、風に乗って音もなく去っていった。

「気球の下の吊りかご、だれか乗ってるぞ!」

そのとき列車の車掌室《しやしよう》から、この内海の潮流の具合を調べようとする船長さながら、長身の男が降りてきた。全身黒ずくめで、顔が影になっており、草地のまんなかまで歩いていく。

そのシャツは、いま男が空に向けて伸ばした手袋をはめた手と同じくらい黒かった。

男がいちどだけ手をふった。

すると列車が生きかえった。

まずひとつの窓に頭が、人形芝居のあやつり人形のようにひょいと現れ、つづいて腕が、つづいてもうひとつの頭が現れた。つぎの瞬間、その黒衣《こくい》の男ふたりは、シューシューと音をたてている草むらを横切って黒っぽいテントの支柱を運んでいた。

こそりとも音がしないので、ウィルは思わず身を引いたが、ジムのほうは目を月のように輝かせて身を乗りだした。

カーニヴァルには怒号《どごう》がつきもので、森林伐採地《ばっさいち》のように騒然とするのがふつうだ。丸太が積みあげられ、束《たば》ねられ、ころがされ、ぶつかり合い、ライオンのほこりが大爆発を起こし、働く男たちは怒り狂い、炭酸飲料の瓶《びん》がガチャガチャ鳴り、馬の留め金が小刻みに震え、機関車と象が汗の雨のなか全速力で突きぬけ、檻に囚われた檻さながらのシマウマは、いないては身を震わせる。

だが、目の前の光景は古い映画に似ていた。無音《サイレント》の劇場に白黒の幽霊が出没し、銀色の口を開いて月光の煙を吐きだし、風が頬の産毛を揺らす音が聞こえるほど静まりかえったなかでパントマイムが演じられていた。

人影が列車から続々と降りてきて、黒い動物が目を鈍《にぶ》く光らせて歩きまわる檻や、黙りこくった蒸気オルガンの前を通り過ぎた。調子はずれの旋律がかろうじて聞こえるのは、フルーパイプ（パイプオルガンの縦笛式のパイプ。唇管ともいう。）を吹きぬけるそよ風の奏でる音だろう。

その土地のまんなかに団長が立っていた。青カビの生えた巨大なチーズさながらの気球が空の一点に静止した。やがて――暗闇が降りてきた。

雲が月を覆いつくすなか、ウィルが最後に見たものは、空から舞い降りてくる気球だった。夜闇《よやみ》のなかで、男たちが見えない仕事場へ急ぐのが気配でわかった。気球が大きな太ったクモのように綱《つな》と支柱をいじりまわし、空に綴《タピストリー》れ織《お》りを織りあげていくのが感じられた。

雲が晴れた。気球が上昇した。

草地には骸骨のような主柱が立ち並び、主テントのワイヤーが張りめぐらされていて、帆布《キャンヴァス》の皮膚がかぶせられるのを待っていた。

雲がつぎつぎと白い月にかぶさった。そのたびにウィルは影に呑まれて身震いした。ジムが這って進む音がしたので、その足首をつかむと、ジムの体がこわばるのを感じた。

「待てよ！」とウィル。「キャンヴァスを運びだしてるぞ！」

「いや」とジム。「どうも、そうじゃないらしい……」

というのも、ふたりともわかったからだ。キャンヴァスが運びだされているのではない。どういうわけか、柱高くに張られたワイヤーが流れる雲をつかまえ、風から引きちぎって吹き流しに変えているのだ。それが大きな怪物の影によって縫《ぬ》いあわされ、つぎつぎとキャンヴァスに仕立てられるにつれ、テントが形をなしていった。やがて、巨大な旗のひるがえる、澄んだ水のような音がした。

動きが止まった。暗闇のなかの暗闇が静止した。

ウィルは目を閉じて横になり、石油のように黒い大きな翼のはばたく音を聞いていた。まるで太古の巨鳥が轟音をあげて降りてきて、夜の草地に棲《す》みつこうとするかのようだ。

雲が吹き払われた。

気球は消えていた。

男たちも消えていた。

柱にかぶさったテントが、黒い雨のようにさざ波を打った。

不意に町が遠くなったようだった。

ウィルは本能的に背後に視線を走らせた。

草とざわめきしかなかった。

暗く静まりかえった、無人のように思えるテントにゆっくりと視線をもどす。

「気に入らないな」と彼はいった。

ジムはそこから目を離せずにいた。

「ああ」と小声でいう。「まったくだ」

ウィルが立ちあがった。ジムは地面に横になったままだ。

「ジム！」とウィル。

平手《ひらて》打ちを食らったかのように、ジムが首をのけぞらせた。彼は膝立ちになり、体を揺らした。体は向きを変えたが、目はいくつもの黒い旗に、得体の知れない翼や角《つの》や悪魔の微笑をそなえて群れをなしているサイド・ショーの大きな看板に釘づけのままだった。

鳥がけたたましい声で鳴いた。

ジムは飛びあがった。ジムは息を呑んだ。

うろたえたふたりは、雲の影を道連れに、丘を越えて町はずれまで走った。

その先は、少年ふたりだけで走った。

13

開け放たれた図書館の窓から冷気が吹きこんでいた。

チャールズ・ハローウェイは長いことそこに立ちつくしていた。

いま彼ははっとわれに返った。

眼下の通りを、ふたつの影が飛んでいく。その影の上では、ふたりの少年が影と歩調を合わせている。ふたりが夜の空気にそっと足跡をつけていく。

「ジム！」老人が叫んだ。「ウィル！」

だが、大きな声ではなかった。

少年たちは家のほうへ去っていった。

チャールズ・ハローウェイは、窓外《そうがい》の田園地帯に目をやった。

図書館のなかをひとりさまよい、ほかのだれにも聞こえないことを箒に語らせているあいだ、汽笛と調子はずれの蒸気オルガンの賛美歌が聞こえていた。

「三時」いま彼は、なかば口に出していった。「夜中の三時に……」

草地ではテントが、カーニヴァルが待っていた。だれかが草の波をかき分けてくるのを待っていた。大きなテントがふいごのようにふくらんだ。それが静かに吐きだす空気は、年老いた黄色い獣《けもの》のようなにおいがした。

しかし、そのうつろな暗闇を、深い洞窟をのぞきこんでいるのは月だけだった。テントの外では、夜の獣たちが回転木馬の上で四本の脚を宙に浮かせていた。その向こう側にどこまでもつづく〈鏡の迷路〉が横たわり、幾重《いくえ》にも連なる空《から》っぽの虚飾をおさめていた。波に波を重ねたような鏡は静謐《せいひつ》そのものであり、歳月の経過で銀色になり、時の経過で白くなっていた。その入口に影が落ちれば、おののきの色を映した反射像が揺れ動き、深く埋もれた月を暴《あば》きだすかもしれない。

もしその入口に立てば、十億倍に増えた自分が永遠に連なっている光景が見えるのだろうか？　十億の鏡像が見返してきて、どの顔もひとつ前の顔より歳をとっているのだろうか？　五十歳ではなく六十歳、六十歳ではなく七十歳、七十歳ではなく八十歳、九十歳、九十九歳の自分が、深みに積もった細かな塵に埋もれているのが見えるのだろうか？

迷路は問わなかった。

迷路は語らなかった。

それは北極の氷山のようにそびえ立ち、待っているだけだった。

「三時に……」

チャールズ・ハローウェイは冷えきっていた。不意に肌がトカゲの皮膚になった。胃袋に溜まった血が錆《さび》に変わった。口のなかに夜露《よつゆ》の味が広がった。

それでも、彼は図書館の窓に背を向けられなかった。

はるか彼方、草地でなにかがきらっと光った。

月明かりが大きなガラスに反射したのだ。

ひょっとしたら、その光はなにか告げているのかもしれない。暗号でしゃべっているのかもしれない。

あそこへ行こう、とチャールズ・ハローウェイは思った。いや、あそこへ行くつもりはない。

あそこは好きになれそうだ。いや、好きになれそうにない。

つぎの瞬間、図書館のドアがバタンと閉まった。

家に帰る途中、空き店舗の窓の前を通りかかった。

店内には、二台の木挽き台が打ち捨てられていた。

そのあいだに水たまりがあった。水たまりには氷のかけらがいくつか浮かんでいた。その氷のなかに、長い髪の毛が何本か封じこめられていた。

それはチャールズ・ハローウェイの目にはいったが、彼は見ないようにした。きびすを返して立ち去った。まもなく通りは、金物屋のショーウィンドウと同じくらい空っぽになった。

はるか彼方の草地では、〈鏡の迷路〉のなかで影がちらついていた。まるでまだ生まれていないだれかの命の一部がそこに囚われていて、生きるときを待っているかのように。

こうして迷路は、その冷たい瞳をこらし、ようすを見に来た鳥が金切り声をあげて飛び去るのをひたすら待っていた。

しかし、鳥は来なかった。

14

「三時」と声がした。

ウィルは耳をすました。あたりは冷たいが暖かい。さいわいにも、上に屋根があり、下に床があり、多すぎる吹きさらしの空間と、多すぎる自由と、多すぎる夜とのあいだに壁とドアのある場所にいられるのだ。

「三時だ……」

いま帰宅したパパの声が廊下を伝わってくる。ひとりごとをいっているのだ。

「三時だった……」

おや、とウィルは思った。それはあの列車がやってきた時間だ。とすると、パパもあれを見て、聞いて、追いかけたんだろうか？

いや、そんなわけない！　ウィルは体を丸めた。いや、そうしたかもしれないぞ。彼はぶるっと身震いした。自分はいったいなにを怖がっているんだろう？

遠いどこかの岸辺に押しよせる黒い嵐の波のように突進してきたカーニヴァルをだろうか？　自分とジムとパパだけがそのことを知っていて、寝静まった町の人々は知らずにいるということをだろうか？

そうだ。ウィルはますます体を縮めた。それが怖いんだ……。

「三時に……」

夜中の三時に、とベッドのへりに腰かけながらチャールズ・ハローウェイは思った。列車はなぜそんな時間に来たのだろう？

なぜなら、それが特別な時刻だからだ、と彼は心のなかでつぶやいた。その時刻に、女が目をさましていたためしがない。赤ん坊や子供と同じようにぐっすり眠っている。しかし、中年の男はどうだろう？　男たちはその時刻をよく知っている。ああ、ちくしょう、それにくらべれば午前零時はまだましだ。目がさめても、また眠れる。一時や二時も悪くない。寝返りを打っても、また眠りにつける。朝の五時や六時だとしたら希望がある。夜明けは地平線のすぐ下にあるのだから。しかし、それが三時なら、ええい、午前三時なら！　医者の話だと、そのとき人体はどん底の状態にあるのだという。魂はぬけ出ているし、血の動きは緩慢《かんまん》だ。死そのものをのぞけば、人がこれほど死に近づく状態はない。眠りは死の一部といえるが、午前三時にぱっちり目を開いているのは、生きながら死ぬことなのだ！　人は目をあけたまま夢を見る。いやはや、もし起きあがるだけの体力があれば、そのうつつな夢に鹿弾《しかだま》を撃ちこんで、とどめを刺すだろう。だが、そんな体力はない。からからに干《ひ》からびた深い井戸の底に横たわったまま動けないでいる。まぬけな顔をした月が通りかかって、見おろしてくるだろう。日没は遠くへ去り、夜明けははるかに遠い。だから、生まれてこのかた経験した、ばかげたことがすべて思い起こされ、よく知ってはいるものの、いまは死んで久しい人々との愚かしくも楽しい出来事を思いだす——どこかで読んだのだが、病院ではほかのどの時間よりも午前三時に亡くなる人が多いという。それは本当のことではないだろうか……？

やめろ！　と彼は内心で叫んだ。

「チャーリー？」妻が寝言をいった。

彼はゆっくりと靴を脱いだ。

妻が眠ったままほほえんだ。

なぜだ？

彼女は不死身だ。彼女には息子がいる。

おまえの息子でもあるぞ！

だが、本気でそう信じている父親がいるだろうか？　父親は重荷《おもに》を負わないし、痛みを感じることもない。女と同じように、暗闇のなかに横たわり、子供といっしょに起きる男がいるだろうか？　やさしくほほえむ者たちは、よい秘密をかかえている。ああ、女というものは、なんと不思議な時計であることか。女たちは〈時〉のなかに巣をかける。永遠をしっかりとつかんで離さない肉体を作る。天からの贈り物のなかに生きて、力を知り、力を受け入れるので、口に出すまでもないのだ。みずからが〈時〉であり、普遍的な瞬間が過ぎ去るのに合わせて、それを温もりと行動に変えられるのなら、〈時〉について語るまでもない。この温かな時計を、この妻たち――自分が永遠に生きることを知っている者たちを、男がどれほど羨《うらや》み、しばしば憎むことか。ならば、われわれはどうする？　われわれ男は恐ろしく卑《ひ》劣《れつ》になるのだ。なぜなら、世界にも、自分自身にも、なにものにもしがみついていられないから。われわれは連続性というものに対して盲目で、すべてが壊れ、倒れ、溶け、止まり、腐り、あるいは逃げ去ってしまうのだ。〈時〉を形作れないとすれば、われわれ男にはなにが残る？　不眠だ。目が冴えてしまうのだ。

午前三時。それがわれわれに対する報《むく》いだ。夜中の三時。魂の真夜中。潮は引き、魂は衰《おとろ》える。そしてその絶望の時刻に列車が到着する……なにゆえに？

「チャーリー……？」

妻の手が彼の手まで動いた。

「ねえ……だいじょうぶ……チャーリー？」

彼女はまどろんでいた。

彼は返事をしなかった。

自分がだいじょうぶかどうか、わからなかったのだ。

15

レモンのように黄色い太陽が昇った。

空は丸く、青かった。

鳥たちが水のように澄んだ歌を奏でながら、空中に環《わ》を描いた。

ウィルとジムはそれぞれの窓から身を乗りだした。

なにも変わっていなかった。

ジムの目のなかの表情をのぞけば。

「ゆうべ……」とウィルがいった。「あれは本当にあったんだろうか？」

ふたりとも遠い草地のほうに目をこらした。

空気はシロップのように甘かった。影はどこにも、木々の下にさえ見当たらなかった。

「六分！」とジムが叫んだ。

「五分だ！」

四分後、コーンフレークを胃のなかで揺らしているふたりは、落ち葉を踏みつぶし、細かな赤い塵に変えながら町を出た。

大きく息をあえがせ、ふたりは踏みつけていた大地から目をあげた。

するとカーニヴァルがあった。

「おい……」

というのも、テントは太陽のようなレモン色、数週間前の小麦畑のような真鍮《しんちゆう》色だったからだ。ルリツグミのように輝く旗や幟《のぼり》が、ライオン色のキャンヴァスの上ではためいていた。コットン・キャンディー色に塗られた屋台から、ベーコンエッグ、ホットドッグ、パンケーキのかもしだす晴れやかな土曜日のにおいが、風に乗ってただよってきた。いたるところで男の子たちが走っていた。いたるところで、眠たげな父親たちがそのあとを追いかけていた。

「ただの古くさいカーニヴァルじゃないか」とウィルがいった。

「そんなわけあるかよ」とジム。「ゆうべ、ぼくらの目は節穴《ふしあな》じゃなかったぞ。行こう!」

ふたりは百ヤード直進し、中道《なかみち》へはいりこんだ。そして進めば進むほど、ゆうべ奇妙なテントが雷雲のように立ち昇るあいだ、気球の影のなかを猫のように走りまわっていた夜の男たちは影も形もないことがはっきりしてきた。近づいてみると、そのカーニヴァルは白カビの生えたロープ、虫に食われたキャンヴァス、雨ざらしにされ、陽焼《ひや》けして白くなった安ピカ物の集まりだった。哀れなアホウドリのようにポールからぶらさがったサイド・ショーの看板は、風にあおられて古いペンキのかけらをふるい落とすと同時に、痩せた男、太った男、針頭、刺青の男、フラダンサーといった驚くに当たらない驚異の内容をさらけだしていた……。

ふたりはさらにうろつきまわったが、黒っぽい大地に突き刺した短剣に神秘的な東洋風の結び方で縛《しば》りつけられた、邪悪なガスをはらんだ謎めいた真夜中の球体は見つからなかった。猛《たけ》り狂ったもぎりの男が、恐ろしい復讐をくわだてて待ちかまえていることもなかった。チケット売り場のわきにある蒸気オルガンが、殺してやると絶叫することも、支離滅裂な歌を口ずさむこともなかった。列車はどうだろう？　温まってきた草むらに埋もれた引きこみ線の上に停まっているそれは、たしかに古く、赤錆にびっしり覆われていたが、三つの大陸にまたがる蒸気機関車の墓場から、駆動シャフトやフライホイールや煙突を巨大な磁石でかき集めてきて、ぞんざいにくっつけた二流の悪夢のように見えた。無気味な黒いシルエットを浮かびあがらせてもいなかった。疲れきった蒸気と煤を吹きあげて、秋の草むらのなかで野《の》垂《た》れ死ぬのを待つばかりだった。

「ジム！　ウィル！」

七年生のふたりの担任教師ミス・フォーリーが、にこにこしながら中道をやってきた。

「あなたたち」と彼女はいった。「どうかしたの？　なくし物をしたみたいな顔をしてるわ」

「ええと、その」とウィル。「ゆうべ、あの蒸気オルガンの音が聞こえましたか――」

「蒸気オルガンですって？　いいえ――」

「それなら、どうしてこんなに朝早くから来てるんですか、フォーリー先生？」とジムが尋ねた。

「カーニヴァルが大好きなの」とミス・フォーリー。五十歳を超えて灰色にくすんだような小柄な女性は、満面に笑みを浮かべ、「ホットドッグをおごってあげるから、食べてなさい。

そのあいだにばかな甥《おい》っ子を探してくるから。見かけなかった？」

「甥っ子って？」

「ロバートよ。この二、三週間、家《うち》にいるの。父親が亡くなって、母親はウィスコンシンで病気になって。それで、わたしが預かることになったの。今朝早くに家を出て、ここで落ちあおうっていってたのに、まあ、男の子ってものはね！　あら、なにをふさぎこんでるの」

ふたりに食べ物を押しつけ、「さあ、これでも食べて！　元気出して！　あと十分もすれば乗り物が動きだすわ。それまであの〈鏡の迷路〉をのぞいてみても――」

「いけない！」とウィルがいった。

「なにがいけないの？」とミス・フォーリーが尋ねる。

「〈鏡の迷路〉はだめです」ウィルはごくりと唾を飲み、延々と連なる反射像に目をこらした。奥まではとうてい見通せない。まるで冬が立ちはだかり、視線で人を殺そうと待ちかまえているみたいだった。「フォーリー先生」やがて彼はいったが、それが自分の口から出る言葉とは思えなかった。「あそこへ行っちゃだめです」

「どうしてだめなの？」

ジムはウィルの顔をじっと見つめた。

「そうだよ、教えてくれよ。どうしてだめなんだ？」

「迷子になるからだよ」とウィルは自信なさげにいった。

「だったら、なおさら行かなくちゃ。ロバートはあのなかで道に迷って、出られないのかもしれない。わたしが耳を引っぱってやらないと——」

「得体の知れないものが——」ウィルは何百万マイルも連なる盲目のガラスから目を離せなかった。「そこで泳ぎまわっているかもしれないし……」

「泳ぐですって！」ミス・フォーリーが笑い声をあげた。「すばらしい想像力の持ち主ね、ウィリーは。まあ、そうだとしても、わたしは年寄りの魚だから……」

「フォーリー先生！」

ミス・フォーリーは手をふり、身がまえると、一歩踏みだし、鏡の大海原《おおうなばら》のなかへはいっていった。見ていると、彼女は立ち止まってはまた歩きだし、深く深く沈んで、とうとう銀色に溶けこむ灰色のしみとなって消えてしまった。

ジムがウィルをつかみ、

「なんであんなこといったんだよ？」

「なあ、ジム、この鏡は変だよ！　これだけは気に入らない。だって、これだけはゆうべのままなんだ！」

「おいおい、陽に当たりすぎたんだな」ジムが鼻を鳴らした。「あの迷路は……」

その声がとぎれた。彼は、背の高い鏡のあいだから吹きだしてきた、氷室《ひむろ》なみに冷たい空気のにおいを嗅いだ。

「ジム？　なにをいいかけてたんだ？」

しかし、ジムは無言だった。だいぶたってから、片手でうなじをぴしゃりとたたき、「本当だったんだ！」と、すこし驚いた顔で叫んだ。

「なにが本当なんだ？」

「毛だよ！　さんざん本で読んできたんだ。怖い話のなかじゃ、毛は逆立つものなんだよ！　いまは――ぼくの毛も逆立ってる！」

「うわっ、ジム。ぼくの毛もだ！」

ふたりは首筋に鳥肌を立たせ、不意にこわばった短い髪の毛を頭皮の上で逆立たせて陶然《とうぜん》としていた。

光と影が揺らめいた。

彼らがつんのめるようにして〈鏡の迷路〉にはいると、二人の、四人の、十二人のミス・フォーリーが見えた。

どれが本物かわからなかったので、その全員に手をふった。

しかし、どのミス・フォーリーも、こちらを見たり、手をふり返したりはしなかった。彼女は目が見えないかのように歩いていた。目が見えないかのように、冷たいガラスに手を当てていた。

「フォーリー先生！」

彼女の目は、写真機のフラッシュを浴びたようにかっと見開いていたが、彫刻の目のように白い皮がかぶさっていた。ガラスの海中で彼女がなにかいった。つぶやいた。めそめそ泣いた。こんどは叫び声をあげた。と思うと絶叫した。こんどはわめきちらした。頭で、肘でガラスをたたき、光に目がくらんだ蛾のようにふらふらと体を傾け、鉤爪のように曲げた手をあげた。

「ああ、神さま！　助けて！」彼女はむせび泣いた。「助けて、ああ、神さま！」

ジムとウィルが走りだすと、彼らの青ざめた顔と見開かれた目が鏡に映った。

「フォーリー先生、ここです！」ジムが眉間にしわを寄せた。

「こっちです、こっちです！」だが、ウィルが見つけたのは冷たいガラスだけだった。

虚空から手が飛びだしてきた。沈むまぎわの老女の手。溺れる者は藁《わら》をもつかむだ。その藁がウィルだった。彼女はウィルを下へ引っぱった。

「ウィル！」

「ジム！　ジム！」

するとジムが彼をつかみ、ウィルが彼女をつかみ、荒涼たる海から音もなく押しよせてくる鏡のなかから彼女を引っぱりだした。

三人は陽射しのもとへ出た。

ミス・フォーリーは、打ち身のできた頬に手を当てて、ぶつぶつと泣き言をいっていたが、やがて引きつった笑い声をあげると、息を呑み、目をぬぐった。

「ありがとう、ウィル、ジム、本当にありがとう、溺れるところだった！　つまり……その、ウィル、あなたのいうとおりだった！　ところで、あなたたち、あの女の子を見た？　あそこで迷って、溺れていた、かわいそうな女の子、ああ、かわいそうな迷子の……あの子を助けないと、ああ、あの子を助けないと！」

「ねえ、フォーリー先生、痛いよ」ウィルは腕の肉に食いこむほど強く握りしめている彼女の手をきっぱりとふり払った。「あそこにはだれもいません」

「見たのよ！　お願い！　ねえ！　あの子を助けて！」

ウィルは迷路の入口へ駆けより、足を止めた。もぎりの男がおざなりに軽蔑の眼差《まなざ》しを向けてきた。ウィルはミス・フォーリーのもとへ引きかえした。

「まちがいありません、先生の前にもあとにも迷路にはいった人はいなかった。ぼくが悪いんです、なにかが泳いでるなんて冗談をいったから、先生は右も左もわからなくなって、怖くなって……」

だが、聞こえているのだとしても、彼女は手の甲を噛《か》みつづけた。その声は、長い時間恐ろしい深みにいて、空気がつきたあと海から出てきた者の声、生きる望みがなくなったあと、ようやく解放された者の声だった。

「いないですって？　あの子は底にいるわ！　かわいそうな女の子。わたしはあの子を知っていた。ついさっき、あの子をはじめて見たとき、『あなたを知ってるわ！』といわれたの。手をふったら、手をふり返してくれた。『こんにちは！』といって、わたしは走ったわ！――どすん！　とわたしが倒れたら、その子も倒れた。十人の、千人のその子が倒れたの。『待って！』と、わたしはいった。ああ、その子はすごく元気そうで、すごくかわいらしくて、すごく若かった。でも、それでわたしは怖くなった。『こんなところでなにをしてるの？』といったら、『さあね』と、その子がいった気がする、『あたしは本物よ。あなたはそうじゃない！』ってね。その子は水中で笑い声をあげて、迷路の奥へ走っていった。あの子を見つけなきゃ！　そうしないと手遅れに――」

ミス・フォーリーは、ウィルに腰を抱かれたまま、最後の震える息を吸い、妙に静かになった。

ジムはずらりと並ぶ冷たい鏡の深みをのぞきこみ、目には映らないサメを探していた。

「フォーリー先生」彼はいった。「その子はどんな顔をしてました？」

ミス・フォーリーの声は弱々しかったが、落ちついていた。

「じつは……その子はわたしに似ていたの、ずっとずっとむかしの……もう帰るわ」

「フォーリー先生、ぼくらも――」

「いいえ。ここにいて。わたしはだいじょうぶ。楽しんでちょうだい、あなたたち。目いっぱい楽しんで」

そして彼女はひとりきりで、ゆっくりと中道を去っていった。

どこかで大きな動物が小便をした。

風が吹きすぎると、アンモニアが風を太古のものに変えた。

「ぼくも帰るよ！」とウィルがいった。

「ウィル」とジム。「日暮れまでここにいよう、陽が落ちて暗くなったら、なにもかも調べあげるんだ。まさか、怖《お》じ気づいたんじゃないだろうな」

「ちがうよ」ウィルはつぶやいた。「でも……あの迷路にまた飛びこみたいやつがいるかな」

ジムは底なしの海深くまで鋭い視線を注いだ。いま、そこでは純粋な光だけが照りかえし、ふたりの目の前の虚空の向こうで虚無に虚無を重ねていた。

「たぶん……」ジムの心臓が二回打った。「いないだろうな」

16

悪いことは日没に起きた。

ジムが姿を消したのだ。

午前も午後も、ふたりはさまざまな乗り物で絶叫したり、汚い牛乳瓶をひっくり返したり、射的でキューピー人形を倒したりして、においを嗅ぎ、耳をすまし、おが屑《くず》を踏みしだく秋の群衆のあいだを縫って歩いた。

ふと気がつくと、ジムがいなくなっていた。

空がスモモ色に変わるなか、ウィルは自分以外のだれにも尋ねず、絶対にまちがいないと確信をいだいて、夕暮れの雑踏《ざっとう》を無言のましっかりした足どりで歩き、やがて迷路のところまでやってきて、十セントを払い、なかへはいって、いちどだけそっと呼びかけた——

「……ジム……？」

するとジムがいた。親友が遠くへ行ってしまったときに波打ち際《ぎわ》にとり残され、いつかもどって来るのだろうかと疑心暗鬼に囚われた者のように、冷たいガラスの潮流を出たりはいったりしていた。まるで五分にいちどしかまばたきしないかのように、ジムはじっと立ちつくし、目をみはり、口を半開きにして、つぎの波がやってきて、さらに多くの自分を見せてくれるのを待っていた。

「ジム！　そこから出ろ！」

「ウィル……」ジムはかすかなため息をもらした。「ほっといてくれ」

「なにいってるんだ！」ウィルはひと跳びでジムのベルトをつかみ、引っぱった。よろよろと後退しながらも、ジムは自分が迷路から引きずりだされているのがわからないようだった。というのも、畏怖《いふ》に打たれたようすで、なにか目に見えない驚異にあらがいつづけていたからだ――

「ああ、ウィル、ああ、ウィリー、ウィル、ああ、ウィリー……」

「ジム、このばか、連れて帰るぞ！」

「なに？　なに？　なんだって？」

外の空気は冷たかった。空はいまやスモモよりも黒っぽく、残照《ざんしょう》で真っ赤に染まった雲がちらほらと浮かんでいた。陽光がジムの火照った頬を、開いた唇を、きらきら輝く濃緑《のうりょく》の大きな目を赤く染めている。

「ジム、あそこでなにを見たんだ？　フォーリー先生と同じものか？」

「えっ、なんだって？」

「その鼻に一発お見舞いするぞ！　行こう！」彼は熱に浮かされたように興奮している友人、あらがうそぶりのない友人を押したり引いたり、小突《こづ》いたり、抱きかかえたりした。

「いえないんだ、ウィル、どうせ信じちゃもらえない、いえないんだ、あそこには、ああ、あそこには、あそこには……」

「黙れ！」ウィルは彼の腕をなぐりつけた。「怖がらせようっていうんだな、先生がぼくらを怖がらせたみたいに。まったくもう！　じきに晩飯《ばんめし》の時間だ。家の人が心配するぞ。ぼくらが死んで、埋められたんじゃないかってな！」

ふたりはいま、干し草のにおいのする腐葉土《ふようど》でできた野原に建つテントを越えて、秋の草を靴で刈りとりながら大股に進んでいた。残照が大地の下へ隠れるあいだ、ウィルはまっすぐ町のほうを見ていたが、ジムは高いところにあっていまや黒くなりつつある幟をしきりにふり返った。

「ウィル、もどって来よう。今夜――」

「ふん、ひとりでもどればいい」

ジムが立ち止まった。

「ぼくをひとりで来させたりしないよな。いつもそばにいてくれるんじゃないのか、ウィル？　ぼくを守ってくれるんじゃないのか？」

「だれが守ってやるもんか」ウィルは笑い声をあげたが、二度目は笑わなかった。というのも、ジムが彼を見つめていたからだ。その口のなかで最後の荒々しい光が消えていき、鼻孔の細い空洞と、急に落ちくぼんだ両目のなかに囚われた。

「いつもいっしょにいてくれるよな、ウィル」

ジムは熱心にささやきかけた。するとウィルの血が、古くからなじんできた返事を呼び起こした——ああ、いっしょにいるよ、わかってるだろ、いっしょにいる、いっしょにいるよ。

そしてそろって向きを変えたとたん、ガチャンという音がして、黒っぽい盛り土のような革袋につまずいた。

17

ふたりは長いこと、その大きな革袋を見おろしていた。

ウィルがおずおずとそれを蹴った。鉄が消化不良を起こしたような音がした。

「おい」とウィルがいった。「これはあの避雷針売りの袋だぞ!」

ジムは革袋の口に手をすべりこませ、キメラや中国の龍——牙《きば》を生やして、ぎょろりと目をむき、全身がモスグリーンの鱗《うろこ》に覆われている——が金属の柄《え》に群がった、十字架と三日月を合わせたような形のものを引っぱりだした。世界じゅうのありとあらゆる魔除《まよ》けのシンボルがくっついており、少年の手に奇妙な重みと意味をもたらしていた。

「嵐は来なかった。でも、あの男は行っちゃったんだ」

「どこへだよ？　それになんで袋を置いていったんだ？」

ふたりともカーニヴァルのほうへ目をやった。そこでは夕闇がキャンヴァスの大波を色づかせていた。たくさんの影が涼しげに走り出てきて、テントを呑みこんだ。車に乗りこんだ人々は疲れていらだちを募《つの》らせたのか、警笛を鳴らして家路《いえじ》を急いでいた。自転車に乗った少年たちは、口笛を吹きながら犬のあとを追いかけた。まもなく夜のとばりが中道に降り、いっぽう影たちは観覧車に乗って空へ昇り、星々を曇らせるだろう。

「商売道具を置き忘れる人間なんていない」とジムがいった。「これはあのおじさんの全財産だ。よっぽど大事なことがあって――」ジムはやわらかな火を吐きだした――「忘れちゃったんだな。とるものもとりあえず歩きだして、これを置いていったんだ」

「なにがあったんだ？　なにもかも忘れるほど大事なことってなんだろう？」

「そりゃあ――」ジムは興味津々《しんしん》という顔で友人をしげしげと見た。その顔に薄明かりが射していた――「だれにもわからないさ。自分で突き止めるしかない。謎が謎を呼ぶってやつだ。避雷針売りの男。避雷針売りの袋。いま調べないと、真相はわからずじまいってことになりそうだ」

「ジム、あと十分で――」

「たしかに！　中道は真っ暗になるし、みんな夕食を食べに帰る。ぼくらしかいなくなるんだ。でも、それってご機嫌じゃないか。貸し切りみたいなもんだぞ！　さあ、あそこへもどろう！」

〈鏡の迷路〉を通りかかると、ふたつの軍勢――十億人のジムたち、十億人のウィルたち――がぶつかりあい、溶けて消えるのが見えた。それらの軍勢と同様に、本物の群衆も消えていた。

少年たちは夕闇につつまれた野営地《やえいち》にふたりきりで立ち、明るい部屋で温かい食べ物を前にしてすわっている町の少年たちのことを考えていた。

18

貼り紙に赤い文字でこう記されていた――「**故障中！　立入禁止！**」

「その貼り紙は一日じゅう出てた。こんな貼り紙、信じないぞ」とジム。

ふたりはメリーゴーラウンドをのぞきこんだ。それは風に揺れて轟々《ごうごう》と乾いた音をたてるオークの木の下に横たわっていた。その馬と山羊《やぎ》とカモシカとシマウマが、真鍮の投げ槍《やり》に背骨をつらぬかれ、断末魔の苦しみに口をゆがめて宙に浮かんでいた。目に怯《おび》えの色を浮かべて慈悲を乞い、パニックの色をした歯で復讐を誓いながら。

「壊れてるようには見えないな」

ジムはジャラジャラ鳴る鎖《くさり》をまたぎ、月のように大きなターンテーブルに飛び乗って、狂乱したまま永遠に動きを封じられた獣たちのあいだに立った。

「ジム！」

「ウィル、調べてない乗り物はこれだけだ。だとすると……」

ジムがぐらりと揺れた。狂気に満ちた回転木馬の世界が、彼の痩せた体の重みですこし傾いたのだ。彼は動物たちのあいだを縫って真鍮の森を歩きまわり、濃いスモモ色の雄馬《おすうま》にひらりとまたがった。

「おい、こら、小僧！」

ひとりの男が、機械の暗がりからぬっと現れた。

「ジム！」

蒸気オルガンのパイプと月色の皮を張ったドラムのあいだの暗がりから男は手を伸ばし、悲鳴をあげるジムを空中に吊りあげた。

「助けて、ウィル、助けてくれ！」

ウィルは動物たちのあいだへ躍りこんだ。

男はにんまりと笑い、ウィルを楽々と抱きかかえると、ジムの隣へふりあげた。ふたりは燃えるように赤い髪の毛を、爛々《らんらん》と輝く青い目を、隆々たる二頭筋《にとうきん》を見おろすことになった。

「故障中だよ」男がいった。「字が読めないのか？」

「降ろしてやれ」と、やさしげな声。

宙吊りになったジムとウィルは、鎖の外側に立っている背の高い男に目をやった。

「降ろしてやれ」その男は重ねていった。

するとふたりは、荒々しいが不平をいわない野獣たちの集《つど》う真鍮の森を抜けて運ばれ、地面に降ろされた。

「ぼくらは――」とウィル。

「乗ってみたくなったんだね」

この第二の男は、街灯柱《ばしら》と同じくらい背が高かった。月のようにあばただらけの青白い顔が、下方に立つ三人に光を照り返している。ヴェストは鮮血の色。眉毛、髪の毛、スーツは甘草《リコリス》の黒。そしてスカーフに刺したタイピンから太陽のように黄色い宝石が見つめてくる。それは彼の目と同じ色合いで、輝く水晶を思わせる光沢をおびていた。しかし、瞬時にウィルの目を奪ったのは、なによりもスーツだった。というのも、ごわごわしたイノシシの毛と、時計のゼンマイなみに硬い毛と、絶えず小刻みに震え、絶えずきらめいている黒っぽい麻のたぐいで織られているように見えたからだ。そのスーツは光を捉え、かゆくてたまらなくさせる黒いイラクサのベッドのように揺らめいており、その動きは男の長身を覆っていた。したがって、その男が悶《もだ》え苦しみ、悲鳴をあげて、服を脱ぎ捨てても当然のように思われた。しかし、男はむずがゆいイラクサのスーツをまとっていても、月のように泰然《たいぜん》と立ち、黄色い目でジムの口を見つめていた。ウィルのほうには目もくれなかった。

「ダークという者だ」

彼は白い名刺を大げさにふった。名刺が青くなった。

ささやき声。赤くなれ。

さっと横に払う動き。緑の男が、名刺に印刷された木からぶらさがった。

ひらひら。シュッ。

「ダークだ。そこにいる赤毛の男は、わが友ミスター・クーガー。すなわちクーガー&ダーク……」

くるり、ひょい、シュッ。

白い四角の上に名前が現れては消える――

「……合同シャドウ・ショー……」

カチリ、ワシャ。

キノコの魔女が、朽《く》ちかけた薬草鍋《なべ》を揺り動かす。

「……並びに大陸横断万魔殿劇団《パンデモニウム・シアター・カンパニー》……」

彼は名刺をジムに渡した。いまそこにはこういう文字が並んでいた――

承《うけたまわ》ります――検査、油差し、研磨《けんま》、並びに修繕《しゅうぜん》
対象は死番虫《しばんむし》

ジムは落ちつき払ってそれを読んだ。ジムは宝物ではちきれそうなポケットに落ちつき払って手を入れ、なかを探ってから、その手をさし出した。

掌の上に茶色い昆虫の死骸が載っていた。

「じゃあ、これを直してよ」とジムはいった。

ミスター・ダークが笑い声を爆発させた。

「すばらしい！　直すとも！」彼は手を伸ばした。シャツの袖《そで》がまくれあがる。あざやかな紫と、黒と、緑と、電光のような青で彩《いろど》られた、ウナギと蛇とラテン風の渦巻模様が手首までのぞいて見えた。

「すごい！」ウィルが叫んだ。「おじさんが刺青の男《タトウード・マン》なんですね！」

「ちがうよ」ジムが見知らぬ男をじろじろと見て、「全身を彩った男《イラストレイテッド・マン》だよ。大ちがいだ」

ミスター・ダークが満足げにうなずいて、

「名前はなんというんだね、坊や？」

教えるな、とウィルは思ってから、考えなおした。どうして駄目なんだ？　かまわないじゃないか。

ジムは唇を引きつらせたりしなかった。

「サイモン」と彼は答えた。

そして笑みを浮かべて、それが嘘であることを示した。

ミスター・ダークは笑みを浮かべて、それが嘘だと見ぬいていることを示した。

「もっと見たいかね、サイモン？」

ジムはうなずかなかった。相手を満足させたくなかったのだ。

ミスター・ダークはうれしそうに大きく口を動かしながら、ゆっくりと袖を肘までまくりあげた。

ジムは目をみはった。その腕は、ゆらゆらと身をくねらせて襲いかかろうとしているコブラのようだった。ミスター・ダークが拳《こぶし》を握り、指を動かした。筋肉が躍った。

ウィルはまわりこんで、よく見たかったが、ジム、おお、ジム！　と友人の身を案じながら見ていることしかできなかった。

というのも、ジムとこの長身の男が、あたかも深夜に店舗の窓に映った鏡像に相対《あいたい》するかのように、おたがいをじっくりと眺めていたからだ。長身の男のイラクサのスーツは、ちょうどいま影を伸ばしてジムの頰を黒く染め、つぶらな瞳を嵐の空に変えている。つまり、ふだんは猫の目を思わせるあざやかな緑が、雨空の色になっているのだ。ジムは長距離を走ってきたランナーのように立ちつくし、口に熱気を溜めて、両手を開き、どんな贈り物でも受けとろうというかまえをしていた。そしていまこのとき、その贈り物はパントマイムで披露される数々の絵だった。星々が頭上に現れるなか、ミスター・ダークが温かく脈打つ手首の上で冷たい肌に彫られた刺青を動かすと、ジムは目をこらしたが、ウィルにはよく見えなかった。遠く離れたところで最後尾に連なっていた町の人々が、暖かい車に乗って町へ向かって去っていき、ジムが蚊の鳴くような声で「すげえ……」といい、ミスター・ダークが袖を降ろした。

「ショーはおしまいだ。夕食の時間だよ。カーニヴァルは七時まで閉まってる。みんな留守にするんだ。またおいで、サイモン、そうしたら修理のすんだメリーゴーラウンドに乗りたまえ。この名刺を持っておいき。無料《ただ》券だ」

ジムは隠れた手首に目をこらし、名刺をポケットにしまった。

「さよなら！」

ジムは走った。ウィルも走った。

ジムはくるっと身をひるがえし、視線を走らせると、飛び跳ねて、この一時間で二度目に姿を消した。

ウィルが木を見あげると、枝の上でジムが体をもぞもぞさせて、姿を隠すところだった。ウィルはうしろをふり返った。ミスター・ダークとミスター・クーガーは背中を向けており、メリーゴーラウンドの修理に忙しそうだ。

「早くしろ、ウィル！」

「ジム……？」

「見つかるぞ。跳べ！」

ウィルは跳んだ。ジムが彼を引っぱりあげた。大木が揺れた。風が空で吠えていた。ジムの助けを借りて、ウィルはあえぎながら枝にしがみついた。

「ジム、こんなところにはいられないよ！」

「黙って！　あれを見ろ！」とジムがささやき声でいう。

回転木馬の機構のどこかでトントンと音がして、真鍮がコツンと鳴り、蒸気オルガンがピユーッと蒸気をか細く噴きあげた。

「あの人の腕になにがあったんだ、ジム？」

「絵があった」

「それはわかってる。でも、どういう絵だったんだ？」

「あれは——」ジムは目を閉じた。「あそこに——描いてあったのは……蛇で……そう……蛇の絵だった」しかし、目をあけても、ウィルを見ようとしなかった。

「いいよ、教えたくないなら」

「教えただろ、ウィル、蛇だって。あとであの人に頼んで、きみにも見せてもらえるようにしよう。見たいんだろう？」

いいや、見たくなんかないぞ、とウィルは思った。

彼は人けのない中道に撒《ま》かれているおが屑と、そこに残された十億の足跡を見おろした。ふと気づいたのだが、いまや正午よりも真夜中のほうがはるかに近くなっていた。

「ぼくは帰るよ……」

「いいさ、ウィル。帰れよ。鏡の迷路、歳をとった女の先生、道ばたに落ちていた避雷針の袋、姿を消した避雷針売り、踊る蛇の絵、故障の直ったメリーゴーラウンド、それなのに家へ帰りたいって⁉ いいよ、ウィル、長いつきあいだったけど、あばよ」

「ぼくは……」ウィルは木を降りはじめて、ぴたりと動きを止めた。

「もう故障箇所はないな？」と下で大声がした。

「故障箇所なし！」中道の突き当たりでだれかが叫んだ。

五十フィートと離れていないところで、メリーゴーラウンドのチケット売り場のそばにある赤い配電盤までミスター・ダークが移動した。彼は四方八方に目を配った。木の枝葉の奥まで見通そうとするかのようだった。

ウィルは枝に抱きつき、ジムも抱きつき、体を縮めた。

「まわせ！」

ポン、バンと音がして、手綱がジャラジャラ鳴り、真鍮が上下し、昇降し、回転木馬が動きだした。

でも、壊れてる、とウィルは思った。まだ故障してるぞ！

ジムにちらっと目をやると、必死に下を指さしていた。

たしかに、メリーゴーラウンドはまわっていた。しかし……。

逆まわりしているのだ。

回転木馬の機構に内蔵された小型の蒸気オルガンが、神経質な雄馬のように震えるドラムを打ち鳴らし、収穫月（秋分にもっとも近い満月）の形をしたシンバルをたたき、カスタネットをカチカチいわせ、リード楽器、ホイッスル、バロック・フルートをうめかせ、すすり泣かせた。

この音楽も逆向きだぞ！　とウィルは思った。

まるでウィルの考えが聞こえたかのように、ミスター・ダークがくるっとふり向いて、視線をあげた。風が黒いうなり声をあげて木々を揺さぶった。ミスター・ダークは肩をすくめて、視線をはずした。

回転木馬が速度をあげた。金切り声をあげ、勢いよく飛び跳ねながら、逆向きにぐるぐるまわっている！

燃えるように赤い髪と火のように青い目をしたミスター・クーガーが、いまは中道を行ったり来たりして、最終チェックをおこなっていた。彼はふたりのいる木の下に立った。ウィルが唾を吐けば、降りかかりそうな位置だ。とそのとき、蒸気オルガンが穢《けが》らわしい殺人を思わせる、ひときわ激しい叫びをあげ、それに応《こた》えて遠い田園地帯の犬たちが遠吠えした。するとミスター・クーガーがくるりと身をひるがえして走りだし、逆向きに回転する動物たちの宇宙に飛び乗った。動物たちは、果てしなくめぐる夜をうしろ前の状態で追いかけ、まだ見つかっていないし、けっして発見されることのない目的地へ向かっていた。彼は真鍮のポールをつぎつぎと手でたたいたあと、ある椅子に飛びこみ、ごわごわした赤毛とピンクの顔、信じられないほどあざやかな青い目をして押し黙ったまま、ひたすら逆回転をつづけた。けたたましい音楽が、吸いこまれる息のように、彼といっしょにすばやく逆進した。

あの音楽、なんの曲だろう？　どうして逆進しているとわかるんだろう？　ウィルは思った。彼は枝にしがみつき、旋律を捉えてから頭のなかで順方向にハミングしようとした。しかし、真鍮のベルとドラムの音に胸を強打され、心臓を刺激されるので、脈拍が逆転し、血が全身をすさまじい勢いで逆流して、彼はあやうく木からふり落とされそうになった。そのため青い顔をして枝を抱きかかえ、逆回転する機械と、そのわきの配電盤の前で警戒しているミスター・ダークの姿を目におさめるのが精いっぱいだった。

新たな事態が生じているのに先に気づいたのはジムのほうだった。というのも、彼がウィルをいちど蹴り、ウィルが目を彼のほうに向けると、機械がつぎにめぐってきたとき、それに乗っている男を狂ったように顎で示したからだ。

ミスター・クーガーの顔は、ピンクの蠟のように溶けていた。

その手は人形の手になりかけていた。

骨が衣服の下で沈みこんだ。と思うと、縮んだ骨格に合うように衣服が縮んだ。

その顔がちらちらと揺れ、ひとめぐりするたびに溶けていった。

ジムの頭が弧を描くのが見えた。

回転木馬がまわった。逆回転する月のような大きな円盤、突進する馬たち、そのあとを逆行して追いかける音楽。いっぽうミスター・クーガーは、影のようにあっさりと、光のようにあっさりと、時のようにあっさりと若返っていった。もっと若く。もっともっと若く。

ひとめぐりするたびに、すわっている彼の骨は、暖められた蠟燭のように形を変えて、歳月を燃やしつくしていった。彼は遠ざかっていく炎の星座と、子供たちが隠れている木をおだやかな目で見つめ、それらから離れるにつれ、鼻が小さくなり、やわらかな蠟のような耳が形を変えて小さなピンクのバラになった。

ミスター・クーガーは、もはや逆回転がはじまったときの四十歳ではなく、十九歳だった。

馬とポールと音楽から成る逆向きのパレードがぐるぐるまわり、中年男は青年になり、青年はみるみる若返って少年になり……。

ミスター・クーガーは十七歳、十六歳……。

空と木の下で回転木馬はまわりつづけ、十六歳……。ウィルはつぶやき、ジムは回転した数を数え、いっぽう夜の空気は真鍮の摩擦《まさつ》で夏の暑さにまで温まり、獣たちが逆向きに疾走するなか、蠟人形をどんどん溶かし、ますます風変わりになる音楽をミスター・クーガーに浴びせたが、やがてすべてが止まり、すべてが死んだように静まりかえり、蒸気オルガンは真鍮の弁を閉ざし、金属の機械がシューシュー音をたて、アラビアの砂時計に吹きよせる砂漠の砂のように最後にクシュンと音を漏らして、回転木馬は海藻《かいそう》のはびこる海の上でひと揺れして、動かなくなった。

彫刻のほどこされた白い木橇《きぞり》の形をした椅子にすわっている人物は、ひどく小柄だった。

ミスター・クーガーは十二歳だった。

そんなばかな。ウィルの口がその言葉を形作った。そんなばかな。ジムの口も同じだった。

小さな人影は沈黙の世界から降りてきた。その顔は影になっていたが、新生児のようにしわの寄ったピンクの両手が、ギラギラしたカーニヴァルの灯火のなかにさし出された。

その異様なおとなな子供は、どこかに怯えのにおいを、すぐ近くに恐怖と畏怖のにおいを嗅ぎつけたのか、視線をさっと上下に走らせた。ウィルは体をきつく丸めて、目を閉じた。恐ろしい視線が、吹き矢のように葉叢《はむら》を突きぬけ、わきをかすめるのを感じた。と、つぎの瞬間、小さな人影は人けの絶えた中道を脱兎《だっと》のごとく走り去った。

先に葉をかき分けたのはジムのほうだった。

ミスター・ダークも夜のしじまのなかに消えていた。

ジムが地上へ降りるまで、永遠の時間がかかったように思えた。ウィルがそのあとから降りていった。ふたりとも先ほどの無言劇の衝撃で頭がくらくらし、心がざわめいていた。出来事そのものにも驚いたが、その元凶が夜と未知のなかへ走り去ったせいで、ますます不安をかきたてられたのだ。ふたりとも混乱し、たがいの腕にすがりついて震えていたが、ふたりを誘いだそうとして草地を走っている小さな影を目で追いながら先に口を開いたのはジムのほうだった。

「ああ、ウィル、家に帰っておけばよかった。ご飯を食べておけばよかった。でも、もう遅い、見ちまったんだ！　もっと見ないといけない！　そうだろう？」

「ちくしょう」ウィルがみじめな声でいった。「たぶん、そのとおりだ」

そしてふたりは肩を並べて走った。なにを追いかけているのか、どこにだれがいるのか見当もつけられないまま。

19

幹線道路に出ると、淡い水色の残照は丘陵の彼方へ消えており、ふたりがなにを追いかけているにしろ、それははるか前方にあって、ようやく灯った街灯の光を浴びて闇のなかへ走っていく斑点にしか見えなかった。

「二十八回だ！」ジムがあえぎ声でいった。「二十八回だった！」

「メリーゴーラウンドのことだろう。そのとおりだ！」ウィルが首をぐいっと引いた。「数えたんだ、二十八回、あれは逆回転した！」

前方で、小さな人影が立ち止まり、こちらをふり返った。

ジムとウィルは木のわきに飛びこんだ。それがまた動きだす。

〝それ〟とウィルは思った。どうして〝それ〟だと思ったんだろう？　あいつは男の子だ、中年の男だ……いや……なにかが変身したものだ。あいつの正体は〝それ〟なんだ。

ふたりは町はずれにたどり着いて、境界を越えた。駆け足をつづけながらウィルがいった。

「ジム、あの回転木馬にはふたり乗ってたにちがいないよ、ミスター・クーガーと、さっきの男の子と――」

「ちがうよ。ぼくはあいつから目を離さなかった！」

ふたりは理髪店のわきを駆けぬけた。ウィルは窓の貼り紙が目にはいったが、見なかった。それを読んだが、読まなかった。記憶したが、忘れてしまった。彼は走りつづけた。

「おい！　あいつはカルペッパー通りへ曲がったぞ！　急げ！」

ふたりは角《かど》をまわりこんだ。

「いない！」

がらんとした通りが、街灯の光を浴びて延びていた。

石蹴り遊びのチョーク跡のついた歩道に落ち葉が舞っていた。

「ウィル、フォーリー先生はこの通りに住んでるんだ」

「そうだ、四軒目だ。でも——」

ジムはポケットに両手を突っこみ、さりげなく口笛を吹きながら、ぶらぶらと歩いていった。ウィルもついていった。ミス・フォーリーの家の前で、ふたりはちらっと顔をあげた。

ほのかな光に照らされた正面の窓のひとつで、だれかが外を眺めていた。

少年だ、十二歳ちょうどの。

「ウィル！」ジムがそっと声をかけた。「あの男の子——」

「先生の甥っ子かな……？」

「甥っ子だって、まさか！　あっちに顔を向けるなよ。唇を読まれるかもしれない。ゆっくり歩くんだ。角まで行ったら引きかえす。あいつの顔が見えるか？　目だよ、ウィル！　そこだけは変わらないんだ。若くても、歳をとっていても、六歳でも、六十歳でも！　たしかに男の子の顔だけど、目はミスター・クーガーの目だ！」

「ちがうよ！」

「ちがわない！」

ふたりは足を止めて、おたがいの心臓が早鐘《はやがね》のように打っているのをたしかめた。

「歩きつづけろ」ふたりは歩きつづけた。ジムが先に立って、ウィルの腕をしっかりと握っていた。「ミスター・クーガーの目を見ただろう？　あいつがぼくらを吊りあげて、頭をぶつけ合わせようとしたときに。あの男の子を見ただろう？　回転木馬から降りたときに。あいつは木に隠れていたぼくのすぐそばを見あげたんだ。そうしたら！　溶鉱炉の扉が開いたみたいだった！　あの目は忘れようたって忘れるもんじゃない！　それがいま、あの窓辺にあるんだ。まわれ右しろよ。さあ、気を楽にして、ゆっくりと引きかえそう……。自分の家になにが隠れているのか、フォーリー先生に教えないといけないんじゃないか？」

「ジム、フォーリー先生や、先生の家にいるものなんかほっとけよ！」

ジムは応えなかった。ウィルと腕を組んで歩きながら、友人に目をやり、いちどだけまばたきした。両のまぶたがそのきらめく緑の目を覆ってから、元にもどる。

そしてウィルは、またしてもジムについて、あることを感じた。むかし飼っていたが、もう忘れかけている犬にまつわることだった。その犬は、ふだんはおとなしくしているのだが、毎年ある時期になると外の世界へ走り出て、何日も帰ってこず、ようやく帰ってきたときは、足を引きずり、体じゅうにイガをつけ、痩せ細り、沼とゴミ溜めのにおいをプンプンさせていた。汚らしい飼い葉桶や不潔な肥溜《こえだ》めのなかでころげまわってから、鼻面《はなづら》に滑稽《こっけい》なほほえみを貼りつけて、その足で家へ帰ってきたのだろう。パパはその犬にプラトン、すなわち荒野の哲学者という名前をつけていた。その目を見れば、この犬が知らないことはないとわかるからだ。帰ってくると、その犬は無邪気に何カ月も元の優雅な暮らしをつづけ、やがてまた姿を消して、同じことをくり返すのだった。いま、こうして歩いていると、ジムが小声でクンクンいうのが聞こえるような気がした。ジムの全身で剛毛《ごうもう》がこわばるのを感じとれた。ジムの耳が垂れるのが感じられ、彼が新しい闇のにおいを嗅ぐところが見えた。ジムはだれも知らないにおいを嗅ぎ、別の時間を告げる時計のカチカチという音を聞く。いまはその舌さえ見慣れぬものとなり、下唇をなめているかと思えば上唇をなめている。やがてふたりは、ミス・フォーリーの家の前でふたたび立ち止まった。

正面の窓にはだれもいなかった。

「玄関まで行って、ベルを鳴らそう」とジム。

「なんだって、あいつと顔をつき合わせるのか?!」

「ぼくのおばさんの眉毛にかけて、ウィル。たしかめないといけないんだ。握手して、あいつの目だかなんだかをじっと見つめて、もしあいつが――」

「あいつの目の前で、フォーリー先生に気をつけてくださいなんていえないぞ」

「あとで電話するんだよ、このまぬけ。行くぞ！」

ウィルはため息をつき、踏み段をあがった。この家にいる少年のなかにミスター・クーガーが潜んでいて、睫毛《まつげ》のあいだに正体がのぞいて見えるのかどうか、知りたいような知りたくないような気持ちだった。

ジムがベルを鳴らした。

「あいつが出てきたらどうする？」ウィルが語気を強めて訊いた。「ちくしょう、怖くてたまらない、ぶるっちまうよ。ジム、どうして怖くないんだ、どうしてだよ？」

ジムは震えていない両手をしげしげと見て、

「驚いたな」と息を呑んだ。「きみのいうとおりだ！　怖くないぞ！」

ドアがさっと開いた。

ミス・フォーリーが満面の笑みでふたりを出迎えた。

「ジム！　ウィル！　いらっしゃい」

「フォーリー先生、だいじょうぶですか？」とウィルが思わずいってしまった。

ジムが彼をにらんだ。ミス・フォーリーは笑い声をあげた。

「あら、だいじょうぶじゃないわけがあるの？」

ウィルは顔を赤らめた。

「さっき、カーニヴァルの鏡のところで――」

「ばかばかしい、もう忘れちゃったわ。さあ、あなたたち、なかへはいらないの？」

彼女はドアを大きくあけていた。

ウィルは足を引きずって一歩踏みだし、立ち止まった。

ミス・フォーリーの背後で、ビーズのカーテンが青黒い雷雨のように、居間の入口に垂れさがっていた。

その色つきの雨が床に触れているところに、ほこりまみれの小さな靴が突き出ていた。驟《しゅう》雨《う》のすぐ向こうに邪悪な少年が立っているのだ。

邪悪だって？　ウィルは目をしばたたいた。どうして邪悪なんだ？　なぜなら。「なぜなら」答えるまでもないからだ。たしかに少年だ、そして邪悪なのだ。

「ロバート？」ミス・フォーリーがふり返り、降りやむことのない青黒いビーズの雨ごしに声をかけた。彼女はウィルの手をとり、そっと屋内へ引きこんで、「わたしの生徒さんふたりにご挨拶しなさい」

降り注ぐ雨が横へそれた。まるで玄関の天気をたしかめるかのように、あざやかなキャンディー・ピンクの手がぬっと突き出てきた。

しまった、とウィルは思った。あいつはぼくの目をのぞきこむ！　そうしたら、そこに見えるのは逆回転するメリーゴーラウンドと、あいつ自身の姿だろう。なにしろ、雷に打たれたみたいに、ぼくの目玉に焼きつけられてるんだから！

「フォーリー先生！」とウィルはいった。

そのときピンクの顔が、凍りついた嵐のネックレスから突きだされた。

「よくない話があるんです」

いいかけたウィルの肘をジムが強めに小突いて黙らせようとした。

青黒い水の流れのようなビーズをかき分けて、こんどは胴体が出てきた。小柄な少年のうしろで雨脚《あまあし》が弱まった。

ミス・フォーリーが期待するような表情で少年のほうに身を乗りだした。ウィルの肘をジムがきつく握りしめる。ウィルは口ごもり、顔を赤らめてから、吐きだすようにいった――

「ミスター・クロセッティが！」

突如として、理髪店の窓の貼り紙がくっきりと目に浮かんだ。わきを通りかかったとき、目に映りはしたが、ちゃんと見なかった貼り紙が――

店主急病につき休業します。

「ミスター・クロセッティが！」彼はそうくり返してから、早口につけ加えた。「あの人は……亡くなったんです……床屋《とこや》さんが？」

「なんですって……床屋さんが？」

「床屋さんが？」とジムが異口同音にいう。

「この髪形、わかりますか？」ウィルが手を頭に当てて、震えながらふり返った。「あの人にやってもらったんです。さっき通りかかったら、貼り紙がしてあって、近所の人の話だと――」

「痛ましい話ね」ミス・フォーリーは、見知らぬ少年を引っぱりだそうと手を伸ばしていた。「すごく残念だわ。さあ、あなたたち、こちらはロバート、ウィスコンシンから来たわたしの甥よ」

ジムが片手を突きだした。甥のロバートは興味津々《しんしん》という顔でそれを見つめて、

「なにをじろじろ見てるんだよ？」と尋ねた。

「きみの顔に見憶えがあるんだよ」とジム。

ジム！　と内心でウィルは叫んだ。

「ぼくのおじさんに似てるんだ」とジムは愛想よくいった。

甥がウィルに目を転じると、彼はひたすら床を見つめていた。回転木馬の記憶につられて目玉がぐるぐるまわるのを少年に見られるのではないかと恐れたのだ。なんともばかげたことに、音楽を逆向きにハミングしたくなった。

さあ、あいつと顔を合わせろ！

彼は顔をあげて、まっすぐ少年を見た。

頭がどうにかなりそうだった。床が足もとで沈んでいった。というのも、目の前にあるのはピンクに輝くハロウィーンのマスクのような小柄でかわいらしい少年の顔なのに、そこには穴でもあいているかのように、ミスター・クーガーの年老いた目がのぞいていたからだ。鮮明な青い星々と、地球まで届くのに百万年もかかるその光に負けず劣らず煌々《こうこう》と輝く目が。そしてつやつやした蠟のマスクにあいた小さな鼻孔を通して、ミスター・クーガーの息が湯気となってはいっていき、氷となって出てきていた。そして整然と並ぶ白い歯の裏側で、ヴァレンタインのキャンディーのような舌がうごめいていた。

目の形をしたスリットの奥のどこかで、ミスター・クーガーが、小型カメラになっている瞳孔でパチリ・カシャッとシャッターを切った。レンズが太陽のように爆発したかと思うと、燃えつきて冷え、静かになった。

彼は視線をぐるっとジムに向けた。パチリ・カシャッ。ジムを収縮させ、焦点を合わせ、撮影し、現像し、乾燥させ、暗闇にしまいこむ。パチリ・カシャッ。

それなのに、自分以外の少年ふたりと女性ひとりといっしょに玄関に立っているのは、ただの少年なのだ……。

そのあいだジムのほうも、視線をひたと据えて見つめかえし、ロバートの写真を撮《と》っていた。

「あなたたち、夕食はすませたの?」とミス・フォーリーが尋ねた。「わたしたちはちょうどこれから――」

「もう行かないと!」

まるでウィルが永久にここにいたいわけではないということに驚いたかのように、三人そろって彼を見た。

「ジム――」彼は口ごもった。「きみのママはひとりで家に――」

「ああ、そうだった」ジムがしぶしぶいった。

「だったら」甥のロバートがいったん言葉を切って注目を集めた。三人が顔を向けると、甥の内部のミスター・クーガーが、音もなくパチリ・カシャッ、パチリ・カシャッと写真を撮り、おもちゃの耳をすまし、おもちゃの魅力をそなえた目を通して見つめ、ペキニーズの舌をそなえた人形の口をすぼめた。「あとでいっしょにデザートはどうかな?」

「デザート?」

「ウィラおばさんをカーニヴァルへ連れていくんだ」少年がミス・フォーリーの腕を撫でる

うち、彼女は神経質に笑いだした。

「カーニヴァル?」とウィルが叫び、声を低くして、「フォーリー先生、さっき先生は――」

「わたしは愚かで、わけもなく怯えたといったの」とミス・フォーリー。「土曜の夜よ、テントのショーを見るには最高の夜だし、この子にも見せてやりたいの」

「いっしょに行かない?」とロバートがミス・フォーリーの手を握って誘った。「あとでいいからさ」

「行くとも!」とジム。

「ジム!」とウィル。「今日は一日じゅう出歩いてたじゃないか。きみのママは病気なんだぞ」

「忘れてた」ジムは純粋な蛇毒で満たされた眼差しをウィルに向けた。

カシャリ。甥がジムとウィル両方のX線写真を撮った。そこに映っているのは、温かい肉のなかで震えている冷たい骨にちがいない。

「じゃあ、明日だ。サイド・ショーのわきで会おう」

「そうしよう!」ジムが小さな手を握った。

「さよなら!」ウィルはドアの外へ飛びだしてから、最後にもういちど、訴えかけるような表情で教師をふり返った。

「フォーリー先生……」

「なあに、ウィル?」

その男の子と行かないで、と彼は思った。ショーに近づかないで。家にいてください、ああ、お願いです！　しかし、そのとき彼が口にした言葉はこうだった――

「ミスター・クロセッティが亡くなりました」

彼女はうなずき、心を動かされたようすで、彼が涙ぐむのを待った。そして彼女が待っているあいだにウィルはジムを引きずりだし、ミス・フォーリーと、話に一貫性のない少年ふたりをパチリ・カシャッとレンズで撮影しているピンクの小さな顔の前でドアを閉め、十月の闇のなか、ころげるように踏み段を降りた。そのあいだウィルの頭のなかではメリーゴーラウンドがまた動きだし、頭上の木の葉が風にあおられて乾いた音をたてるなかで突進をはじめた。ウィルが口から唾を飛ばしていった。

「ジム、あいつと握手したな！　ミスター・クーガーだぞ！　まさか、あいつとまた会ったりしないよな⁉」

「そうだよ、あれはミスター・クーガーだ。ちくしょう、あの目ときたら。もし今夜またあいつに会ったら、謎は全部解けるんじゃないかな。いったいなにを心配してるんだ、ウィル？」

「ぼくが心配してるって！」いまや踏み段を降りきって、ふたりは小声とはいえ激しい口調で言葉を交わしながら、空っぽの窓をちらっと見あげた。ときおり影がそこを横切った。ウィルは立ち止まった。音楽が頭のなかで逆行した。愕然として、彼は目をすがめた。

「ジム、ミスター・クーガーが若返ったとき、蒸気オルガンが演奏していた音楽――」

「それがどうした?」

「あれは『葬送行進曲』だ!　逆向きに演奏してたんだ!」

「どっちの『葬送行進曲』?」

「どっちのだって!　ジム、ショパンが作曲したのしかないよ。『葬送行進曲』は!」

「でも、なんで逆向きに演奏したんだ?」

「ミスター・クーガーは、墓場へ向かうんじゃなくて遠ざかってたじゃないか。歳をとってくたばる代わりに、若返って小さくなったじゃないか」

「ウィル、きみは天才だよ!」

「まあね、でも――」ウィルは身をこわばらせた。「あいつがいる。また窓のところに。手をふれ。さよなら!　さあ、歩いて、口笛でも吹いて。お願いだから、ショパンはやめてくれよ――」

ジムは手をふった。ウィルも手をふった。ふたりとも「おお、スザンナ」を口笛で吹いた。

高い窓で影が小さく体を動かした。

少年たちは駆け足で通りを去っていった。

20

ふたつの夕食が二軒の家で待っていた。

ひとりの親がジムを叱《しか》り、ふたりの親がウィルを叱った。

ふたりとも空《す》きっ腹をかかえたまま二階へ追いやられた。

小言《こごと》がはじまったのは七時。終わったのは七時三分。

ふたつのドアがバタンと閉まった。ふたつの錠《じょう》がカチャリと鳴った。

ふたつの時計がカチカチと時を刻んだ。

ウィルはドアの内側に立った。電話は外にあって手が届かない。たとえ電話をかけても、ミス・フォーリーは出ないだろう。いまごろは町を出ているはずだ……まずいな！　とにかく、なんといえばいい？　フォーリー先生、あの甥は甥じゃないんですっていうのか？　あの男の子は男の子じゃないんですっていうのか？　先生は笑わないだろうか？　笑うに決まってる。あの甥は甥だし、あの男の子は男の子だし、そうでなくても、そのように思えるのだから。

彼は窓のほうを向いた。路地をへだてて、ジムが自分の部屋で同じ窮地《きゅうち》におちいっている。

ふたりとも煩悶《はんもん》していた。窓をあげて、聞こえよがしにひとりごとをいうには時間が早すぎる。階下の親たちは、そういうこともあろうかと、鉱石ラジオの役目を果たす特殊な毛を耳にせっせと生やしているだろう。

少年たちは、それぞれの家のそれぞれのベッドに身を投げだし、飢饉《ききん》の年にそなえてマットレスの下に秘匿《ひとく》しておいたチョコレートを探りだし、不機嫌そうに食べた。

時計がカチカチと時を刻んだ。

九時。九時半。十時。

ドアノブが静かにカチリと鳴った。パパがドアの錠を解いたのだ。

パパ！　とウィルは思った。はいってきて！　話があるんだ！

しかし、パパは廊下でじっとしていた。パパの混乱した顔、いつもとまどっているような顔だけが、ドアの向こう側に感じられた。

パパははいってこないだろう――ウィルは思った。そう、歩きまわり、ひとりごとをいい、厄介ごとから尻ごみするだろう。でも、すわって、耳を傾けてくれるかもしれない。そうしてくれたことがあっただろうか、いつかそうしてくれるのだろうか？

「ウィル……？」

ウィルの心に希望が芽生《めば》えた。

「ウィル……」パパがいった。「……気をつけなさい」

「気をつけなさいですって？」と廊下をやってきた母親が叫んだ。「いうにこと欠いて、それだけ？」

「ほかになんといえばいい？」パパはいま階下へ降りていくところだった。「あの子は飛び跳ねるのに、こっちは這いずるばかりなんだ。そんなふたりがうまくやろうったって無理な話だ。あの子は若すぎて、こっちは老いぼれすぎだ。ちくしょう、ときどき子供なんか作らなければよかったと……」

玄関のドアが閉まった。パパが歩道を遠ざかっていく。

ウィルは窓をあけて、声をかけたかった。パパが夜のなかに忽然《こつぜん》と消えた。ぼくは心配ない、心配なのはぼくじゃないんだ、パパなんだ、と彼は思った。パパなんだよ、家にいて！危ないんだ！　行かないで！

だが、彼は叫ばなかった。そしてとうとう静かに窓をあげたとき、通りはがらんとしていて、町の反対側にある図書館で明かりが灯るのは時間の問題にすぎないとわかった。川が氾《はん》濫《らん》するとき、空から火が降ってくるとき、多くの部屋と本のある図書館は申し分のない避難所だ。運がよければ、だれにも見つからない。見つかるわけがない！――一八九八年のタンガニーカへ、一八一二年のカイロへ、一四九二年のフィレンツェへ出かけているのだから！

「……気をつけなさい……」

パパはなにをいいたかったのだろう？　パニックを嗅ぎつけ、音楽を耳にし、テントのそばをうろついたのだろうか？　いや。パパはそんなことするわけない。

ウィルはジムの部屋の窓にビー玉を放った。

コツン。静寂。

ジムが暗闇のなかにすわり、ぶつぶつとひとりごとをいっているところが目に浮かぶ。その息は空中で燐《りん》のように光っているだろう。

コツン。静寂。

どうもジムらしくない。いままでなら、いつでも窓がするするとあがり、ジムの頭が飛びだしたのだ。叫び声と、声を潜めての内緒話と、クスクス笑いと、悪ふざけをいっぱいに詰めこんで。

「ジム、いるのはわかってるんだぞ！」

コツン。

静寂。

パパは町へ出かけている。ミス・フォーリーはどこの馬の骨とも知れないやつといっしょだ！　まずいぞ、ジム、なんとかしないと！　今夜のうちに！

彼は最後の小さなビー玉を投げた。

……コツン……。

それは音もなく下の草むらに落ちた。

ジムは窓辺へやってこなかった。

今夜にかぎってどうしたんだろう、とウィルは思った。指の付け根の関節を噛んだ。ベッドに寝ころがり、冷たくこわばった体をまっすぐに伸ばした。

21

家の裏の路地に、松材を使った大きな時代遅れの板張り道がある。ウィルの物心がついたころ、つまり文明が堅くて弾力のないコンクリートの歩道をむやみに吐きだすようになったころから、ずっとそこにあるのだ。彼の祖父は、涙もろく、ひどく衝動的な質《たち》で、なにごとにつけ大声を出す人だったが、その祖父がこの消えゆく陸標《りくひょう》のために尽力《じんりょく》し、十数人の土木作業員を雇《やと》って、四十フィートあまりの歩道を路地に運びこんだのだ。それは長年にわたり太陽にこんがり焼かれ、雨でカビだらけになって腐りながらも、得体の知れない怪物の骸骨のように横たわっているのだった。

町役場の時計が十時を打った。

ウィルはベッドに横たわり、別の時代からもたらされた祖父の大きな贈り物について考えていた。彼は板張りの道がしゃべりだすのを待っていた。何語を話すのだろう？　たぶん……。

少年というものは、友だちを呼びだすためにまっすぐ家へ行って、呼び鈴《りん》を鳴らしたりはしない。下見板《したみいた》に土くれをぶつけたり、屋根板にドングリを放り投げたり、凧に謎めいたメモをくっつけて、屋根裏部屋の窓の下枠《したわく》に引っかけるほうを好む。

ジムとウィルの場合もそうだった。

馬跳びで越えるのにちょうどいい墓石や、意地悪なやつの家の煙突に放りこむ猫の死体があるとすれば、少年たちのどちらかが深夜に月の下へ出てきて、音楽をうつろに谺《こだま》させる板張りの道で木琴《もっきん》のダンスを踊るのだ。

長年にわたり、ふたりはその歩道を調律してきた。こちらではAの板を梃子《てこ》であげて釘付けし、あちらではFの板を持ちあげてからドスンと降ろしといった具合で、やがて歩道は天候とふたりの調律師の能力の許す範囲で、メロディーらしきものを奏でるようになった。

踏み鳴らされる旋律で、その夜の冒険の内容がわかる。ジムが「スワニー川をくだる」の七音か八音を踏みつければ、ウィルは川の洞窟へ通じる支流で月を追いかける時間だと知って飛びだす。ウィルが火傷《やけど》したエアデールテリヤのように板の上で跳ねまわり、その旋律がジムの耳にはなんとなく「ジョージアを行く」と似て聞こえるとしたら、町はずれでスモモかモモかリンゴが熟《う》れすぎているという意味だ。

そういうわけで、その夜ウィルは息を呑んで、なにかの旋律に呼びだされるのを待っていた。

カーニヴァル、ミス・フォーリー、ミスター・クーガー、そして／あるいは邪悪な甥を表すために、ジムはどんな旋律を奏でるのだろう？

十時十五分。十時三十分。

音楽は聞こえてこない。

ジムが部屋にすわって考えごとをしているかと思うと、ウィルは気に入らなかった。なにを考えているのだろう？〈鏡の迷路〉のことだろうか？彼はあそこでなにを見たのだろう？そして、なにかを見たとして、なにをたくらんでいるのだろう？

ウィルはそわそわと身じろぎした。

テント・ショーや、草地で闇のなかに横たわるその他もろもろとのあいだに立ちはだかってくれる父親がジムにはいないと思うと、気に入らないどころではなかった。しかも母親ときたら、子供を片時《かたとき》も離したくない人なのだから、彼は逃げだして、外の世界へ出て、自由な夜の空気を吸わなければならない。自由な夜の川が、もっと大きくて、もっと自由な海へ向かって流れていることを知らなければならない。

ジム！　音楽を奏でてくれ！

そして十時三十五分に、それは聞こえてきた。

聞こえた、あるいは聞こえたと思った。ジムが星明かりのもとにいて、巨大な木琴の上で春の雄猫のように飛び跳ねたり、這いつくばったりしているのだ。さて、その旋律は！　古い回転木馬の蒸気オルガンが逆向きに奏でる葬送歌に似ているのだろうか、似ていないのだろうか?!!

ウィルはたしかめようと窓をあげかけた。しかし、その前にジムの部屋の窓がいきなり音もなくするするとあがった。

とすれば、彼が下で板に乗っていたのではなかったのだ。ウィルが強く願うあまり、旋律に聞こえただけだったのだ！　ウィルは声を潜めてしゃべろうとしたが、思いとどまった。

というのも、ジムがひとことも告げずに縦樋をすべり降りたからだ。

ジム！　とウィルは思った。

まるで自分の名前が聞こえたかのように、ジムが芝生の上で身をこわばらせた。

ぼくを置いて行くんじゃないんだろうな、ジム？

ジムがちらりとこちらを見あげた。

ウィルが見えたのだとしても、見えたそぶりは示さなかった。

ジム、とウィルは思った。ぼくらはまだ友だちだ、ほかのだれも嗅がないにおいを嗅いで、ほかのだれにも聞こえない音を聞いて、同じ血を宿して、同じように走る。いま、生まれてはじめて、きみはこっそり出ていこうとしている！　ぼくを置き去りにして！

だが、私道は空《から》っぽだった。

火トカゲが生け垣を飛び越えた。ジムは行ってしまった。

ウィルは窓から出て、四つ目格子《ごうし》を伝って降り、生け垣を越えてから考えた——ぼくはひとりぼっちだ。もしジムを見失ったら、生まれてはじめて夜中にひとりきりで外にいることにもなる。ところで、どこへ行けばいいんだ？　ジムが行くところならどこへでもだ。

神さま、ぼくに勇気をおあたえください！

ジムはネズミを追う黒いフクロウのように疾走した。ウィルはそのフクロウを追う、武器を持たない猟師のように駆けた。ふたりは十月の芝生に影を落としながら走っていった。

そして立ち止まったとき……。

目の前にミス・フォーリーの家があった。

22

ジムがちらっとふり返った。

ウィルは茂みのうしろの茂み、影のあいだの影となった。星明かりを映す二枚の丸いガラス、つまり彼の目が、二階の窓に向かって小声で呼びかけるジムの映像を捉えた。

「おーい……いるんだろう……」

おいおい、なんてこった、とウィルは思った。あいつは切り裂かれて、〈鏡の迷路〉の割れたガラスを詰めこまれたがってるらしいぞ。

「おーい」ジムがそっと声をかけた。「そこのきみ……！」

頭上で、ほの暗く照らされた日よけに、影が浮かびあがった。小さな影だ。あの甥はミス・フォーリーを連れ帰っていたのだ。ふたりは別々の部屋にいるか、それとも——ああ、神さま、先生が無事に家にいますように、とウィルは思った。もしかしたら、避雷針売りの男と同じように、先生も——

「おーい……！」

ジムは妙に熱っぽい目つきで上方に目をこらしていた。その固唾《かたず》を飲んで期待する表情は、この夏の夜、通りを何本か行った先にある家の、影絵芝居を演じる窓〈劇場〉の前で彼がしばしば見せたものだった。一心に見つめながら、ジムは特別な黒いネズミが飛びだしてくるのを待つ猫のように待った。あたかも頭上の窓辺にいるものに骨を引っぱられているかのように、うずくまっている彼の背丈が、いまゆっくりと伸びているように思えた。と、頭上の影がいきなり消えた。

ウィルは歯ぎしりした。

その影が冷たい息さながら、家のなかを移動している気配があった。これ以上は待っていられない。彼は飛びだした。

「ジム！」

ウィルはジムの腕をつかんだ。

「ウィル、ここでいったいなにしてるんだ？」

「ジム、あいつと話しちゃだめだ！　ここから離れよう。ちくしょう、あいつはきみの骨をかじって、吐きだしちまうぞ！」

ジムは身をくねらせて腕をふりほどき、

「ウィル、帰れよ！　きみのせいで、なにもかもだいなしになる！」

「あいつが怖いんだよ、ジム、あいつがなにかしてくれると思ってるのか⁉　今日の午後……迷路で、なにか見たんだな‼?」

「……見たよ……」

「いったいなにを見たんだよ！」

ウィルはジムのシャツの胸ぐらをつかみ、胸骨《きょうこつ》の下で相手の心臓が激しく打っているのを感じた。

「ジム――」

「ほっといてくれ」ジムは恐ろしいくらい静かだった。「きみがここにいるとわかったら、あいつは出てこないよ。ウィリー、ほっといてくれないなら、この恨《うら》みはいつか忘れずに――」

「いつかっていつだよ！」

「いつか、もっと歳をとって、ちくしょう、歳をとったときだよ！」

ジムがぺっと唾を吐きかけた。

雷に打たれたかのように、ウィルは跳びすさった。

彼は空っぽの両手に目をやり、片方の手をあげて頬にかかった唾をふきとった。

「ああ、ジム」と悲しげな声でいう。

するとメリーゴーラウンドの動きだす音が聞こえた。黒い夜の波に乗ってぐるぐるまわり、黒い雄馬に乗ったジムが、木陰《こかげ》で環を描いている。ウィルは叫びたかった。ほら！　メリーゴーラウンドだ！　あれを前に進めたいんだろう、ジム？　うしろじゃなくて前に！　あれに乗ってひとめぐりすれば、きみは十五歳、もうひとめぐりで十六歳、もう三回転で十九歳だ！　あの音楽！　そして二十歳になって木馬から降りたら、背が伸びてるってわけだ！　もうジムじゃない。小柄なぼく、若いぼく、怯えたぼくといっしょに人けのない中道に立つ、まだ十三歳の、もうじき十四歳のジムじゃない！

ウィルは腕を引いて、ジムの鼻をしたたかに打《う》った。

それからジムに飛びかかり、きつくかかえこむと、わめきながらふりほどこうとする相手を茂みのなかに押し倒した。ジムの口をひっぱたたき、嚙みつけないように指を突っこんで、怒りに満ちたうなり声とわめき声を封じた。

玄関のドアが開いた。

ウィルはジムに重くのしかかって、その体から空気を絞りだし、その口に拳をきつくねじこんだ。

なにかがポーチに立った。その小さな影は町に視線を走らせた。ジムを探そうとして、見つけられなかったのだろう。

しかし、それは愛想のいい甥のロバート少年にすぎなかった。めったにめぐり会えないので自分で見つけるしかない冒険を求めている少年がするように、ポケットに両手を突っこみ、小さく口笛を吹きながら、夜の空気を吸いに出てきただけだった。ウィルは、ジムをしっかりと押さえこんだまま視線をあげた。すると、平凡な少年が目にはいって、かえって動揺した。街灯の光に浮かびあがるその陽気な眼差し、気どりのない姿勢、小柄な体、屈託《くったく》のない様子には、おとなの男を思わせるものはまったくなかったのだ。

いつなんどきロバートが歓声《かんせい》をあげて、彼らといっしょに遊ぼうと飛びだしてきても不思議はなかった。脚をからませ、腕を組み、五月の子犬のように吠えたり、嚙みついたり。そして笑いすぎて芝生に涙が撒き散らされ、恐怖は消えてなくなり、不安は溶けて露《つゆ》となり、なにもかもがおさまるべきところにおさまって、虚無の夢は、目をぱっちりあけたとたん、悪夢の習いでたちまちかき消えるだろう。丸顔でモモのようにすべすべした肌の甥が、たしかにそこに立っているのだから。

そしていま、芝草の上で手足をからみ合わせている少年ふたりを、にこやかに見おろしていた。

と、つぎの瞬間、すばやく屋内に引っこんだ。そして二階へ駆けあがり、部屋のなかを引っかきまわしたあと、急いで降りてきたにちがいない。というのも、ふたりの少年が取っ組み合いをしているうちに、いきなりキラキラ光るものが雨となって、チリン、チャリンと芝生に降り注いだからだ。

甥のロバートがポーチの手すりに飛び乗り、ヒョウを思わせる身のこなしで芝草の上にふわりと降り立つと、自分の影にぴったりとはまりこんだ。その手には星々が燦然《さんぜん》と輝いていた。彼はそれを気前よくふり撒いた。星々はジムのかたわらに落ちて、ころがり、ウインクした。少年たちはふたりとも、自分たちに浴びせられる黄金とダイヤモンドの火の雨に茫然となった。

「助けて、おまわりさん!」ロバートが叫んだ。

ウィルは愕然としてジムを放した。

ジムは愕然としてウィルを放した。

芝生に散っている冷たい氷に、ふたり同時に手を伸ばす。

「なんてこった、ブレスレットだ！」

「指環だ！　ネックレスだ！」

ロバートが蹴った。縁石《えんせき》に置かれたゴミ缶がふたつ、けたたましい音をたてて倒れた。

頭上で寝室の明かりがパッと灯った。

「おまわりさん！」ロバートはキラキラ光るものを、最後にもういちどふたりの足もとにふり撒き、爆発を箱に閉じこめるかのように、新鮮なモモを思わせる笑みをしまいこんで、脱兎のごとく通りを走りだした。

「待って！」ジムが飛び起きた。「なにもしないから！」

ウィルが彼の足をすくい、ジムは倒れた。

二階の窓が開き、ミス・フォーリーが身を乗りだした。ジムは婦人用の腕時計を握って膝立ちになっていた。ウィルは自分の手のなかにあるネックレスに向かって目をしばたたいた。「そこにいるのはだれ？」彼女が叫んだ。「ジム？　ウィル？　いったいなにを手にしてるの?!」

しかし、ジムは走りだしていた。ウィルは動かなかったが、それも嘆きの声とともに窓辺の人が姿を消すまでのことだった。ミス・フォーリーが自分の部屋を調べに引っこんだのだ。

彼女が声のかぎりに悲鳴をあげるのが聞こえ、窃盗《せっとう》の跡を見つけたのだとわかった。

ウィルも走りだした。これでは甥の思うつぼだ。引き返して、宝石類を拾い、なにが起こったかミス・フォーリーに話すべきなのだ。でも、ジムを助けないと！

はるか後方で、ミス・フォーリーの新たな叫びに応えるかのように、明かりがつぎつぎと灯るのがわかった。ウィル・ハローウェイ！　ジム・ナイトシェイド！　夜の闇にまぎれて走る者たちがいるぞ！　泥棒だ！　ちくしょう、ぼくらのことだ！　ウィルは思った。ぼくらのことなんだ！　この先、ぼくらのいい分を信じてくれる者はいやしない！　カーニヴァルのことも、回転木馬のことも、鏡や邪悪な甥のことも、なにひとつ信じてもらえない！

こうして彼らは走った。星明かりを浴びた三匹の動物。黒いカワウソ。雄猫。ウサギは。

ぼくはウサギだ、とウィルは思った。ぼくがウサギなんだ。

そして彼はまっ白に見えるほど血の気が引き、怖くてたまらなかった。

23

彼らはおよそ時速二十マイル（誤差は前後一マイル）でカーニヴァル会場に駆けこんだ。甥が先頭で、ジムがそのすぐうしろ。ウィルはだいぶ遅れて、息をあえがせていた。足と頭と心臓に疲労入りの散弾を撃ちこまれていたのだ。

甥は怯えながら走っており、しきりにうしろをふり返った。その顔から笑みは消えていた。あいつの裏をかいてやったぞ——ウィルはそう考えた。あいつは、ぼくが追ってこないと思ったんだ。警察に電話して、事情を話しても信じてもらえないか、でなければ逃げ隠れると思ったのだろう。あいつはいま、ぼくにたたきのめされるのを恐れて、あの回転木馬に飛び乗ろうと思っている。ぐるぐるまわって、ぼくより年長で体が大きくなりたいと思っている。ああ、ジム、ジム、あいつを止めないと。あいつに年をとらせちゃいけない。あいつの皮を生きたまま一ん剝《む》いてやるんだ！

しかし、ジムの走り方からして、力を貸してもらえそうにないとわかった。ジムは甥を追いかけているわけではない。回転木馬に無料《ただ》で乗るために走っているのだ。

甥が、はるか前方のテントをまわりこんで姿を消した。ジムがあとにつづいた。ウィルが中道に着いたときには、メリーゴーラウンドは勢いよく動いていた。けたたましい音で脈動する音楽を浴びて、初々《ういうい》しい顔をした小柄な甥が、真夜中のほこりを巻きとっていく大きな円盤に乗っていた。

ジムはその十フィートうしろで、飛び跳ねる馬たちを見ていた。高く飛びあがった雄馬と目が合い、両者のあいだに火花が飛んだ。

メリーゴーラウンドは前進していた！

ジムがそれに向かって身を乗りだした。

「ジム！」ウィルは叫んだ。

機械がまわるにつれ、甥の姿が見えなくなった。ふたたびめぐってきたとき、彼はピンクの指を伸ばして、そっと急《せ》きたてるように——「……ジム……?」と呼びかけた。

ジムがぴくりと一歩踏みだした。

「よせ!」ウィルは身を躍らせた。

彼はジムに体当たりし、つかまえて、かかえこんだ。ふたりはぐらついた。重なりあって倒れた。

甥は驚いた顔をしたが、暗闇のなかでまわりつづけ、一年分の歳をとった。あいつは一年分の歳をとったんだ、とウィルは心のなかで叫んだ。ちくしょう、あいつは一年分背が高くなって、体が大きくなって、卑劣になったんだ!

「しまった、ジム、早く!」

彼は飛び起きて、配電盤へと走った。真鍮のスイッチと陶器のカヴァーとシューシューいう電線が、複雑怪奇な謎を形作っていた。彼はスイッチを切った。だが、背後のジムが、わけのわからぬことを口走りながら、ウィルの手をスイッチからもぎ離した。

「ウィル、つまらないことはよせ! やめろ!」

ジムはスイッチを元にもどした。

ウィルは身をひるがえして、ジムの顔に平手打ちを食らわせた。ふたりはおたがいの肘をつかんで、相手を揺さぶり、ふりまわした。ふたりは配電盤にぶつかった。

ウィルの目に邪悪な少年が映った。さらに一年分の歳をとり、夜の奥へまわりこんでいく。

あと五、六周もすれば、ふたりよりも大きくなるだろう！

「ジム、あいつに殺されるぞ！」

「ぼくが殺されるもんか！」

ウィルは電気がピリッと来るのを感じた。悲鳴をあげて身を引くと、スイッチの把手にぶつかった。配電盤が火を噴いた。稲妻が空へ飛んだ。ジムとウィルは爆風に吹き飛ばされ、メリーゴーラウンドが猛烈な速さで回転するのを横たわったまま目で追った。


邪悪な少年が、真鍮の木にしがみついたまま、うなりをあげてわきを通り過ぎた。彼は悪態をついた。唾を吐いた。風と格闘し、遠心力と格闘した。馬やポールにしがみつきながら、回転木馬の外縁《がいえん》まで行こうとしているのだ。その顔がめまぐるしく去来する。彼は虚空に爪を立てた。怒鳴り散らした。配電盤が青い火花の雨を降らせた。回転木馬が跳ね躍った。甥が足をすべらせ、倒れた。黒い雄馬の鋼鉄の蹄《ひづめ》が、彼を蹴りとばした。甥の眉間に血が印された。

ジムがうなり声をあげ、暴れまわった。ウィルは馬乗りになって彼を草に押しつけ、わめき声にわめき声を返した。ふたりとも恐怖で青ざめ、心臓が早鐘のように打っていた。スイッチから飛んだ電光が、白い星屑のなかに花火を打ちあげた。回転木馬が三十周、四十周――「ウィル、放してくれ！」――五十周した。蒸気オルガンが咆哮し、蒸気を噴きあげ、太古の叫びをあげていたが、やがて演奏をやめ、その鍵盤が支離滅裂な音をたてるいっぽう、鳥のさえずりのような音が通気孔を吹きぬけるだけとなった。地面に放りだされ、汗まみれになって取っ組みあっている少年たちの上で稲妻がひらめき、音もなく暴走する馬たちに炎を送り届けて、その行く手を照らした。円盤に横たわってぐるぐるまわりつづける人物は、もはや少年ではなく、中年男でもなく、壮年の男、いや、高齢の男、さらに高齢の男であり、ひたすらまわりつづけた。

「あいつ、あいつ、ああ、あいつが、ああ、見ろよ、ウィル、あいつが――」ジムがあえぎ声でいい、すすり泣きをはじめた。押さえこまれて身動きでないので、そうするしかなかったからだ。「ああ、なんてこった、ウィル、起きろよ！　あれを逆まわりさせなきゃ！」

テントのなかで明かりがパッと灯った。

しかし、だれも出てこなかった。

どうして出てこないんだ？　ウィルは狂ったように考えをめぐらせた。爆発のせいだろうか？　電気の嵐のせいだろうか？　フリークたちは、中道で世界全体が飛び跳ねていると思っているのだろうか？　ミスター・ダークはどこにいるんだ？　町にいるのか？　よからぬことでもたくらんでいるのか？　なにを、どこで、なぜしているのだ？

回転木馬の円盤上で這いつくばって苦しんでいる人物の心臓が、すさまじい速さで打ったかと思うと、こんどは遅く、速く、非常に速く、非常に遅く、信じられないほど速く、それから冬の白夜《びゃくや》に月が空を降りるくらい遅く打つのが聞こえるような気がした。

回転木馬の上のだれか――いや、なにか――が蚊の鳴くような声でむせび泣いた。

あたりが暗くてよかった、とウィルは神に感謝した。見えなくて助かった。何者かが去っていく。なにかがやってくる。それがなんであるにしろ、また去っていく。またしても……またしても……。

小刻みに揺れる機械の上の老いさらばえた影が、よろよろと立ちあがろうとしたが、もはや遅すぎた。遅すぎて、さらに遅すぎて、遅すぎもいいところで、どうしようもなく遅すぎた。人影がくずおれた。回転木馬が、くるくるまわる大地さながら、空気を、陽光を、若々しい感受性をふり飛ばし、暗闇と冷気と老齢だけが残った。

配電盤が最後の火を噴いて、粉微塵《こなみじん》に吹き飛んだ。

カーニヴァルの明かりが残らず消えた。

回転木馬は、冷たい夜風を浴びながら速度を落とした。

ウィルはジムを放した。

何周したんだろう、とウィルは思った。六十周か、八十周か……九十周か……？

何周したんだろう、とジムの顔がいっていた。死んだ回転木馬がぶるっと身震いし、枯れ草のなかで停止するのを見るのは悪夢そのものだった。いまやそれは完全に静止した世界であり、なにをもってしても——彼らの心臓や手や頭をもってしても——どこかへ送り返すことはできないのだ。

ふたりは靴音を小さくたてながら、のろのろとメリーゴーラウンドまで歩いた。

影になった人物が板張りの床のこちら側に横たわっていたが、顔はあちらを向いていた。片手が円盤から垂れさがっている。

それは少年のものではなかった。

それは、火にあぶられてしぼんだ大きな蠟細工の手のようだった。

その男の髪はひょろ長く、真っ白だった。息づく闇のなかでトウワタのように風になびいていた。

ふたりは身をかがめてその顔を見た。

その目はミイラ化して閉じていた。鼻は崩《くず》れて軟骨《なんこつ》が浮き出ている。口は萎《しお》れた白い花で、花びらがねじれて薄い蠟の鞘《さや》となり、食いしばった歯にかぶさり、その隙間からかすかなつぶやきが漏れていた。だぶだぶの服をまとった男は、子供のように小さかったが、体を伸ばせば長身で、年老いていた。とても、とても年老いていた。九十歳ではなく、百歳でもなく、百十歳でもなく、百二十歳、あるいは百三十歳というありえない年齢だった。

ウィルは男に触れた。

白子《しらこ》のカエルと同じくらい冷たかった。

男は月の沼地と古代エジプトの包帯のにおいがした。防腐剤をしみこませたリネンにくるまれ、ガラスに封じこめられて、博物館に展示されているものだった。

しかし、赤ん坊のように弱々しいとはいえ、男は生きていて、ふたりの眼前でみるみるうちに萎びていき、死を迎えようとしていた。

ウィルは気分が悪くなって、回転木馬のへりに寄りかかった。

それから、ジムとウィルはたがいに寄りかかり、狂った葉を、信じられない草を、踏みごたえのない大地を萎えた靴で踏みつけながら、中道を逃げていった……。

24

十字路の上で見捨てられたように揺れている、ブリキの笠《かさ》つきのアーク灯を数匹の蛾がカチカチとたたいていた。その下の、田園地帯のまっただなかにある人けの絶えたガソリンスタンドでは別のカチカチという音がしていた。棺桶サイズの電話ボックスのなかで、顔面蒼《そう》白《はく》の少年ふたりが身を寄せあい、コウモリが前をよぎるたびに、流れ雲が星々の前をよぎるたびに抱きつきあいながら、夜の丘陵を越えたどこかにいる人々と話をしていた。

ウィルが受話器を置いた。警察と救急車が来ることになった。

最初のうち彼とジムは、こけつまろびつ走りながら、怒鳴りあい、ささやきあい、息も絶え絶えに議論した。家へ帰って、眠って、忘れるべきだよ——だめだ！　貨物列車に乗って西へ行くべきだよ——それもだめだ！　もしぼくらにあんな目にあわされたミスター・クーガーが生きのびたら、あの老人、あの老いに老いた老人が世界の果てまで追いかけてきて、とうとうぼくらを見つけて、八つ裂きにするからだよ！　ふたりは身震いしながら口論をつづけるうちに電話ボックスに行き当たったのだ。そしていまは、救急車をしたがえたパトカーが、むせび泣くサイレンの音を響かせながら、道路を跳ねるようにやってくるのを見ていた。蛾のせいでちらつく光を浴びてカチカチ歯を鳴らしている少年ふたりに、警官たちの目が集まった。

三分後、一行は暗いカーニヴァルの中道をぞろぞろと進んでいた。先頭はジムで、早口にまくしたてている。

「まだ生きてるんです！　生きてるはずなんです！　あんなこと、するつもりじゃなかった！　ごめんなさい！」彼は黒いテント群に目をこらした。「聞いてますか？　ぼくらが悪いんです！」

「まあ落ちつきな、坊や」と警官のひとりがいった。「さあ、行こう」

濃紺の制服姿の警官ふたり、幽霊のような白衣姿のインターンふたり、少年ふたりが最後の曲がり角をまわって観覧車を通り過ぎ、メリーゴーラウンドのところまで来た。

ジムがうめいた。

馬たちが突進の途中で夜の空気を踏みにじっていた。星明かりが真鍮のポールに反射してきらめいている。それだけだった。

「いなくなった……」

「いたんです、本当です」とジムがいった。「百五十歳か二百歳になって、死にかけてたんです！」

「ジム」とウィルがいった。

おとな四人はそわそわと身じろぎした。

「テントに運びこまれたにちがいない」ウィルが歩きだした。警官がその肘をつかみ、

「百五十歳といったね?」とジムに尋ねた。「どうして三百歳じゃないんだね?」

「三百歳かもしれません! ああ、どうしよう」ジムが大声をあげながらふり返った。「ミスター・クーガー! 助けを連れてきましたよ!」

フリークのテントで明かりがまたたいた。正面に出ている大きな幟《のぼり》がバタバタとはためき、その上でアーク灯がパッと灯った。警官がちらっと顔をあげた。幟にひとりずつ描かれた巨大な**ミスター骸骨男、塵の魔女、人間粉砕機、溶岩飲みのヴェスヴィオ!** がふわりと躍った。

ジムはバサバサと音をたてているフリーク・ショーの入口のわきで足を止めた。

「ミスター・クーガー?」と猫撫で声でいう。「……いるんですか?」

テントのフラップが、生暖かいライオンの空気を吐きだした。

「どうした?」と警官が尋ねた。

ジムはフラップの動きを読んだ。

「『イエス』っていってます。『はいれ』っていってます」

ジムは入口をくぐった。ほかの者たちがあとにつづく。

テントにはいると、交差する支柱の影ごしに、高いフリークの演壇と、世界をさすらう異人たちが見えた。顔が、骨が、心がゆがんでいる者たちがそこで待っていた。

ぐらぐらするカード・テーブルが近くにあり、月の獣《けもの》と、太陽の象徴である翼の生えた男

の印刷された、オレンジ色とライム・グリーンと太陽のように黄色いカードを使って、四人の男がゲームに興《きょう》じていた。腰に手を当てて肘を張っている〈骸骨男〉は、ピッコロのように演奏できそうだ。〈小型飛行船〉は毎晩パンクさせても、夜明けに空気を注入して元にもどせるだろう。〈こぶ〉という異名で知られる矮人《わいじん》は、郵便小包で送れるほど小さい。その隣には、それに輪をかけて小さい、細胞と時間の気まぐれから生まれたものがいる。その〈こびと〉はとても小柄なので、関節炎を患《わずら》い、オークの木のようにねじくれた震える指でしっかり握っているカードの陰になって、顔が見えないほどだ。

あの〈こびと〉！　ウィルは目をこらした。あの手にはなんとなく見憶えがあるぞ！　見憶えがあるぞ、見憶えが。いったいどこで見たんだろう？　だれの手だったんだろう？　なんの手だったんだろう？　しかし、彼の目は撮影をつづけた。

ムッシュー・ギロチンが立っていた。黒いタイツ、黒い長靴下をはき、黒いフードをかぶって、腕組みし、首斬《くびき》り機械のわきで棒を呑んだように突っ立っている。テントの天井高くぶらさがった血に飢えた刃《やいば》は、閃光《せんこう》を発して流星のように輝き、空間を切り裂くときをいまかいまかと待っている。その下では、ダミー人形が手足を広げて受け台に首をあずけ、電光石火の凶刃《きょうじん》を待ちかまえている。

〈人間粉砕機〉が立っていた。全身が綱《つな》と腱《けん》と鋼鉄のかたまりで、その顎は骨を噛みくだくどころか、馬蹄《ばてい》をタフィー（黒砂糖を煮詰めて練って作ったキャンディー）のように引きのばせそうだ。

そして〈溶岩飲みのヴェスヴィオ〉がいた。すり減った舌と焼け焦げた歯をそなえたこの男は、数十個の火の玉をお手玉のようにあやつっており、それはシューシューいう炎の観覧車となって、テントの天井に縞《しま》模様の影を落としていた。

その近くの仕切り席で、三十人ほどのフリークたちが、宙を舞う火を見物していた。やがて〈溶岩飲み〉がちらっと顔をあげて、闖入者《ちんにゅうしゃ》たちに気づき、その宇宙を落下させた。数十個の太陽が水桶のなかで溺れた。

湯気が濛々《もうもう》と立ち昇った。ひとり残らず動きが止まり、活人画《かつじんが》が現出《げんしゅつ》した。

ジージーいう虫の鳴き声がやんだ。

ウィルはすばやく視線を走らせた。

いちばん大きな舞台の上に、ミスター・ダーク、またの名を〈全身を彩った男《イラストレイテッド・マン》〉が、バラに覆われた手に刺青用の針を吹き矢のようにかまえて立っていた。

描かれたものたちが、その肉体上にひしめきあっていた。彼は肌脱ぎになっており、自分で針を刺して、このトンボのような音をたてる装置で左の掌に絵を加えていたのだった。手のなかの昆虫がうなるのをやめると同時に、彼はくるりとふり向いた。しかし、ウィルはその向こう側に目をこらして叫んだ――

「あそこだ！　ミスター・クーガーがいる！」

警官とインターンたちがはっとわれに返った。

ミスター・ダークのうしろに電気椅子が置かれていた。

この椅子に老いさらばえた男がすわっていた。最後に姿を見たときは、故障した回転木馬の上に骨と白い蠟のかたまりとなってくずおれ、息も絶え絶えになっていた男だ。いまは支えられて背すじを伸ばしていた。稲妻の力を秘めたこの装置に革帯《かわおび》で留められているのだ。

「あの人です！　あの人は……死にかけていたんです！」

〈小型飛行船〉がせりあがるように立ちあがった。

〈骸骨男〉が長身をくるりとまわした。

〈こぶ〉が、ノミのように跳ねて、おが屑に降り立った。

〈こびと〉がカードをとり落とし、狂ったように前後左右をきょろきょろ見まわした。

ぼくはあの男を知ってるぞ、とウィルは思った。ああ、ちくしょう、あいつらはあの人になにをしたんだ！

避雷針売りの男に！

そう、避雷針売りの男なのだ。ぎゅっと圧縮され、なにか恐ろしい肉体的改変をほどこされて、握りこぶし大の人間にされた……。

避雷針売りなのだ。

しかし、いまふたつのことが、たてつづけに起きた。

ムッシュー・ギロチンが咳払いした。

すると頭上のキャンヴァスの空に吊《つる》された刃が、帰巣《きそう》する鷹《たか》のように舞い降りてきたのだ。

シュー・カシャッ・ズル・バリン・ドスン――グワン！

人形の首がすぱっと切れて落ちた。

そしてウィル自身の首に、ウィル自身の顔によく似たそれが落下して、壊れた。

ウィルは走りよってその首を拾いあげ、裏返して、その目鼻立ちが自分のものなのかどうかたしかめたいような、たしかめたくないような気持ちだった。しかし、そんなことをする勇気が出るわけがない。十億年が経《た》とうと、その籐《とう》かごから首を拾うことなどできはしない。

つづいて、ふたつ目の出来事。

正面がガラス張りになった立棺《りっかん》の裏で作業していた整備士が、仕掛け線（地面に張られた針金で、これに触れると罠などが作動する）を解放した。そのため**マドモワゼル・タロー、塵の魔女**という看板の下にある機械の内部で、歯車が最後のひと刻みを刻んだ。少年たちがおとなたちを連れて通りかかったとき、そのガラス箱内部で蠟人形の女がうなずき、とがった鼻の動きで少年たちの足を止めさせた。その冷たい蠟の手が、棺内部の張り出しに載っている〈運命の塵〉を撫でた。彼女は目が見えなかった。その目はレースのようなクロゴケグモの巣――黒い糸――で縫いあわされていた。彼女はみごとな出来映《ば》えの蠟人形であり、警官たちは見とれながら、その前を通り過ぎた。そしてムッシュー・ギロチンの演《だ》し物にも感心して満面の笑みを浮かべており、いまやすっかり緊張もほぐれて、深夜に呼びだされ、アクロバットやうさん臭い奇術師たちのリハーサルを見せられるはめになったことも気にしていないようだった。

「みなさん！」ミスター・ダークと刺青の怪物たちが、松板の演壇の上で進み出た。両腕にジャングルがあり、左右の二頭筋《にとうきん》の上でエジプトの毒蛇がとぐろを巻いている。「ようこそ！　ちょうどいい時にいらっしゃった！　われわれは新しい演し物のリハーサルをしていたところです！」

ミスター・ダークが手をふると、彼の胸で異様な怪物たちが牙をむいた。彼が大股に歩くと、臍《へそ》がすがめた目になっているひとつ目巨人《サイクロプス》が腹部でピクピクと動いた。

おやおや、あの人が怪物の群れを連れて歩いているのだろうか、それとも怪物たちが皮膚をつかんで、あの人を引きずりまわしているのだろうか、とウィルは思った。

ギシギシいう演壇から、音を吸収するおが屑の上から、フリークたちがいっせいにふりむき、インターンや警官たちと同様に、この刺青の怪物たちの群れにうっとりと目をこらすのをウィルは感じた。その群れはひとかたまりになって動き、無言の叫びで周囲の空気とテントの空《そら》を満たして全員の注目を集めた。

と、つぎの瞬間、スズメバチの針で刺青された怪物たちの一部がしゃべりだした。その一部はミスター・ダークの口を通して、汗ばんだ肌の上で入り乱れている怪物たちの不協和音に負けじと声をはりあげた。ミスター・ダークは、胸のなかでオルガンを奏でているかのようだった。彼の肌を覆う青緑色《あおみどりいろ》の怪物たちが小刻みに震えるにつれ、おが屑の敷かれたテントの床の上で本物のフリークたちも体を震わせ、彼らのただなかでその声を聞いているジムとウィルも体を震わせ、フリーク本人よりもフリークになった気がした。

「紳士諸君！　少年諸君！　われわれは新たな演目を完成させたばかりです！　みなさんはそれを最初にご覧になるのです！」とミスター・ダークが叫んだ。

先頭の警官は、ピストルのホルスターにさりげなく手を置くと、目をすがめて、野獣と化け物のひしめくその巨大な畜舎を見あげた。

「この子の話だと――」

「子供の話ですと?!」〈全身を彩った男〉が哄笑《こうしょう》した。フリークたちは騒然として飛んだり跳ねたりしてから、おとなしくなった。いっぽうカーニヴァルの団長は、自分自身の刺青を軽くたたいたり撫でたりしながら、悠然と言葉をつづけた。「子供の話ですと？　しかし、その子はなにを見たのです？　むかしから男の子は、サイド・ショーで震えあがるものです。フリークが飛びだしてくれれば、脱兎のごとく逃げだすのです。とはいえ、今夜、とりわけ今夜は！」

警官たちは、ミスター・ダークの背後で電気椅子に縛りつけられたエレクターセット（工事現場の鉄骨やクレーンを模した組み立て玩具）付属の紙張子《パピエマシェ》の残骸に目をやり、

「あの男は何者だ？」

「あの男ですか？」ミスター・ダークのけぶった目の奥で炎が燃えあがり、あわてて吹き消されたのがウィルにはわかった。「新しい演し物。ミスター・エレクトリコです」

「ちがう！　あのおじいさんを見て！　よく見て！」とウィルが叫んだ。警官がふり返って、彼が本気でいっているのかどうかを見きわめようとした。

「わからないんですか！」ウィルはいった。「死んでるんです！　革帯で支えられてるだけなんです！」

インターンたちが、黒い椅子にすわらされ固定されている大きな冬のひとひらをじっと見

あげた。

ああ、こんなはずじゃなかった、とウィルは心のなかで叫んだ。簡単なことだと思っていた。老人、つまりミスター・クーガーは死にかけていたから、医者を連れてきて命を救えば、許してもらえるだろうし、カーニヴァルの人たちもぼくらに手を出さず、無罪放免ってことになるだろう、と。しかし、こうなったいま、つぎはどうなるのだろう？　彼は死んでるんだ！　もう手遅れだ！　ぼくらはみんなに憎まれる！

そしてウィルは、発掘されたミイラから、冷たい口と、凍てついたまぶたに閉じこめられた冷たい目からただよってくる冷気を感じながら、みんなに交じって立っていた。凍りついた鼻孔の内部で、白い鼻毛はぴくりともしなかった。だぶだぶのシャツの下でミスター・クーガーの肋《あばら》は石のように堅くなり、粘土のような唇の奥にある歯はドライアイスなみに冷たかった。昼下がりに外へ出せば、その体から濛々《もうもう》と霧が立ち昇るだろう。

インターンたちが目配せを交わして、うなずいた。

これを見て、警官たちが一歩踏みだした。

「みなさん！」

ミスター・ダークがタランチュラのような手を真鍮の配電盤に走らせた。

「これから十万ボルトの電流がミスター・エレクトリコの体を焼きあげます！」

「だめだ、やめさせて！」とウィルが叫ぶ。

警官たちがもう一歩進んだ。インターンたちが口をあけてしゃべろうとした。ミスター・

ダークがなにかを命じるような目つきでジムにさっと視線を走らせた。ジムが叫んだ――

「いいんだ！　これでいいんだ！」

「ジム！」

「ウィル、これでいいんだよ！」

「さがって！」クモがスイッチの把手を握った。「この男はトランス状態にあります！　新しい演目の一部として、催眠術をかけてあります！　ショックをあたえて催眠状態からさましたら、精神に障害を負うかもしれません！」

インターンたちは口を閉じた。警官たちが動きを止めた。

「十万ボルトです！　それでも彼は生きかえるでしょう、健全な精神と肉体をそなえた完全な状態で！」

「だめだ！」

警官がウィルをつかんだ。

〈全身を彩った男〉と、いま彼の上で狂乱している人間と野獣のすべてが、スイッチをひっつかみ、力まかせに倒した。

テントの照明がかき消えた。

警官とインターンと少年たちは、雷に打たれたように飛びあがった。

しかし、あたりが一瞬にして真夜中のように暗くなったいま、電気椅子は赤々と燃える炉《ろ》床《しょう》となり、その上で老人は青い秋の木のように煌々と光っていた。

警官たちがひるみ、インターンたちは身を乗りだした。フリークたちも目に青い火を燃やして身を乗りだした。

〈全身を彩った男〉が、手をスイッチに貼りつけたまま、老いに老いた老人を見つめた。なるほど、老人は火打ち石のように死んでいた。しかし、生きている電気が彼をすっぽりつつんでいた。それは彼の冷たい貝殻状の耳に群がり、打ち捨てられた石造りの井戸なみに深い鼻孔のなかで明滅した。カマキリの指とバッタの膝に青いウナギのような電流を這わせた。

〈全身を彩った男〉の唇が大きく開いた。叫んだのかもしれないが、すさまじい轟音に呑まれて聞こえなかった。バタン・ジュージューと音をたてる電流が、男と死刑用の椅子の前後左右、さらには上下をさまよっていた。生きかえれ！　とブンブンうなる音が叫んだ。生きかえれ！　と襲いかかる色彩と光が叫んだ。生きかえれ！　とミスター・ダークの口が叫んだが、それはジムにしか聞こえなかった。彼は唇を読み、心のなかで轟音を復唱したのだが、それはウィルも同じだった。生きかえれ！　老人に生命をあたえ、始動させ、カチカチ、ブンブンいわせるつもりだった。体液を働かせ、唾《スピット》を召喚し、霊魂《スピリット》を除去し、蠟の魂を溶かすつもりだった……。

「あの人は死んでるんだ！」しかし、すさまじい雷鳴にあらがって、どれほど声をはりあげようと、ウィルの言葉はだれにも聞こえなかった。

生きよ！　ミスター・ダークの唇がその言葉をなめて、味わった。生きよ。生きかえれ。

彼はスイッチを最後の刻み目まで動かした。生きろ、生きろ！　どこかで発電機が抗議の声をあげ、ピーッとかん高い音をたて、野獣なみのエネルギーでうめいた。光が濃緑色に変わった。死んでる、死んでるんだ、とウィルは思った。しかし、生きよ、生きかえれ、と機械が叫び、火炎が叫び、刺青を入れた肉の上で群れをなす気色《きしよく》の悪い野獣たちの口が叫んだ。

するとと老人の髪の毛が、棘《とげ》のような煙霧《えんむ》となって逆立った。老人の爪から火花が飛び、松板《まついた》の上にジュージューとしたたった。煮えたぎる緑のものが、織《お》り糸をたぐるように死んだまぶたを縫った。

〈全身を彩った男〉が、老いに老いた死んでいる死んだものの上で勢いよく身をかがめ――その野獣の群れは汗に深く溺れている――右手を突きだして、なにごとかを要求するように宙を乱打した。生きよ、生きよ！

すると老人が生きかえった。

ウィルはしわがれ声で叫んだ。

そしてだれにも聞こえなかった。

というのも、まるで雷鳴で目をさましたかのように、あたかも電気の火が新たな夜明けを告げたかのように、いまや非常にゆっくりと、片方の死んだまぶたがのろのろと開いていったからだ。

フリークたちはあんぐりと口をあけた。

はるか彼方の嵐のなかで、ジムも叫んでいた。というのも、ウィルが彼の肘をきつくつかんでいて、その叫びが骨を伝って流れこんでくるのを感じたからだ。いっぽう老人の両唇が分かれ、その唇の隙間でジュージューと音をたてる煮えたぎったものがジグザグに動き、歯のあいだを縫って進んだ。

〈全身を彩った男〉が電力を絞り、うなりが小さくなった。それから彼はふりむくと、両膝をついて、片手をさしだした。

演壇の奥のほうで、かすかな上にもかすかな動きがあった。老人のシャツの下で枯れ葉が揺れたように。

フリークたちが息を吐いた。

老いた老人がため息をついた。

なるほど、みんなが老人に代わって息をして、彼を助け、生かそうとしてるんだ、とウィルは思った。

吸って、吐いて、吸って、吐いて——それなのに演技のように見える。ぼくになにがいえるだろう？　でなければ、なにができるだろう？

「……肺に空気を入れて……そう……そう……」と、だれかがささやき声でいった。うしろのガラス箱のなかにいる〈塵の魔女〉だろうか？

吸って。フリークたちが息を吸った。吐いて。彼らが前かがみになった。

老いた老人の唇が小刻みに震えた。

「……心臓を鼓動させて……ひとつ……ふたつ……そう……そう……」

またしても〈魔女〉だろうか？　ウィルはそちらを見るのが怖かった。

老人の喉で血管が、小さな時計がカチリと鳴るような音をたてた。

と、非常にゆっくりと老人の右目がぱっちりと開き、壊れたカメラのようにひたと視線を固定した。まるで空間にあいた底なしの穴を通して見ているようだった。老人の体が温まってきた。

下にいる少年たちは冷たくなってきた。

恐ろしい悪夢で見るような老いた目が、いまや大きく見開かれ、ひび割れた陶器の顔のなかで底知れぬ深みをそなえ、あまりにも生き生きしているので、目の底のどこかであの邪悪な甥が外界をのぞき見ているようだった。その視線の先にいるのはフリークたちと、インターンたちと、警官たちと……

ウィルだ。

ウィルの目に自分自身とジムが映った。二枚の小さな写真がその独眼《どくがん》に貼りついていた。

老人がまばたきしたら、ふたつの映像は彼のまぶたに押しつぶされてしまう！

〈全身を彩った男〉が膝立ちのままとうとうふり向き、なだめるように全員にほほえみかけた。

「紳士並びに少年諸君、ここにおわすは稲妻とともに生きる男です！」

うしろの警官が体を揺すって笑い声をあげた。その動きで彼の手がホルスターから離れた。

ウィルはすり足で右へずれた。

病みただれたような老いた目が彼を追いかけ、虚無のなかへ吸いこもうとした。

ウィルは身をくねらせて左へ行った。

粘液のようにからみつく老人の眼差しも左へ向かった。いっぽう彼の冷たい唇は剝がれるように開いて、谺《こだま》するあえぎを形作り、さらにもういちど形作った。老人の奥底から声が発して、湿った石壁のような体内で反響し、ついには口からこぼれ出た――

「……ようこそ……そそそそ……」

その言葉が体内へ退《しりぞ》いていく。

「よ……うこそそそ……そそそ……」

警官たちが同じような笑みを浮かべ、肘で小突きあった。

「ちがう！」ウィルがだしぬけに叫んだ。「これは演し物じゃない！　あの人は死んでるんだ！　電気を切れば、また死ぬんです――！」

ウィルは自分の手で自分の口をぴしゃりと打った。

ああ、ちくしょう、ぼくはなにをしてるんだ？　と彼は自問した。ぼくはあの人に生きていてほしい。そうすれば許してもらえる、無罪放免ってことになる！　でも、ああ、ちくしょう、それにもまして死んでいてほしいんだ。みんなにくたばってほしい。彼らが怖くてたまらないから、猫なみに大きい毛玉が胃袋にできちまった！

「ごめんなさい……」彼は小声でいった。

「謝らなくていい！」ミスター・ダークが叫んだ。

フリークたちが盛んにまばたきしたり、にらんだりした。冷たい煮えたぎった椅子にすわっている影像は、つぎになにをいうのだろう？　老いた老人の独眼がひとりでにまぶたを閉じた。口があんぐりと開き、硫黄の浴槽に黄色い泥の泡が浮いた。〈全身を彩った男〉が、だれにともなくにやりと笑うと、スイッチをひと刻み押しこんだ。空っぽの手袋のような老人の手に鋼鉄の剣を押しこむ。

老いさらばえた頬に生えた、すり切れたオルゴールの歯を思わせる無精髭から、おびただしい量の電光が飛び散った。弾丸が穴をあけるのと同じくらいすばやく、その深く落ちくぼんだ目が見開かれた。飢えたようにウィルを探し、見つけると、彼の映像をむさぼった。唇から蒸気が噴きだし――

「み……みみみた……ぞ……おとこのこたちがががががが……ててて……ててててんとに……しの……しのび……こむのををを……」

干からびた肺に空気が補充され、つぎの瞬間、ピンで穴をあけたように沼の空気が噴出して、か細いむせび泣きとなった――

「……わしらは……リハーサルしておった……だだだから思ったんだ……こここの技を……えんじて……死んだふりを……しようと」

ふたたび間を置いて、麦酒《エール》のように酸素を、ワインのように電気を飲み、

「……わしは倒れた……まるで……まるで……死んだだだ……かのように。……その……男の子たちはははは……ひひひめいをあげて……逃げていった！」

老人はしゃがれ声で一語一語を絞りだした。

「はっ」間。「はっ」間。「は」

電流が口笛のような音を出す唇を糸抜きかがり飾り《ヘムステッチ》にした。

〈全身を彩った男〉が静かに咳払いして、

「この演し物は、ミスター・エレクトリコを疲れさせます……」

「ああ、そうだな」警官のひとりが動きだした。「邪魔して悪かった」帽子にさわり、「みごとなショーだった」

「みごとだった」とインターンのひとり。

ウィルは、どの口がそんなことをいうのかと思って、そのインターンのほうにさっと視線を走らせた。だが、ジムが途中に立ちふさがっていた。

「坊やたち！　無料《ただ》券が十二枚だ！」ミスター・ダークが券をさしだした。「あげるよ！」

ジムとウィルは動かなかった。

「どうした？」と片方の警官。

ウィルが炎の色の券におずおずと手を伸ばしたが、「きみの名前は？」とミスター・ダークに訊かれて、その手を止めた。

警官たちはウインクを交わした。

「教えてあげな、坊やたち」

沈黙。フリークたちがじっと見ていた。

「サイモン」とジムがいった。「サイモン・スミス」

券を握っているミスター・ダークの手が収縮した。

「オリヴァー」とウィル。「オリヴァー・ブラウン」

〈全身を彩った男〉は大きく息を吸った。フリークたちも息を吸いこんだ。大勢が深呼吸したおかげで、ミスター・エレクトリコが身じろぎしたのかもしれない。とにかく、身じろぎしたように見えた。彼の剣がぴくりと動いた。その切っ先が跳ねあがってウィルの肩に火花を散らし、それから電流が青緑の爆発となってジムに飛んだ。電光がジムの肩に命中した。

警官たちが笑い声をあげた。

老いた老人の見開かれたほうの目が爛々と輝いた。

「なんじら……たわけ者ににににに……この名を……授ける……ミスター病弱《シックリー》……そして……ミスター顔面蒼白《ペイル》と……！」

ミスター・エレクトリコはいい終え、剣でふたりを軽くたたいた。

「みみみじかくも……かなしき命を……なんじらふたりに！」

それから彼の口が引き結ばれ、露わになった目がふたたび封じられた。彼が地下室のような肺に息をしまいこむと、ただの火花が黒いシャンパンのような血に群がった。

「その券で」とミスター・ダークが小声でいった。「乗り物はただになる。ただで乗れるんだよ。いつでもおいで。もどっておいで。もどって来るんだ」

ジムが券を握りしめ、ウィルも握りしめた。

ふたりは飛びあがり、テントから一目散《いちもくさん》に逃げだした。

警官たちは笑みを浮かべ、四方に手をふりながら、悠然とふたりのあとを追った。

白衣姿で幽霊のように見えるインターンたちは、笑みを浮かべずに、そのあとにつづいた。

少年たちはパトカーの後部座席で身を寄せあっていた。

まるで家へ帰りたがっているかのように見えた。

第二部　追　跡

25

目をあけなくても、たったいま初雪が窓の外に降ったのを感じるのとまったく同じように、それぞれの部屋で鏡が待っているのを彼女は感じとれた。

ミス・フォーリーは数年前にはじめて気づいたのだが、彼女の家には自分自身の明るい影がひしめいていた。ならば玄関ホールで、ビューローの上で、浴槽のなかで十二月の氷が冷たい膜を張っていても、そこに映るものは無視するのがいちばんだ。その薄氷の上を軽々とすべるのがいちばんだ。立ち止まれば、目を注いだ重みで氷にひびがはいるかもしれない。その割れ目に落ちこめば、あまりにも冷たく、あまりにも遠くまで沈んでいくので、すべての〈過去〉が大理石の墓石《はかいし》に刻まれている深みで溺《おぼ》れるはめになるかもしれない。そうなったら氷水が血管に注入されてしまうだろう。鏡の下枠《したわく》の前に釘《くぎ》づけになって、〈時〉が経過した証拠から目を離せないまま、永遠に立ちつくすはめになるだろう。

それなのに今夜は、三人の少年の走る足音が谺《こだま》となって遠ざかっていくあいだ、彼女は家の鏡のなかに雪が降るのを感じつづけていた。鏡の枠を突きぬけて、そのなかの天気を調べてみたかった。けれども、そんなことをすれば、どういうわけか、家じゅうの鏡が集まって、自分を十億倍に増やすのではないかと心配だった。女たちの大群が行進して少女の大群になり、さらに行進して、かぎりなく小さな子供の大群になるのではないか、と。おびただしい数の人間が一軒の家に押しこめられれば、みんな窒息してしまうだろう。

では、鏡と、ウィル・ハローウェイと、ジム・ナイトシェイドと……あの甥《おい》をどうしないといけないのか？

妙だわ。なぜわたしの甥といわないの？

なぜなら、と彼女は思った。はじめて家へはいってきたときから、彼は親類ではなく、その身分証明書は証明書ではなく、わたしは待ちつづけたからだ……いったいなにを？

今夜を。カーニヴァルを。甥はいった――あの音楽を聞かないといけないよ、乗り物に乗らないといけないよ。冬が眠っている迷路には近寄らないで。回転木馬といっしょに泳ぎまわるといいよ。そこではクローヴァーや、蜜《みつ》のある草や、野生のミントのように甘い夏が、いつもたけなわなのだから、と。

彼女は、散らばった宝石類がそのままになっている夜の芝生を眺めた。ふと思ったのだが、こんなことをしたのはあの甥で、少年ふたりを追い払うためだったのではないだろうか。そうしないと、あのふたりは、炉棚《ろだな》から降ろしたこの券を彼女が使うのをやめさせたかもしれないから――

回転木馬。一回かぎり。

彼女は甥がもどってくるのを待っていた。しかし、かなり時間が経《た》ったので、自分で行動ならないのだ。
自分と甥、自分と回転木馬、自分とぐるぐるまわる楽しい夏とのあいだに立ちはだかってはなにか手を打って、ジムとウィルが干渉《かんしょう》してくるのをやめさせなければならない。だれも、を起こさないといけなくなった。あのふたりをひどい目にあわせたいわけではない。だが、

あの甥はなにもいわずに彼女の手を握るだけで、そして小さなピンクの口から焼きリンゴのにおいを彼女の顔に吹きかけるだけで、多くのことを語るのだった。

彼女は受話器を持ちあげた。

町をはさんだ向こう、石造りの図書館に明かりが見えた。長年にわたり、町じゅうがそれを見てきたのだ。彼女はダイヤルをまわした。静かな声で返事があった。彼女はいった。

「図書館ですか？　ミスター・ハローウェイですか？　こちらミス・フォーリーです。ウィルの担任の。十分後に警察署で会えないでしょうか……ミスター・ハローウェイ？」

間。

「もしもし、聞こえていますか……？」

26

「絶対にまちがいない」とインターンのひとりがいった。「最初にあそこへ着いたとき……

あの老人は死んでいたぞ」

救急車とパトカーは、町へもどる途中、十字路で同時に停止した。インターンの片方が、そのときパトカーに声をかけてきたのだった。いま、警官のひとりが大声で返事をした。

「冗談きついぞ！」

インターンたちは救急車のなかで肩をすくめた。

「ああ。まったくだ。冗談きついよな」

救急車はまた進みはじめた。インターンたちの顔はおだやかで、制服と同じくらい白かった。

パトカーがそのあとを追い、ジムとウィルは後部座席に身を寄せあって、もっとくわしく話そうとしたが、警官同士が言葉を交わして笑いながら、今夜の一部始終をおたがいにあらためて語りはじめたので、ウィルとジムは嘘をつくしかなくなり、もういちど偽名を伝えて、警察署から角《かど》を曲がったところに住んでいるといった。

署の近くにある二軒の暗い家の前でパトカーから降ろしてもらい、ふたりはそれぞれのポーチへ駆けあがると、ドアノブをつかみ、パトカーが角をまわりこんで署にはいっていくのを見届けてから降りてきて、パトカーのあとを追いかけ、真夜中に煌々《こうこう》と輝いている署の黄色い明かりを眺めた。ウィルがちらっと視線を走らせると、ジムの顔に浮かんでは消える今晩の出来事全体と、いまにも暗闇がすべての部屋を満たし、明かりを永久に締めだすのを待つかのように警察署の窓を見つめているジムが見えた。

町へもどる途中で、ぼくは無料《ただ》券を投げ捨てた、とウィルは思った。でも——ああ、やっぱり……。

ジムはまだ自分の券を握っていた。

ウィルはぶるっと身震いした。

あの死人が生き返り、白熱した電気椅子の火のおかげでかろうじて生きているいま、ジムはなにを考え、なにを求め、なにをたくらんでいるのだろう？　まだカーニヴァルが好きで好きでたまらないのだろうか？　ウィルは探りを入れた。イエス、とかすかな訝が返ってきて、ジムの目にはいった。というのも、おだやかな〈正義〉の光を頬骨《ほおぼね》に浴びてここに立っていても、ジムはやっぱりジムだからだ。

「署長なら」とウィルがいった。「ぼくらの話に耳を傾けて——」

「ああ」とジム。「拘束衣《こうそくい》をとりに行かせるまでは聞いてくれるだろうよ。ちくしょう、ウィリアム、なんてこった、この二十四時間に起きたことは、自分でも信じられないんだぞ」

「でも、真相がわかったんだから、もっと偉い人を見つけて、なんとか伝えないといけないんだ」

「そうはいうけど、真相ってなんだ？　あのカーニヴァルがどんな悪いことをしたっていうんだ？　鏡の迷路で女の人を怖がらせたことか？　だったら、先生は勝手に怖がったって警察はいうだろうよ。泥棒をしたことか？　じゃあ、その泥棒はどこにいる？　年寄りの皮のなかに隠れてるっていうのか？　そんな話をだれが信じる？　よぼよぼの爺《じい》さんが、さっきまで十二歳の男の子だったなんて話をだれが信じるんだ？　ほかの真相だって似たようなもんだ。避雷針《ひらいしん》売りの男は姿を消したのかって？　たしかに消したよ。そして袋を置いていった。でも、町を出ていったのかもしれない——」

「サイド・ショーのあのこびとは——」

「ぼくはあいつを見たし、きみも見た。たしかに、避雷針売りの男に似てないこともない。でも、あいつが元は大きかったって証明できるか？　無理だよ、クーガーが元は小さかったと証明できないのとまったく同じさ。そうでなかったら、ぼくらがいまこの歩道に立つこともなかっただろうよ、ウィル、自分たちが見たこと以外に証拠がないし、ぼくらはただの子供で、カーニヴァルのいい分はぼくらのいい分と食いちがうだろうし、どっちにしろ警官たちはあそこで面白いものを見せてもらったんだ。ああ、ちくしょう、なにがなんだかわからないや。せめて、せめてミスター・クーガーに謝《あやま》る方法がまだなにかあれば——」

「謝るだって？」ウィルは叫んだ。「人食いワニに？　呆《あき》れたね！　きみはまだわかってないんだ、あのアルマーとゴフには話が通じないってことを！」

「アルマーだって？　ゴフだって？」ジムは考えこんだ顔で彼をじっと見あげた。というのも、この少年たちは、夢のなかをうろつきまわる怪物にそういう名前をつけていたからだ。ウィリアムの悪夢のなかで〝アルマー〟は、うめき声をあげ、支離滅裂《しりめつれつ》なことを口走り、顔がない。ジムの同じような悪夢のなかで〝ゴフ〟——彼がつけた風変わりな名前だ——は途轍《とてつ》もなく大きいメレンゲ・ペーストのキノコのように育ち、ネズミを餌《えさ》にしている。そのネズミはクモを餌にしていて、そのクモは猫を餌にしている（それくらい体が大きいのだ）。「アルマーだよ！　ゴフだよ！」ウィルがいった。「頭の上に十トンの金庫が落ちてくるまでわからないのか？　ふたりの人間、ていうのはミスター・エレクトリコと、あのイカレたこびとのことだけど、あのふたりの身に起きたことを考えてみろよ！　あのろくでもない機械に乗ると、ありとあらゆることが人の身に降りかかるんだ。ぼくらはそれを知ってる、この目で見たからね。もしかしたら、なにか魂胆《こんたん》があって、あいつらが避雷針売りの男をああいうふうに押しつぶしたのかもしれない。でなければ、なにか手ちがいがあったのか。とにかく避雷針売りの男はワイン絞り器にかけられて、蒸気ローラーみたいな回転木馬に轢《ひ》かれたあげく、いまはすっかり気が狂《ふ》れてしまって、ぼくらのこともわからないんだ！　これだけで震えあがっちまうだろう、ジム？　そうか、もしかしたらミスター・クロセッティも――」

「ミスター・クロセッティは休みをとったんだよ」

「そうかもしれないし、そうじゃないかもしれない。お店があるし、貼り紙がある――**店主急病につき休業します**ってね。なんの病気だ、ジム？　カーニヴァルのショーでキャンディーを食べすぎたのか？　それとも、みんなが大好きな乗り物で酔ったのか？」

「その辺にしとけよ、ウィル」

「いいえ、その辺にしときはしませんよ。そりゃあ、あのメリーゴーラウンドはちょっとしたもんだ。ぼくだって、ずっと十三歳でいたいわけじゃない。そりゃあそうさ！　でもね、ジム、白状しろよ、きみだって本当は二十歳になりたくないんだろう!」

「夏じゅうその話ばかりしてたじゃないか」

「話したよ、たしかにね。でも、あのタフィー・マシンに頭から飛びこんで、骨を引き伸ばされたら、ジム、自分の骨をどうすればいいのかわからなくなるんだぞ!」

「わかるよ」ジムが夜の闇のなかでいった。「それくらいわかるさ」

「そうか。じゃあ、さっさと行って、ぼくをここへ置いていけよ、ジム」

「おい」ジムは抗議した。「きみを置いていくもんか、ウィル。ぼくらはいつもいっしょなんだ」

「いっしょだって? きみは二フィート背が高くなって、脚と腕の骨が伸びるのを感じながらぐるぐるまわるんだろう? きみはぼくを見おろすんだ、ジム。で、凧糸《たこいと》とビー玉とカエルの目玉でポケットをいっぱいにしたぼくと、ポケットをきれいに空《から》にして、冗談を飛ばすきみが話すとしたら、いったいなにを話すんだろうな。きみはぼくより足が速いから、ぼくを置いてけぼりにして——」

「きみを置いてけぼりになんかしないよ、ウィル——」

「すぐに置いてけぼりにするさ。いいよ、ジム、さっさと行って、ぼくを置き去りにするといい。だって、ぼくはポケット・ナイフを持っていて、木の下にすわってナイフ投げをして遊んでいても、だれにも文句をいわれないんだから。きみのほうは、あのぐるぐる走る馬の熱に当てられて頭がすっかりおかしくなるはずだけど、ありがたいことに馬はもう走っていないから――」

「あれはきみが悪いんだぞ！」とジムが叫んで、立ち止まった。

ウィルは身をこわばらせ、拳《こぶし》を握った。

「じゃあ、若くて卑劣《ひれつ》なやつが年寄りの卑劣なやつになるのをほっといて、ぼくらの頭を嚙《か》みちぎらせたらよかったのか？　あいつがぐるぐるまわるのを止めずに、ぼくらの目に唾《つば》を吐きかけさせればよかったのか？　きみはあいつといっしょに回転木馬に乗って、さよならと手をふって、もうひとめぐりしたら、あばよ！　と手をふるから、ぼくは手をふり返すしかなかったのかもしれないんだぞ、ジム、それでよかったのか？」

「黙れよ」とジム。「きみがいうように、もう手遅れなんだ。あの回転木馬は壊れちまって――」

「で、直ったら、あいつらは老いぼれクーガーを逆まわりさせて若返らせるんだ。そうすれば話ができるようになるし、ぼくらの名前も思いだせるからね。そうしたら人食い族みたいにぼくらを探しにくる。いや、ぼくだけを探しにくるのかもしれない、もしきみがあいつらと仲直りしたくて、あいつらにぼくの名前と住所を教えにいくのなら――」

「そんなことするもんか、ウィル」ジムは彼に触れた。

「ああ、ジム、ジム、わかるだろう？　つい先月、牧師さんがいったように、なにごとも潮《しお》時《どき》ってものがあって、なにをするにもひとつずつなんだよ、ふたつずつじゃなくて。憶《おぼ》えてるだろう？」

「なにごとにも潮時がある、か……」とジムがいった。

そのとき、警察署から声が聞こえてきた。玄関の右手にある部屋のひとつで、いま女の人がしゃべっていて、男たちもしゃべっていた。

ウィルはジムにうなずきかけ、ふたりは足音をたてずに走って茂みを突きぬけ、部屋のなかをのぞきこんだ。

そこにミス・フォーリーがすわっていた。ウィルの父親もすわっていた。

「理解できません」とミス・フォーリーがいった。「ウィルとジムがわたしの家に忍びこんで、盗みを働き、逃げていくなんて――」

「ふたりの顔を見たんですか？」とミスター・ハローウェイ。

「大声をあげたら、街灯の下でふり返ったんです」

先生は甥のことを話していないんだ――ウィルはそう思った。もちろん、話すわけがない。わかっただろう、ジム、と彼は叫びたかった。あれは罠《わな》だったんだ！　あの甥は、ぼくらがのこのことやって来るのを待ちかまえていたんだ。あいつはぼくらがにっちもさっちもいかなくなるようにしたかったんだ。ぼくらが警察や、親や、ほかのだれになにをいっても信じてもらえないようにしたかったんだ。カーニヴァルや、深夜のメリーゴーラウンドの話をしても、耳を貸す者がいないようにしたかったんだ。なにしろ、ぼくらの言葉は信用できないんだから！

「訴えたいわけじゃないんです」とミス・フォーリー。「でも、あの子たちが無実なら、いったいどこにいるんでしょう?」

「ここです!」と、だれかが叫んだ。

「ウィル!」とジム。

手遅れだった。

ウィルはすでに高く飛びあがって、窓をくぐりぬけるところだったからだ。

「ここです」床に降り立つと同時に、彼はあっさりといった。

27

彼らは黙りこくったまま、月の色に染まった歩道を歩いて帰った。ミスター・ハローウェイの左右に少年たちが並んでいた。家に着くと、ウィルの父親がため息をつき、

「ジム、こんな時間にきみのお母さんの心をズタズタにしたくない。もしきみが朝食のときになにもかもお母さんに話すと約束するなら、このまま行かせてあげよう。お母さんを起こさずに家へはいれるかい?」

「ええ。ぼくらにはその用意がありますから」

「ぼくらというと?」

ジムはうなずき、ふたりを連れて、家の横手にある密生した苔《こけ》と葉の群れをかき分けた。

やがて鉄の梯子《はしご》段が現れた。彼らがひそかに釘づけして設置したもので、ジムの部屋へ通じる隠し梯子になっているのだ。ミスター・ハローウェイはいちどだけ腹が痛くなるほど笑い、荒々しい奇妙な悲しみに襲われて首をふった。

「これはいつごろからあるんだい？　いや、答えなくていい。わたしもやったよ、きみたちと同じ年ごろに」彼はジムの部屋の窓に向かって伸びているツタを見あげた。「深夜に気ままに出歩くのは楽しいものだからね」急に口をつぐみ、「朝帰りなんてことはしてないんだろう――？」

「真夜中を過ぎたのは、今週がはじめてです」

パパが一瞬考えこみ、

「許しが出ると、なにごともつまらなくなるからね。大事なのは夏の夜に湖や、墓場や、鉄道線路や、モモの果樹園へこっそり出かけることで……」

「そのとおりです、ハローウェイさん、それじゃ、むかしはおじさんも――」

「そうだよ。でも、いまいったことを女たちに知られてはいけない。さあ、登りなさい」身ぶりで促《うなが》し、「そうしたら、向こう一カ月は夜歩きは禁止だ」

「わかりました！」

ジムは星々に向かってサルのようにするする登っていくと、すばやく窓をぬけて閉め、日よけを降ろした。

パパは隠し梯子を見あげた。それは星明かりのなかから降りてきて、自由に走れる歩道の世界へ通じており、千ヤード競争や、黒い茂みを飛び越えるハードル走や、霊園の四つ目垣《がき》と塀《へい》を飛び越える棒高跳びをしに行かないかと誘っていた……。

「わたしがいちばん残念に思っていることを知ってるかね、ウィル？　もうおまえみたいに走れないことだ」

「はい」と息子。

「さあ、これで一件落着にしよう」とパパ。「明日、あらためてミス・フォーリーに謝りに行きなさい。先生の家の芝生を調べるんだ。マッチと懐中電灯では見逃したもの——盗まれた品——があるかもしれない。そのあと警察署長のもとへ報告に行く。さいわい、おまえは自首した。さいわい、ミス・フォーリーは訴えるつもりがない」

「はい」

ふたりは自分たちの家の側面まで歩いていった。パパがツタの茂みを手探りし、

「家《うち》にもあるのかい？」

パパの手が梯子段を探りあてた。ウィルが葉叢《はむら》のあいだに釘づけしておいたものだ。

「家《うち》にもあるんだな」

ふたりはツタのわきに——暖かいベッドと安全な部屋に通じる隠し梯子のわきに立っていた。やがてパパが煙草《たばこ》入れをとりだし、パイプに葉を詰めると、火をつけて、

「わたしにはわかる。おまえは悪いことをしていない。なにも盗まなかった」といった。

「うん」

「それなら、なぜ警察には盗んだといったんだね？」

「フォーリー先生が——理由はわからないけど——ぼくらに罪を着せたがっているからだよ。先生がそういえば、ぼくらは有罪にされる。ぼくらが窓からはいって来るのを見て、先生がひどく驚いたのを見たでしょ。ぼくらが自白するなんて、先生は思ってなかったんだ。でも、ぼくらは自白した。ぼくらには法律の手がおよぼない敵もたくさんいる。すっかり白状すれば、寛大にあつかってもらえると思ったんだ。で、そうなった。同時に、フォーリー先生の勝ちでもある。いまぼくらは犯罪者だからね。ぼくらのいうことは、だれも信じてくれない」

「わたしは信じるよ」

「本当に？」ウィルは父親の顔に落ちた影を探り、肌の、目玉の、髪の白さに気づいた。

「パパ、きのうの夜、午前三時に……」

「午前三時に——」

パパが寒風《かんぷう》にひるむのがわかった。まるでなにもかも知っているのに、身動きできず、手を伸ばしてウィルをポンとたたいてやることもできないかのように。

そして自分はいま真実を話せないとわかった。そう、明日なら、話せるだろう。そう、いつかは話せるだろう。ぼくらがすっかり怖《お》じ気づいて、真相を究明したり、なにかをいったりすることもできず、口を閉ざしているとわかったから、陽《ひ》が昇ったときにはテントが消えていて、フリークたちがいなくなっていて、ぼくらだけになっているかもしれないから。もしかしたらこれで一件落着かもしれない、もしかしたら……もしかしたら……。

「どうした、ウィル?」父親がなんとか声を絞りだした。手のなかのパイプは火が消えかけていた。「つづけてごらん」

だめだ、とウィルは思った。ジムとぼくは餌食《えじき》にされても仕方がない。でも、ほかの人はだめだ。知ったら、ひどい目にあわされる。だから、ほかのだれも知ってはいけない。彼は声に出してこういった――

「パパ、二、三日のうちになにもかも話すよ。誓ってもいい。ママの名誉にかけて」

「ママの名誉にかけてか」しばらくしてからパパがいった。「それなら信用するしかないな」

28

秋の落ち葉が塵《ちり》となって、甘いにおいをただよわせる夜だった。まるで古代エジプトの細かな砂が、町を越えて砂丘へ吹きよせているかのようだった。こんなときに、どうして四千年も世界をめぐっている古代人の塵のことを考えられるんだろう、とウィルは思った。そしてぼくとパパ以外にだれも気づいていなくて、そのぼくらにしても、おたがいに腹を割って話せない。だから、こうも悲しくなるんだ。

じっさい、それは狭間《はざま》の時間だった。いま頭に思い浮かべているのが、キイチゴを体じゅうにつけたエアデールテリヤの姿だとしても、つぎの瞬間には絹糸《きぬいと》のような毛並みの居眠りしている猫になる。ベッドにはいる時間だが、小さな男の子のようにまだぐずぐずしていて、枕に頭を載せ、夜のもの思いにふけるまでには、思考がさまよい、大きな環《わ》を描くことになる。多くを語るが、なにひとつ語らない時間。最初の発見のあとだが、最後の発見ではない時間。なにもかも知りたくて、なにも知りたくない時間。語らねばならないから語りはじめた男同士の新たな甘い思いやりの心。啓示につきものの苦さ。

そういうわけで、二階へあがるべきだというのに、おとなの男と、おとなになりかけている少年が、そう遠くない夜に声をそろえて歌うことになると約束してくれた、この瞬間と決別できずにいた。そういうわけで、とうとうウィルが注意深くいった――

「パパ？　ぼくは善人かな？」

「そう思うよ。いや、そうだと知っている」

「じゃあ――本当に困ったことになったら、それが役に立つかな？」

「役に立つとも」

「助けがいるとしたら、それが助けになるかな？　つまり、ぼくが悪い人たちに囲まれていて、あたりに善人がひとりもいなかったら、そのときはどうだろう？」

「役に立つとも」

「それじゃ足りないんだよ、パパ！」

「善人であっても五体満足でいられるとはかぎらない。それはもっぱら心の平和にかかわることで――」

「でも、パパだってときには怖くてたまらなくて――」

「――心の平和が乱されるときがあるかって?」父親は不安げな顔でうなずいた。

「パパ」蚊《か》の鳴くような声でウィルがいった。「パパは善人?」

「おまえとおまえのお母さんにとっては、そうだ、そうあろうと努めている。だが、自分に対して英雄である人間はいない。わたしは生まれてからずっと自分といっしょに生きてきたんだ、ウィル。自分自身について知る値打ちのあることは残らず知っていて――」

「で、それを全部足しあわせたら……?」

「合計はいくらになるかって? そいつは増えたり減ったりするものだ。わたしはたいていじっとすわっているから、まあ、大損はしない」

「それなら、パパ」とウィルが尋ねた。「パパはどうして幸せじゃないの?」

「家の前の芝生で……なんだ、その……夜中の一時半に……哲学談義をはじめるのは……」

「どうしても知りたいんだ」

長い沈黙の瞬間があった。パパはため息をついた。

パパはウィルの腕をとり、ポーチまで歩いて階段に腰をおろすと、パイプに火をつけ直した。プッと煙を吐いて、こういった。

「わかった。おまえの母さんは眠っている。わたしたちが外にいて、男同士の話をしているのを知らない。だから、話をつづけられる。さて、善人であることは幸せを意味する、といつから考えているんだね？」

「ずっとむかしから」

「いまからは、そうとはかぎらないことを学ぶんだ。町でいちばん大きな笑みを浮かべていて、いちばん幸せそうに見える人が、いちばん大きな罪を背負っていることもある。ほほえみには二種類ある——その明暗を見分ける方法を学ぶんだ。アザラシみたいに吠えたり、笑うように叫んだりする人は、時間の半分は自分を隠している。楽しんでいても、罪の意識にさいなまれているんだ。そして人間は罪が大好きなのだよ、ウィル、そう、ありとあらゆる形と大きさと色とにおいをした罪を愛してやまないんだ。テーブルではなく、飼い葉桶《おけ》のほうが食欲をそそる時が来る。他人を声高に誉《ほ》めそやす男がいたとしたら、豚小屋から出てきたばかりじゃないかと疑ってかかったほうがいい。そのいっぽう、見るからに不幸せそうで、顔も青白く、打ちひしがれたようすの男が通りかかって、罪にまみれているようだとしても、驚くなかれ、体のどこかに〈善〉と大書《たいしょ》してある、おまえのいう善人である場合が多いんだよ、ウィル。なぜかというと、善人であることは恐ろしいつとめだからだ。人は善を前にすると緊張するし、ときにはふたつに割れてしまう。そうなった人間を何人か知っているよ。農夫になるには、飼い豚になるよりも倍は懸命に働かねばならない。善人になろうとしてくよくよ考えていると、いつか心の壁にひびがはいるんだろうな。高潔な男だって、ほんのちょっとしたことで節《せつ》を曲げることがある。ほんのすこしでも俗世間の垢《あか》がつけば、もはや孤高を保ってはいられないし、世間にからめとられてしまう。

まあ、四六時中そんなことを考えていなくても、立派な人間になれて、立派な行いができるなら、それに越したことはない。でも、そう簡単にはいかないだろうな。たとえば、真夜中に冷蔵庫をあけたら、レモン・ケーキの最後のひと切れがあったとする。それはおまえのものではないが、暑さにうだって眠れずにいたとしたらどうする？　まあ、いうまでもないだろう。あるいは、暑い春の日の昼下がり、学校の机に縛《しば》りつけられているときに、遠くで川が流れ、冷たくさわやかな水が落石を乗り越えているとしよう。何マイル離れていても、男の子には澄んだ水の音がはっきりと聞こえるものだ。そんなふうに、刻一刻と、おまえは善になるか、悪になるかの選択を迫られる。いまはこちら、つぎはあちら、そのつぎはこちらと、その選択は生涯を通じてつづき、いちども止まることはない。時計が刻むのはその選択であって、カチカチという音はそれを表しているんだ。走って泳ぎに行くか、暑いままでいるか。走って食べに行くか、腹をすかせたまま寝ているか。おまえはそのままでいるだろう。だが、いったんそのままでいれば、ウィル、秘密を知ったことになる。二度と川のことを考えなくなる。あるいはケーキのことを。考えたら、頭がおかしくなるからだ。泳がなかった川、食べなかったケーキを足しあわせたら、おまえがわたしの歳になるころには、ウィル、やらなかったことが山になる。でも、そうなったら、川にはいればはいるほど溺れることになっていたかもしれないとか、レモン・ケーキを食べれば食べるほど砂糖衣《さとうい》で喉を詰まらせていたかもしれないとか考えて自分をごまかすんだ。でも、それをいうなら、どうしようもなく臆病なだけで、出しゃばらず、受け身になるばかりで、遊ぶときも安全第一ということかもしれんな。

わたしを見てごらん。三十九で結婚したんだ、ウィル、三十九だぞ！　でも、それは自分を相手に三本勝負のレスリングをするのに忙しくて、自分を永久に抑えこむまでは結婚できないと思っていたからだ。完璧になるまで待っているわけにはいかない、外へ出て、いちどは倒れ、ほかのみんなといっしょに起きあがるしかないと悟ったときには手遅れだった。そうこうしているうちに、ある晩、自分とのレスリング試合からようやく顔をあげたとき、おまえの母さんが図書館へ本を借りにきて、本の代わりにわたしを持ち帰ったんだ。そのときわかったのは、半分が悪の男と半分が悪の女をひとりずつ選んで、善のほうを半分ずつくっつければ、丸ごと善の人間がひとり生まれて、男と女のふたりで分かちあえるのだということだ。わたしに関するかぎり、それがおまえなんだ、ウィル。そして奇妙でもあり、悲しいことでもあるんだが、すぐにわかったよ、おまえはいつも芝生のへりで駆けまわっていて、わたしはといえば屋根の上にいて本を屋根板《いた》代わりにしながら、人生を図書館になぞらえているけれど、おまえのほうが賢い、それも、わたしにはおよびもつかないほど賢いのだ、とした。

……」

パパのパイプは火が消えていた。彼はいったん言葉を切り、灰を落として、葉を詰めなおした。

「そんなことないよ、パパ」とウィルがいった。

「そうなんだよ」と父親。「自分が愚かだとわからないほど、わたしは愚かじゃない。わたしに知恵といえるものがあるとしたら――おまえは賢いとわかることだ」

「変だな」長い間があって、ウィルがいった。「今夜はぼくよりもパパのほうがたくさんしゃべってる。もうすこし考えるよ。もしかしたら朝食のときに、なにもかも話すかもしれない。それでいい？」

「おまえがいいなら、それでかまわないよ」

「だって……パパに幸せになってもらいたいから」

彼は目にこみあげてきた涙が憎らしかった。

「わたしはだいじょうぶだよ、ウィル」

「パパを幸せにできるなら、ぼくはなんだっていうし、なんだってするよ」

「ウィリー、ウィリアム」パパはパイプに火をつけ直し、煙が甘い霧となって消えるのを見まもった。「パパは永遠に生きるといってくれるだけでいい。それ以上を望んだら罰《ばち》が当たるというものだ」

いま気づいた、とウィルは思った。パパの声は髪と同じ色なんだ。

「パパ」彼はいった。「そんな悲しそうな声を出さないで」

「おや、そんな声を出しているかね？　わたしはもともと悲しい男なんだ。本を読むと、悲しくなる。映画を見ると、悲しくなる。芝居は？　涙が止まらなくなるよ」

「パパを悲しませないものはあるの？」とウィル。

「ひとつある。死だ」

「ええ！」ウィルはぎくりとした。「それこそ悲しいものじゃないの！」

「そうじゃない」と髪と同じ色をした声の男がいった。「死はほかのあらゆるものを悲しませる。でも、死ぬこと自体は恐ろしいだけだ。死がなかったら、ほかのものはすべて堕落せずにすむだろう」

なるほど、だからカーニヴァルのお出ましってわけか、とウィルは思った。片手にガラガラのような〈死〉、反対の手にキャンディーのような〈生〉を握ったカーニヴァル。ガラガラをふって人を怖がらせ、キャンディーをさしだして人の口をよだれまみれにさせる。さあさあ、サイド・ショーのお出ましだよ、両手いっぱいに生と死をかかえて！

彼はパッと立ちあがった。

「パパ、聞いて！　パパは永遠に生きるよ！　ぼくを信じて、そうでないとパパは弱ってしまう！　たしかに、二、三年前に病気になった――でも、治った。たしかに、五十四歳だ。でも、まだ若い！　それともうひとつ――」

「なんだね、ウィリー？」

父親が彼の言葉を待っていた。ウィルはふらついた。唇《くちびる》を噛んでから、衝動的にいう――

「カーニヴァルに近づかないで」

「妙だな」と父親がいった。「わたしもおまえにそういおうとしていたんだ」

「十億ドルもらっても、あそこへは二度と行かないよ！」

だとしても、とウィルは思った。カーニヴァルは町じゅうを探して、ぼくを訪ねてくるだろう。

「約束してくれる、パパ？」

「なぜわたしをあそこへ行かせたくないんだね、ウィル？」

「それも明日か来週か来年に話すよ。とにかく信じてもらうしかないんだ、パパ」

「わかった」パパは息子の手をとった。「約束する」

まるで合図でもあったかのように、ふたりとも家のほうを向いた。時間切れだ。時刻は遅いし、話すべきことは話した。もう家へはいらなければならない――ふたりとも当然のごとくそう感じとったのだ。

「出てきた道が、家にはいる道だよ」とパパがいった。

ウィルは無言で歩いて、ガサガサ鳴るツタの下に隠れている鉄の梯子段にさわった。

「パパ。これをはずしたりしないよね……」

パパは梯子段を指で探り、

「いつか、これに飽きたら、おまえが自分ではずすだろう」

「飽きたりしないよ」

「そういうふうに思えるんだろうな。そう、おまえの年ごろだと、なにかに飽きることなんてないように思える。さあ、息子よ、登りなさい」

父親がツタと隠し梯子を見あげる目つきにウィルは気づいた。

「パパもこの道を登りたいの？」

「いや、まさか」と父親が即答した。

「遠慮しないで」とウィル。

「気持ちだけ受けとっておくよ。さあ、行きなさい」

しかし、彼は夜明け前の暗い光のなかでかすかに揺れるツタをまだ見ていた。

ウィルは飛びあがり、一段目、二段目、三段目をつかんで、下を見た。

ちょうどこの距離だと、地上のパパは縮んでいるように見えた。彼はパパを夜闇のなかに置いていきたくなかった。まるで登ろうとして片手をあげたが動けずにいる者、だれかに見捨てられた者のようだったからだ。

「パパ！」彼は小声でいった。「パパは意気地《いくじ》なしだ！」

いったな！　とパパの口が無言で叫んだ。

そしてパパは飛びあがった。

そして声もなく笑いながら、少年と中年男は手足を交互に動かして、家の側面をひたすら登っていった。

パパが足をすべらせて、ジタバタしながら梯子段をつかむ音がした。

しっかり握って！　とウィルは思った。

「おっと……！」

男が荒い息をついた。

ウィルは目をぎゅっとつむって祈った――握って……ほら……いまだ……!!

老人がふいごのように息を吸って吐いて、小声で悪態《あくたい》を吐き散らしてから、また登りはじめた。

ウィルは目をあけ、梯子を登った。あとは順調で、どんどん高くなり、気分がよくなり、空気がさわやかになり、よし、登りきったぞ！ ふたりは体をふりあげ、窓の下枠にまたがった。同じ体の大きさ、同じ体重、星空のもとで同じ顔色をしたふたりは、心地よい疲れに浸《ひた》って、もういちど抱きあった。腹の底からこみあげてくる笑いが、ふたりの骨にそろって伝わり、神を、田園地帯を、妻を、ママを、そして地獄をめざめさせるのを恐れて、たがいの口を手でぴったりとふさぎあい、噴きだしてくる温かい息が喜びに震えるのを感じながら、もう一瞬だけ長くすわりつづけ、たがいに目を輝かせ、愛情に目を潤《うる》ませていた。

それから、最後に強くウィルを抱きしめて、パパが行ってしまい、寝室のドアが閉まった。長い夜の活動に酔っ払い、パパのなかにあった偉大ですばらしいものを恐れる気持ちから徐々に解放されて、ウィルはおぼつかない手と快《こころよ》く痛む脚で、しわくちゃになった衣服を脱ぎ捨て、切り倒された木のようにベッドへ倒れこんだ……。

29

彼はきっかり一時間眠った。

それから、ぼんやりとしか見なかったものを思いだすような気分で目をさまして、上体を起こし、ジムの家の屋根をちらっと見た。

「避雷針が！」思わず叫んだ。「なくなってる！」

たしかに、なくなっていた。

盗まれたのだろうか？ いや、ちがう。ジムがはずしたのだろうか？ そうだ、そうに決まってる！ なぜだ？ 面白がってやったんだ。にやにや笑いながら、屋根へ登って避雷針をはずしたんだ、嵐に自分の家を直撃させるつもりで！ 怖くないのだろうか？ 怖くないんだろう。恐怖は、ジムが試着しなくてはならない新たな絶縁服なのだ。

ジムのやつめ！ ウィルはこの忌々《いまいま》しい窓をたたき壊したかった。避雷針を元にもどせ！ ジム、夜が明ける前に、あのろくでもないカーニヴァルから人がやって来て、ぼくらの住んでいる場所を探りあてるだろう。どうやって来るのか、どういう恰好をしているのかはわからない。でも、ちくしょう、きみん家《ち》の屋根は丸裸なんだぞ！ 雲の動きは速いし、嵐がみるみる迫ってきているんだ……。

ウィルの思考が止まった。

空を舞っているとき、気球はどんな音をたてるのだろう？

音はたてない。

いや、そうともかぎらない。泡の吐息なみに真っ白なカーテンをなびかせる風のように、ヒューヒューとうなる。さもなければ、眠りのなかで寝返りを打つ星々のような音をたてる。

さもなければ、月の出と月の入りのように名乗りをあげる。最後のたとえがいちばんしっくり来る——宇宙の深淵《しんえん》を渡る月のように、気球は宙を飛ぶのだ。

どうすれば聞こえるのだろう、どうすれば警戒できるのだろう？　耳に聞こえるのだろうか？　ちがう。うなじの毛で、耳のなかに生えたモモの綿毛《わたげ》で聞くのだ。そしてキリギリスが脚をこすり合わせて奇妙な音楽を奏《かな》でるように、腕に生えた毛が歌うのだ。だから、ベッドに横たわっていても、気球が空の大海を潜航しているのがわかり、感じられ、確信をいだけるのだ。

ジムの家のなかに人の動く気配があった。ジムもその敏感な黒い触角で、町の上空の海が割れ、海の巨獣《レヴィヤタン》を通してやったのを感じたにちがいない。

少年たちはふたりとも、家と家のあいだの私道をふさぐ影を感じ、ふたりとも窓をはねあげ、ふたりとも首を突きだして、ふたりとも驚きのあまり顎《あご》をガクンと落とした。長年にわたるチームワークのたまものか、これほど息がぴったり合ったことに感心してうれしくなったからだ。それから、昇りかけた月の光で顔を銀色に染めて、ふたりともちらっと上を見た。

ちょうど気球が飛び過ぎ、姿を消すところだった。

「おいおい、こんなとこで気球がなにをしてるんだ？」とジムが尋ねたが、答えを求めているわけではなかった。

というのも、ふたりともひと目でわかったからだ、気球は史上最良の方法で捜索活動に従事しているのだ、と。車のエンジンの騒音とは無縁。タイヤがアスファルトをきしませることもなく、足音が通りに響くこともない。籐《とう》かごと荒天《こうてん》用の帆をそなえたものが孤独な航海をつづけられるように、風が雲間《くもま》に大河アマゾンを切り開くだけなのだ。ジムもウィルも、窓をたたき閉めたり、日よけを降ろしたりはしなかった。ぴくりともせずに待っていなければならないだけだった。というのも、他人の夢のなかのつぶやきのように、あの音がふたたび聞こえたからだ……。

気温が四十度下がった。

なぜなら、嵐に漂白された気球がいま静かに旋回し、錘《おもり》のようにすーっと沈みこんだので、その巨象の影が宝石さながらの夜露《よつゆ》をちりばめた芝生と日時計を冷やしたからだ。いっぽうふたりは、その影を透《す》かして視線をすばやく上空に向けた。

目に飛びこんできたのは、籐の吊りかごのなかで手を腰に当て肘《ひじ》を張っているものだった。あれは頭と肩だろうか？　そうだ、背後の月が、まくりあげられた銀のマントの代わりになっている。〈ミスター・ダークだ！〉とウィルは思った。〈人間粉砕機〉だ！　とジムは思った。〈こぶ〉だ！　とウィルは思った。〈骸骨《がいこつ》男〉だ！　〈溶岩《ようがん》飲み〉だ！　〈吊《つる》された男〉だ！　ムッシュー・ギロチンだ！

いや。

〈塵の魔女〉だ。

塵のなかに髑髏《どくろ》と骨を描いてから、それをくしゃみで吹き飛ばしそうな〈魔女〉なのだ。

ジムはウィルを見て、ウィルがジムを見た。ふたりとも相手の唇を読んだ――〈魔女〉

だ！

しかし、なぜ蠟《ろう》細工のしわくちゃ婆《ばばあ》が、夜中に気球に乗って捜索に当たるのだろう？　とウィルは自問した。なぜほかの者――トカゲの毒と、オオカミの火と、蛇の唾（精液の隠語）の目をそなえた者たち――ではないのだろう？　なぜ盲目のイモリの睫毛《まつげ》をクロゴケグモの糸でしっかりと縫《ぬ》いあわせた、ぼろぼろの影像を送りだしてきたのだろう？

顔をあげたとたん、理由がわかった。

というのも、特異な蠟でできてはいるものの、〈魔女〉は特異な命をそなえているからだ。なるほど、盲目だ。しかし、錆《さび》が浮いてまだらになった指をぐいっと下に向ければ、それが空気の水路を撫《な》でさすり、風を切り刻んで押し広げ、空間の層を剝《は》ぎとり、空中に停止したまま踊っている星々の目をくらませ、それから鼻先と同じところを指さすのだ。

そして少年たちには、さらに多くのことがわかった。

彼女は盲目だけれど、特別な盲目だとわかった。手を垂らせば世界のこぶを感じられ、家家の屋根にさわり、屋根裏部屋の収納箱を探り、塵をとり入れ、玄関ホールを吹きぬける風と、人々を吹きぬける魂《たましい》を、肺から脈打つ手首へ、拍動《はくどう》するこめかみへ、鼓動する喉へといたり、肺にもどってくる風をじっくり調べることができる。気球が秋雨《あきさめ》のように降ってくるのを彼らが感じるのとまったく同じように、彼らの魂が震える鼻の穴を出入りするのを彼女は感じとれるのだ。それぞれの魂には大きくて温かな指紋がついていて、手ざわりがちがう。彼女はそれを手のなかで粘土《ねんど》のようにこねることができる。においがちがうので、ウィルの命を嗅《か》ぎ分けているのが音でわかった。味がちがうので、歯茎《はぐき》をむきだした口で、毒蛇《どくへび》の舌で彼らの魂を味わっているのがわかった。音がちがうので、魂を片方の耳にねじこみ、反対の耳から引っぱりだしているのがわかったのだ！

彼女の手が空気を軽く押し下げた。右手はウィルに向かって、左手はジムに向かって。

気球の影が彼らを狼狽《ろうばい》で洗い、恐怖ですすいだ。

〈魔女〉が息を吐いた。

気球は、この小さな酸っぱいバラストが投棄《とうき》されたために上昇した。影が過ぎていった。

「ああ、ちくしょう！」とジムがいった。「ぼくらの住んでるところがばれちまったぞ！」

ふたりとも息を呑んだ。なにか巨大な荷物がジムの家の屋根板をかすめ、なぞって行ったのだ。

「ウィル！　あの女に捕まった！」

「ちがうよ！　どうやら――」

ジムの家の屋根のいちばん下からいちばん上まで、なにかが引きずられる音、なにかがかすめる音、なにかがガサガサと鳴る音がした。と思うと、気球が旋回しながら舞いあがり、丘陵《きゅうりょう》のほうへ飛び去るところがウィルの目に映った。

「行ってしまった、ほら、あそこだ！　ジム、彼女はきみん家《ち》の屋根になにかしたんだ！　サル渡り（うんていを渡る動作）用の竿《さお》をよこしてくれ！」

ジムはすらりと長い物干《ものほ》し竿をすべらせ、ウィルがそれを窓の下枠に固定した。それから竿にぶらさがって体を前後に揺すり、両手を交互に動かして、ジムが自分の部屋の窓に引っぱりこんでくれるまで渡っていき、ふたりはジムの衣裳《いしょう》クローゼットに裸足《はだし》ではいり、たがいに押したり引っぱりあげたりしながら屋根裏へあがった。そこは製材所のようなにおいがして、古びていて、暗く、静かすぎた。屋根に登ったウィルは、ぶるぶる震えながら叫んだ──

「ジム、あったぞ」

月明かりのもとに、それはあった。

カタツムリが歩道を這《は》った跡《あと》のようだった。ぬらぬらと光っていた。銀色でツルツルだった。しかし、これは──そもそも存在するのなら──体重百ポンドの巨大なカタツムリが残した跡だった。銀色の帯は幅一ヤード。落ち葉の詰まった雨樋《あまどい》からはじまった銀色の筋が、チラチラ光りながら屋根のてっぺんまであがり、それから反対側を下っている。

「なんでだ?」ジムがあえぎながらいった。「なんでなんだよ?」

「番地や通りの名前を探すよりも簡単だからさ。屋根にしるしをつけておけば、夜だろうと昼だろうと、何マイル先からでも見えるんだ!」

「まいったな」ジムが身をかがめて跡にさわった。かすかな悪臭のするネバネバしたものが指を覆った。「ウィル、これからどうする?」

「ぼくの勘《かん》だけど」とウィルが声を潜《ひそ》めていった。「あいつらは朝までもどって来ない。むやみに騒ぎは起こせないからね。なにか計画を立ててるはずだ。だから──やるならいまのうちだ!」

下の芝生の上で散水用のホースが、巨大なニシキヘビのようにとぐろを巻いて、ふたりを待っていた。

ウィルがなにかを蹴飛ばしたり、だれかを起こしたりすることもなく、すばやく降りていった。屋根の上のジムが驚いたことに、すぐさまウィルが歯をむきだして息をあえがせながら、水をシューシュー噴きだしているホースを握って、するすると登ってきた。

「ウィル、きみは天才だ!」

「まあね! さあ、早く!」

ふたりはホースを引きずって屋根板に水をぶちまけ、銀色の帯を洗い流し、邪悪な水銀の塗料を剝ぎとった。

ウィルはその作業をしながら、純粋な夜の色が朝の色に変わりかけた遠くの空に、ちらっと目をやった。すると気球が風向きを試しているのが見えた。あれは勘づいたのだろうか、もどって来るのだろうか? 彼女がまた屋根にしるしをつけて、ぼくらが洗い流すはめになり、彼女がまたしるしをつけて、ぼくらが洗い流す。夜明けまでそんなことがつづくのだろうか? いいさ、やらなければならないのなら、やるまでだ。

あの〈魔女〉を永久に止められさえしたら、とウィルは思った。あいつらはぼくらの名前も住所も知らない。ミスター・クーガーは死にかけているから、思いだすことも、教えることもできない。〈こびと〉は——避雷針売りの男だとしても——気が狂っているから、神の思《おぼ》し召しで記憶をよみがえらすことはない！　そして朝にならないと、ミス・フォーリーから話を聞きだせない。だからこそ、あいつらはあの草地で歯ぎしりしながら、〈塵の魔女〉を捜索に送りだしたのだ……。

「ぼくはなんてばかなんだ」避雷針があった屋根をすすぎながら、ジムが静かな声で嘆いた。「どうして立てたままにしておかなかったんだろう？」

「雷《かみなり》はまだ落ちてないよ」とウィル。「それに、早めに避雷針をもどせば、雷は落ちないだろうさ。さあ――こっちをやろう！」

ふたりは大量の水を屋根に降らせた。

下で、だれかが窓を閉めた。

「ママだ」ジムが苦笑いをした。「雨が降ってきたと思ってるんだ」

30

雨がやんだ。

屋根はきれいになっていた。

ふたりはホースをくねらせて、一千マイル下にある夜の芝草の上に投げ落とした。

町の向こう側で、気球が依然として希望のない真夜中と、待望久しい太陽とのあいだで停止していた。

「どうして待っているんだろう?」

「ぼくらのやってることを嗅ぎつけたのかもしれない」

ふたりは屋根裏をぬけて下へ降り、しばらく話に熱中して体が冷えたあと、それぞれの部屋へもどってベッドにはいった。そしていまは静かに横たわり、夜明けに向かってせわしなく打つ心臓と時計の音に別々に耳を傾けていた。

あいつらがなにをするつもりにしろ、先手を打たなくちゃいけない、とウィルは思った。気球がもどってきて、しるしを洗い流されたことに〈魔女〉が気づいて、もういちど屋根に跡をつけようと降りてきてくれないものだろうか——ウィルはそう願った。なぜそんなことを願うのだろう?

なぜなら。

ふと気がつくと、ボーイスカウトのアーチェリー道具一式を見つめていた。大きな美しい弓と矢筒《やづつ》が部屋の東側の壁にかけてあるのだ。

ごめんなさい、パパ、とウィルは心のなかでつぶやき、笑みを浮かべながら上体を起こした。こんどはぼくひとりで出かけるよ。あの女がぼくらのことを報告しにもどって行くのを、何時間か、うまくいけば何日か遅らせたいんだ。

彼は壁から弓と矢筒をつかみとり、しばらく考えをめぐらせてから、忍び足で窓辺へ走りより、身を乗りだした。いや、大声を出すことはない。それよりも、一心不乱に考えるんだ。

あいつらは思考を読めるわけじゃない。それはたしかだ。さもなければ、〈魔女〉を送りだしはしなかっただろう。それに彼女にしても思考を読めるわけじゃない。でも、体熱と、特別な体温と、特別なにおいと興奮を感じることができる。だからぼくが飛んだり跳ねたりして、それほど上機嫌でいるのは彼女の裏をかいてやったからだ、と知らせてやるだけで、もしかしたら……。

午前四時です、と眠たげな時計のチャイムが遠い別の土地でいった。

〈魔女〉よ、もどって来い、と彼は思った。

〈魔女〉よ、屋根はきれいにしたぞ、聞こえるか⁉ と彼は心の声をもっと大きくし、自分の血を脈打たせた。ぼくらは自前《じまえ》の雨を降らせたんだ！ おまえはもどってきて、しるしをつけ直さないといけない！ おい、〈魔女〉よ……？

すると〈魔女〉が動いたのだ。

気球の下の大地がまわるのを彼は感じた。

よし、〈魔女〉よ、そのまま来い、ぼくしかいないぞ、名前のない少年だけだ。おまえはぼくの心を読めないだろうが、ここでぼくはおまえを悪しざまにののしってるんだ！ ざまあみろ、裏をかいてやったと叫んでいるんだ。だから、来るなら来い、やって来い、さっさと来やがれ！

数マイル離れたところで、それに応じる声が湧きあがり、どんどん近づいてきた。

しまった、と不意に彼は思った。この家にもどってこられるとまずいぞ！ どうしよう！

彼はあわてて服を着た。

弓矢をわしづかみにし、ツタに隠れた梯子段を猿《ましら》のように降りて、濡れた芝草を犬のように這う。

〈魔女〉よ！　こっちだ！　彼は足跡を残しながら走った。頭がおかしくなりそうなくらい高揚した気分で走った。なにか秘密の、味がよく、甘い毒のある根をかじり、そのせいで狂ったように駆ける野ウサギのように走りまくった。膝《ひざ》で顎を打ち、濡れた草の葉を靴で押しつぶし、生け垣を飛び越え、ヤマアラシの針毛《はりげ》のような武器を握りしめ、恐れと喜びが交ざりあって、口のなかでビー玉のようにころがった。

ふり返る。気球がすいすいと近づいてくる！　それは息を吸っては吐きして、木から木へ、雲から雲へ移動している。

ぼくはどこへ行こうとしてるんだ？　彼は思った。そうだ！　レッドマンさん家《ち》がいい！　何年も空き家《あきや》になっている！　二ブロック先だ！

草むらでは彼の両足がすばやく動き、空では怪物が大きく息をしている。いっぽう月明かりがあらゆるものを雪色に染め、星々がきらめいている。

彼はレッドマン家の玄関の前で止まった。左右の肺で松明《たいまつ》が燃え、血の味がして、無言で叫んでいた――ここだ！　これがぼくの家だ！

空で大河の河筋が変わるのが気配でわかった。

よし！

彼の手が古い家のドアノブをまわした。ああ、どうしよう。あいつらがなかにいて、ぼくを待ちかまえていたとしたら？

ドアをあけると暗闇があった。

その暗闇のなかでほこりが舞いあがり、クモの作ったハープの弦《げん》が震えた。それだけだった。

ウィルは崩《くず》れかけた階段を二段飛ばしに駆けあがり、ぐるっとまわって屋根の上へ出ると、煙突の陰に弓矢を隠して、堂々と立った。

軟泥《なんでい》のような緑色の気球が、籐かごを揺らし、ゼイゼイと息をしながら降りてきた。その胴体には翼のあるサソリや、古代の不死鳥や、煙や、火や、黒雲の巨大な絵が描かれている。

〈魔女〉よ、こっちだ！　と彼は心のなかで叫んだ。

湿っぽい影が、コウモリの翼のように彼を打った。

ウィルはひっくり返った。両手をふりあげた。黒い肉塊《にくかい》も同然の影が打ちかかってきた。

彼は倒れた。煙突にしがみついた。

影が彼にのしかかり、覆いかぶさった。

その黒雲《こくうん》めいたもののなかは、海の洞穴《ほらあな》なみに冷えていた。

しかし、いきなり風向きが変わった。

〈魔女〉が憤懣《ふんまん》やるかたなげにシューシューと息を漏らした。気球がぐるぐると環《わ》を描きながら上昇した。

風が味方してくれたんだ！　と少年は興奮気味に心の声をあげた。

いや、行くな。もどってこい、と彼は思った。

〈魔女〉に計画を嗅ぎつけられたのではないかと心配したからだ。

案の定《じょう》だった。彼女はウィルのたくらみをしきりに探ろうとした。鼻をフンフンいわせ、息を呑んだ。まるで蠟に彫られた溝をなぞって模様を探りあてようとするかのように、彼女の爪が空気をこすり、かきむしるのが見えた。まるで彼が冥府《めいふ》のどこかで静かに燃える小さなストーヴであり、彼女はそれで手を温めにきたかのように、掌《てのひら》をかざした。籐かごが上向きの振り子となって揺れるあいだ、彼女が縫いあわされた盲目の目を細め、耳のなかに苔を生やし、青白いしわくちゃのアプリコットのような口で空気を吸いこみ、その空気をミイラに変え、彼の行動や思考のよこしまなところを味わおうとするのがわかった。しかし、彼はどこまでも善良で、本当とは思えないほど人がいいのだ！　彼女にそれがわかったのはまちがいない！

わかったから、息をこらえたのだ。

そのせいで、気球は吸う息と吐く息との狭間で宙ぶらりんになった。

と、〈魔女〉がおずおずと、思いきって試すかのように息を吸った。あまりの重さに気球が沈んだ。息を吐くと――蒸気が解放されて――気球は上昇した！

と、いま、その子供のような体のいびつな組織のなかで、饐《す》えた湿った空気をこらえたために気球が止まった。

ウィルは親指を鼻に当て、残りの指をヒラヒラさせた。

彼女が空気を吸いこんだ。この息ひとつ分の重みが、気球をすべるように降下させた。

もっと近寄れ！　と彼は心のなかで叫んだ。

しかし、彼女はウィルの毛穴から発散する強烈なアドレナリンのにおいを嗅ぎつけ、用心深く気球を旋回させた。彼は旋回する気球を追いかけて首をまわすうちに、頭がくらくらしてきた。ちくしょう！　おまえはぼくの気分を悪くさせたいんだな！　ぼくを独楽《こま》みたいにまわしたいのか？　めまいを起こさせたいのか？

打つ手がひとつだけあった。

彼は気球に背中を向けてじっと立ちつくした。

〈魔女〉め、これなら近づきたくなるだろう、と彼は思った。

緑の軟泥《なんでい》のような雲、饐えた空気をおさめた袋が音をたて、枝編《えだあ》み細工に乗ったネズミの枝編み細工が身じろぎし、金切《かなき》り声をあげると同時に、影が彼の脚を、背骨を、首を冷やした。

近づいてきたぞ！

〈魔女〉が空気を、錘を、夜の重荷《おもに》を、星と寒風のバラストを降ろした。

もっと近づいたぞ！

象の影が彼の耳を撫でた。

彼は弓矢を足で引きよせた。

影が彼を呑みこんだ。

クモが彼の髪をはじいた——これは彼女の手なのか?

彼は悲鳴を押し殺して、くるりとふり向いた。

目と鼻の先で、〈魔女〉が身を乗りだしていた。

彼は身をかがめて、弓矢をすくいあげた。

〈魔女〉は、彼が握りしめているもののにおいを嗅ぎつけ、正体を感知したとたん、絶叫して息を吐きだそうとした。

しかし彼女は、ひるんだせいで逆に息をこらえてしまい、錘を吸いこんで気球の荷重《かじゅう》を増やした。気球が屋根をこすった。

ウィルは矢をつがえて、弦《つる》を引き絞った。

弓がまっぷたつに折れた。彼は手のなかの放たれなかった矢をまじまじと見た。

〈魔女〉が安堵《あんど》すると同時に勝ち誇って大きなため息をついた。

気球がふわりと上昇した。ケラケラと乾いた笑い声をあげる積み荷を載せたかごが彼にぶつかった。

〈魔女〉が狂喜してふたたび叫んだ。

ウィルはかごのへりをつかんで、自由のきくほうの手を引き、渾身《こんしん》の力をこめて燧石《すいせき》の鏃《やじり》のついた矢を気球の本体に投げつけた。

〈魔女〉が喉を詰まらせ、ウィルの顔を引っかいた。

そのとき、途方もなく長い時間飛びつづけていたように思える矢が、気球に小さな穴をうがった。あたかも巨大なグリーンチーズを切るように、矢柄《やがら》が一瞬にして沈んだ。表面に裂け目が生じ、大きく広がって、巨大なナシの表面全体がにんまりと笑った。いっぽう盲目の〈魔女〉は支離滅裂なことを口走り、うめき、唇に火ぶくれを作り、抗議の金切り声をあげた。そしてウィルは両手でかごをつかんで、しっかりとぶらさがり、脚をバタバタさせた。そのあいだ気球はむせび泣き、息を吹きだし、みずからのガスが急速に死んでゆくのを嘆き、いっぽう地下牢の空気がシューシューぬけて、ドラゴンの息が猛然と噴きだし、かくして推力を得た気嚢《きのう》が上昇して退却していった。

ウィルは手を離した。周囲で空間がヒューヒューと音をたてた。彼は身をひねり、屋根板にぶつかると、傾斜した古い屋根をすべり落ち、へりを越え、雨樋を越え、足から先に虚空へ飛びだし、悲鳴をあげて雨樋にしがみつくと、それがうめきをあげて、屋根からはずれるのを感じた。同時に彼は空に視線をめぐらせた。すると目に飛びこんできたのは、ピューピューと甲高《かんだか》い音をたてながらしわくちゃになっていく気球が、手負いの獣《けもの》のように舞いあがり、息も絶え絶えに雲のなかへ避難する光景だった。銃弾を撃ちこまれたマンモスが、命永らえようとして、すさまじい乱流のなかで咳きこみながら、悪臭を放つ風を吐きだしている。

すべては一瞬のうちに起きた。つぎの瞬間、ウィルは空間に放りだされた。下に木があったのを喜ぶ暇もなく、その木の枝にからめとられて切り傷を負わされたが、枝や小枝がマットレスになって墜落を防いでくれた。精も根《こん》もつき果てて、彼は爪のように顔を月に向けつづけた。人間のものではない嘆きに暮れた気球が、家から、通りから、町から螺旋《らせん》を描いて遠ざかっていくあいだ、〈魔女〉の最後の嘆きが聞こえるような気がした。

気球がにんまりと笑った。気球の裂け目はいまや全周におよんでいた。それは飛び立った草地で息絶えるつもりか、錯乱したようにふらふらと飛んでいき、なにも知らずに眠りこけている家々の向こう側へ沈もうとしていた。

ウィルは長いこと動けずにいた。木の枝にからまって宙に浮かんでいたので、いまにもすべり落ちて、黒い大地にたたきつけられて命を落とすのではないかと心配だったのだ。スレッジハンマーが頭にめりこむのを待っている気分だった。

心臓が激しく打つせいで体がぐらつき、墜落するかもしれなかった。だが、その音が聞こえ、自分が生きているとわかるのはうれしかった。

しかし、とうとう気持ちが落ち着き、彼は手足を縮めると、細心の注意を払って足場を探し、枝づたいに木を降りていった。

31

夜が明けるまで、ほかにたいしたことは起きなかった。

32

夜明けに雷神《らいじん》を載せた山車《ジャガーノート》が、石を敷きつめた天空を、猛然と火花を散らしながら渡っていった。雨が町の家々の丸屋根にそっと降りかかり、クスクス笑いながら雨樋から流れ出て、ジムとウィルが切れ切れに夢を見ている部屋の窓の下で、風変わりな地下の言葉で語った。ジムとウィルはある夢からすべり出て、サイズが合うかどうか別の夢を試してみるのだが、どれも同じ黒っぽい朽《く》ちた布から切りとられているとわかるだけだった。

太鼓《たいこ》のような雨音が響くなか、つぎなる出来事が起きた――

水浸しになったカーニヴァルの敷地で、回転木馬がいきなりよみがえったのだ。その蒸気オルガンが、悪臭のする蒸気をふりまくとともに音楽を奏ではじめた。

ひょっとしたら、その音を耳にして、回転木馬がふたたび動きだしたことを察した人間が、町にひとりだけいたかもしれない。

ミス・フォーリーの家のドアが開いて閉じた。彼女の足音が通りにそってせわしなく遠ざかっていく。

やがて雨が土砂《どしゃ》降りになり、いっぽう稲妻《いなずま》はぎごちなくダンスを踊って、いま土地の全貌を明らかにしたと思えば、つぎの瞬間には永久に消していた。

雨が朝食の窓に鼻面《はなづら》をこすりつけるあいだ、ジムの家でも、ウィルの家でも、静かな話が長々とつづき、たまに叫び声があがって、また静かな話がはじまるのだった。

そして九時十五分に、ジムはレインコート、野球帽、ゴム長靴《ながぐつ》のいでたちで日曜日の雨のなかへ出ていった。

立ち止まって、巨大なカタツムリの這った跡が洗い流された自分の家の屋根をじっと見つめる。それからウィルの家のドアに目をこらして、開くように念じた。それは開いた。ウィルが出てきた。彼の父親の声があとを追ってきた――「いっしょに行ってほしいかい?」。ウィルはきっぱりと首をふった。

少年たちは真面目くさった顔つきで警察署に向かって歩き、空がふたりを洗った。警察署で話をしてからミス・フォーリーの家へ向かい、あらためて謝罪するつもりだったが、いまこのときはポケットに両手を突っこみ、昨日の恐ろしい謎に思いをめぐらせながら歩いているだけだった。とうとうジムが沈黙を破った――

「ゆうべ、屋根を洗って、ようやく眠りについたあと、葬列の夢を見たんだ。目抜き通りをぞろぞろとやってきた、ちょうど観光客みたいに」

「でなければ……パレードみたいにか?」

「そのとおりだ! 黒い上着を着て、黒い帽子をかぶり、黒い靴をはいた千人と、長さが四十フィートもある棺《ひつぎ》だった!」

「なんだって!」

「ほんとなんだよ！　四十フィートの長さがないと埋葬できないものはなんだろう？　ぼくは思った。で、夢のなかで駆けよって、なかをのぞいたんだ。笑うなよ」

「ちっともおかしくないよ、ジム」

「その長い棺のなかには、干《ほ》しスモモか、日向《ひなた》に置かれていた大きなブドウみたいな、大きくて長い、しわくちゃのものがあった。大きな皮か、巨人の干し首みたいだった」

「気球だ！」

「そうか」ジムが立ち止まった。「きみも同じ夢を見たんだな！　でも……気球が死ぬわけないよな」

　ウィルは黙っていた。

「それに、気球の葬式をあげたりはしないだろう？」

「ジム、ぼくは……」

「ろくでもない気球が、空気をぬかれたカバみたいに置かれていて――」

「ジム、ゆうべ……」

「楽隊は黒い羽根飾りをなびかせて、黒いビロードで音を抑えた太鼓を、黒い象牙《ぞうげ》のばちでたたいてたんだぜ！　おまけに、けさ目をさましたら、ママに昨日のことを話さなくちゃいけなくて、なにもかもしゃべったわけじゃないけど、それだけでママは泣いたりわめいたりして、また泣くんだ。女って泣くのが好きだよな。で、ぼくのことを罪人《ざいにん》の息子って呼んだけど――ぼくらはなにも悪いことはしなかったよな、ウィル？」

「だれかさんは、もうすこしでメリーゴーラウンドに乗るところだったけどね」

ジムは雨のなかを歩きだした。

「もう乗りたいとは思わないよ」

「思わないだって？　あれだけのことがあったのに？　やれやれ、教えてやるよ！〈魔女〉なんだよ、ジム、気球なんだ！　ゆうべ、ぼくひとりで――」

しかし、話す暇がなかった。

気球に穴をあけたことで、ガスが噴きだし、盲目の女もろとも人里離れた田園地帯へ落ちていって息絶えた顚末《てんまつ》を語るだけの時間がなかった。

時間がなかったのは、氷雨《ひさめ》のなかを歩いているいま、悲しげな音が聞こえたからだ。

ふたりは空き地を通り過ぎるところで、その奥にオークの大木《たいぼく》がそびえていた。その木の下に雨に濡れた影があり、そこから音がしていたのだ。

「ジム」とウィルがいった。「だれかが――泣いてるよ」

「泣いてないよ」ジムは進みつづけた。

「あそこに小さな女の子がいる」

「いないよ」ジムは目を向けようとしなかった。「雨のなか、木の下で女の子がなにをしてるってんだ？　行くぞ」

「ジム！　聞こえるだろう！」

「いいや‼　聞こえない、聞こえないよ！」

だが、そのとき枯《か》れ草の向こう側で泣き声がひときわ強くなり、悲しみに暮れた鳥のように雨をついて飛んできた。ウィルが野石《のいし》を踏んですたすたとそちらへ歩いていったから、ジムはふり返るしかなかった。

「ジム——あの声——聞きおぼえがあるぞ！」

「ウィル、行っちゃやだめだ！」

ジムは動かなかったが、ウィルはつまずきながら歩いていき、やがて雨のしたたる木陰《こかげ》にはいった。そこでは空が落ち、秋の葉にまぎれて見えなくなったあと、ついには輝く川となって枝と幹《みき》を伝い落ちていた。そして小さな女の子が、両手に顔を埋めてうずくまり、まるで町が消えてなくなり、その住民も彼女自身も恐ろしい森のなかで迷子になったかのように泣きじゃくっていた。

とうとうジムもにじり寄ってきて、陰のへりに立ち、「だれなんだ？」といった。

「さあね」だが、ウィルは目頭《めがしら》が熱くなるのを感じた。まるで彼の一部には薄々わかったかのように。

「ジェニー・ホールドリッジじゃないよな……？」

「ああ」

「ジェイン・フランクリン？」

「ちがう」彼の口はノヴォカイン(局所麻酔薬)をたっぷり打たれたような感じで、舌は痺《しび》れた唇の奥でわずかに動くだけだった。「……ちがうよ……」

幼い少女は、ふたりがそばにいるのを感じとったのか、いっそう泣き声を高くしたが、まだ顔をあげなかった。

「……助けて……助けて……助けてちょうだい……だれも助けて……くれない……こんなのいや……」

それから気力を奮い起こして泣きやむと、彼女は顔をあげた。泣きはらした目がふさがりかけていた。彼女は近くに人がいるのを見て愕然《がくぜん》とし、それから心から驚いたようすで、

「ジム！　ウィル！　ああ、あなたたちなの！」

彼女はジムの手をつかんだ。彼は悲鳴をあげ、身をくねらせてあとじさった。

「やめろよ！　きみなんか知らない、放してくれ！」

「ウィル、助けてちょうだい、ジム、ああ、行かないで、置いていかないで！」彼女は切れ切れにあえぎ声でいった。新たな涙がその目からあふれだす。

「やめろ、やめてくれ！」ジムが叫んで、手足をばたつかせ、身をもぎ離すと、勢いあまって倒れこみ、パッと立ちあがると、拳をふりあげて打ちかかろうとした。だが、震えながら思いとどまり、その拳をわきに降ろした。「ああ、ウィル、ウィル、さっさと行こう。かわいそうだけど、仕方がないよ」

木陰の幼い少女はさっと身を引き、涙に濡れた目をいっぱいに見開いてふたりを見据えると、うめき声をあげ、自分の体を両腕でかかえて前後に揺すった。彼女自身が赤ん坊で、その子をあやすかのように……いまにも歌を口ずさみそうだ。暗い木の下で永久にひとりぼっ

ち、だれもいっしょに歌ったりも、その歌を止めたりもできないような歌い方で。「……だれか助けて……だれかあの女の子を助けてあげて……」彼女は死者を悼《いた》むように嘆いた。「だれかあの女の子を助けてあげて……だれも助けようとしない……だれも助けにはいらない……わたしはいいから……あの子を助けて……なんで……なんでこんなことに……」

「この子はぼくらを知ってるんだ！」ウィルが彼女のほうに身をかがめると同時にジムのほうを向きながら、絶望的な声でいった。「置いてはいけないぞ！」

「嘘だよ！」ジムが激しい口調でいった。「嘘をついてるんだ！　この子がぼくらを知ってるわけない！　はじめて見る顔じゃないか！」

「あの女の子はいなくなった。あの子を連れもどして。あの女の子はいなくなった、あの子を連れもどして」少女が目を閉じて嘆き悲しんだ。

「だれを見つければいいの？」

ウィルは片膝をつき、思いきって彼女の手に触れた。彼女がウィルに抱きついた。彼が身をふりほどこうとしたので、彼女はいまのは過《あや》ちだった、とすぐさま悟ったらしく、手を離して泣きじゃくった。ウィルが彼女のそばで立ちつくしていると、ジムが遠く離れた枯れ草のなかから、さっさと行こう、こんなの気に入らない、ぐずぐずしていないで行くぞ、と声をかけた。

「ああ、あの女の子は迷子になった」と幼い少女がしゃくりあげた。「あの子はあそこで走っていって、それきり帰ってこなかった。あの子を見つけてちょうだい、お願い、お願いだから……」

ウィルはぶるっと身震いして、彼女の頬《ほほ》に触れた。

「心配ないよ」と声を潜め、「もうだいじょうぶ。助けを呼んでくる」と、やさしくいった。

彼女が目を開いた。「ぼくはウィル・ハローウェイだよ。絶対にもどって来る。十分後に。でも、きみはじっとしてなくちゃいけない」彼女は首を縦にふった。「この木の下で待っていてくれるかい?」彼女は無言でうなずいた。ウィルは立ちあがった。この単純な動作にも彼女は怯《おび》えたらしく、身をすくめた。仕方がないので彼は動きを止め、彼女を見て、「きみがだれか知ってるよ」といった。見慣れた灰色の大きな目が、痛手《いたで》を負った小さな顔で開くのが見えた。雨に洗われた長い黒髪と青ざめた頬が見えた。「きみがだれか知ってる。でも、たしかめないと」

「だれが信じてくれるっていうの?」と彼女が泣き声でいった。

「このぼくが信じるよ」とウィル。

すると彼女は木にもたれかかり、手を膝に置いて、ぶるぶる震えた。ひどく痩《や》せっぽちで、紙のように白く、すっかり途方に暮れて、ひどく小さかった。

「もう行ってもいいかな?」と彼はいった。

彼女がうなずいた。

そして彼は歩み去った。

空き地のへりで、ジムが信じられないといいたげに足を踏み鳴らした。腹立たしいのと、相手を非難したいのとでヒステリーを起こしそうだ。

「そんなことあるわけない！」

「あるんだよ」とウィル。「目だよ。目を見ればわかるんだ。ミスター・クーガーとよこしまな少年のときみたいにさ――たしかめる方法がひとつある。さあ、行こう！」

そういうと彼はジムを連れて町をぬけ、ミス・フォーリーの家の前でようやく立ち止まると、朝の薄闇《うすやみ》のなかで明かりの灯《とも》っていない窓に目をやり、踏み段を登って、ベルを鳴らした。一度、二度、三度。

沈黙。

玄関ドアが蝶《ちょうつがい》番をきしませながら、のろのろとひとりでに開いた。

「フォーリー先生？」とジムが小声で呼びかけた。

家の奥のどこかで、遠い窓ガラスに映る雨の影が動いた。

「フォーリー先生……？」

ふたりは玄関ホールのなか、入口に垂れたビーズの雨のわきに立ち、大きな屋根裏の梁《はり》が土砂降りの雨できしむ音に耳を傾けた。

「フォーリー先生！」と、もっと大きな声で。

だが、壁のなかでぬくぬくと巣にこもっているネズミたちが、陶器《とうき》をかきむしるような音で返事をしただけだった。

「先生は買い物に出かけたんだ」とジム。

「そうじゃない」とウィル。「ぼくらは先生の居場所を知ってる」

「フォーリー先生、いるのはわかってます！」とジムがいきなり乱暴に叫び、二階へ駆けあがった。「出てきてください！」

ウィルは、彼が二階を探しまわり、のろのろと降りてくるのを待った。ジムが階段を降りきるのと同時に、さわやかな雨と太古の草のにおいとともに玄関ドアから吹きこんでくる音楽がふたりの耳に届いた。

丘陵地帯で、回転木馬の蒸気オルガンが、「葬送行進曲」を逆向きに奏でているのだ。

ジムがドアをさらに大きく開いて、雨のなかに立つ人のように音楽を浴びた。

「メリーゴーラウンドだ。修理したんだ！」

ウィルがうなずいて、

「先生はあの音楽を聞いて、朝早くに出かけたにちがいない。なにかまずいことが起きたんだ。もしかしたら回転木馬は、ちゃんと直ってなかったのかもしれない。事故はしょっちゅう起きるのかもしれない。あの避雷針売りの男が、寸詰《すんづ》まりにされて、頭がおかしくなったみたいに。カーニヴァルのやつらは事故が好きで、ぞくぞくする気分を味わうのかもしれない。それとも、なにか魂胆《こんたん》があって、先生をどうにかしたのかもしれない。ぼくらのことをもっと知りたいのかもしれない。ぼくらの名前や住所を。それとも、先生の手を借りてぼくらをひどい目にあわせたいのかもしれない。なにが本当かは、だれにもわからない。もしかしたら先生はうさん臭く思ったか、怖くなったのかもしれない。それであいつらは、先生が望みもしなければ頼みもしなかったほど若返らせてしまったんだ」

「いったいなんの話だよ――」

しかし、氷雨《ひさめ》を浴びて戸口に立っているいまは、ミス・フォーリーについて思いをめぐらす時間があった。鏡の迷路を怖がったミス・フォーリー、そう遠くない過去に、カーニヴァルにひとりで出かけたミス・フォーリーのことを。あいつらにそそのかされて、ついにぐるぐるまわりはじめ、ふり捨てたいと夢見た歳月《さいげつ》よりもはるかに多くの歳月をさかのぼり、心身をすり減らされ、ひとりぼっちで、丸裸で、小さくなってしまったとき、彼女は悲鳴をあげたのかもしれない。そして、ぐるぐるまわりつづけるうちに、本人にとっても見知らぬ人になってしまったから途方に暮れているのだ。やがてすべての歳月が消えてなくなり、回転木馬がルーレットの輪のように揺れて止まり、なにも手にはいらず、すべてが失われ、行くところもなく、数奇な身の上を語るすべもなく、打つ手もなく、ただ……秋雨《あきさめ》のなか、木の下で、ひとりぼっちで泣きじゃくっている……。

ウィルの頭にはそういう情景が浮かんだ。ジムもその情景を思い浮かべたらしく、こういった――

「ああ、かわいそうに……かわいそうに……」

「先生を助けなきゃ、ジム。ほかにだれが信じるっていうんだ？　もし先生がだれかに『わたしはミス・フォーリーよ！』といったら、『あっちへ行け』といわれるだろう。『ミス・フォーリーは町を出ていった、行方不明なんだ！　行っちまえ、ちび助！』ってね。ああ、ジム、先生は、けさ、助けがほしくて片っ端からドアをたたき、泣きわめいてみんなを怖がらせたあと逃げだして、あきらめて、あの木の下に隠れたにちがいない。きっと警察がいま先生を探してる。でも、見つかるはずがない。イカレた女の子が泣いてるだけなんだから。先生はどこかに閉じこめられて、そのうち気が変になるだろう。ちくしょう、あのカーニヴァルのやつらは、人をひどい目にあわせても仕返しされない方法を知ってるんだ。揺さぶって、変えてしまうから、もうだれにもその人だとわかってもらえない。だから平気で逃がしてやるし、話をさせてやるんだ。なにしろ、みんな怯えて聞く耳を持たないからね。聞くのはぼくらだけなんだよ、ジム、きみとぼくだけだ。なんだか冷たいカタツムリを生《なま》で食べたみたいな気分になってきた」

ふたりは見納めだと思って、居間の窓で泣いている雨の影をふり返った。その居間では、ひとりの教師がしばしば彼らにクッキーとホット・チョコレートをふるまい、窓から手をふって、町をぬけて帰るふたりを見送ってくれたものだった。それからふたりは玄関から踏みだして、ドアを閉めると、先ほどの空き地のほうへ駆けもどった。

「先生を隠さないといけない、助けてあげられるようになるまでは――」

「助けるだって？」ジムが荒い息をついた。「自分たちだって助けられないのに！」

「武器があるはずなんだ、目の前に。ただ、ぼくらの目が節穴《ふしあな》で――」

ふたりは立ち止まった。

彼ら自身の心臓の鼓動にかぶさって、もっと大きな心臓が鼓動した。真鍮《しんちゅう》のトランペットがむせび泣いた。トロンボーンが雄叫《おたけ》びをあげた。一群のチューバが、わけもわからず警戒心をいだいた象を突進させた。

「カーニヴァルだ！」ジムが息を呑んだ。「考えもしなかった！　あいつらは堂々と町へ乗りこんでこられるんだ。パレードだよ！　それとも、ぼくが夢に見た気球を弔《とむら》う葬列だろうか？」

「葬列じゃない。パレードにしか見えないけど、ぼくらを探してるんだ、ジム、ぼくらかフォーリー先生を！　あいつらが先生をとりもどしたいとしたらの話だけど。あいつらはどんな通りだって堂々と行進して、太鼓とラッパを鳴らしながら、あたりを探れるんだ！　ジム、あいつらより先に先生を見つけないと――」

ふたりは急に話をやめると、路地を飛ぶように走ったが、いきなり立ち止まり、跳びすさって茂みに隠れた。

路地の突き当たりで、カーニヴァルの楽隊と、動物を乗せた車と、道化師たちと、フリークたちと、その他もろもろが押し合いへし合いしていて、空き地とオークの大木とのあいだをふさいでいたのだ。

パレードが通過するには五分もかかったにちがいない。雨が遠ざかり、雲も彼らといっしょに移動するように思えた。雨がやんだ。華《はな》やかな太鼓の音《ね》が、尾を引くように消えていった。少年たちは路地を跳ねていき、通りを渡って、空き地のわきで足を止めた。

木の下に幼い少女はいなかった。

ふたりはあえて名前は呼ばずに、その木をぐるっと一周し、枝葉を見あげた。

それから、怖くてたまらなくなって、町のどこかへ隠れるために走りだした。

33

電話が鳴った。

ミスター・ハローウェイは受話器をとった。

「パパ、ウィリーだけど、警察署へは行けないんだ。今日は帰らないかもしれない、ってママにいっといて、ジムのママにも」

「ウィリー、どこにいるんだ？」

「隠れないといけないんだ。あいつらがぼくらを探してる」

「あいつらって、いったいだれのことだね？」

「パパを巻きこみたくないんだ。信じてもらうしかない。あいつらが行ってしまうまで、一日か二日隠れるだけだよ。いま家へ帰ったら、あいつらがつけてきて、パパかママかジムのママをひどい目にあわせるんだよ。おっと、もう行かないと」

「ウィリー、だめだ！」

「ああ、パパ」とウィルがいった。「ぼくらの無事を祈って」

カチリ。

ミスター・ハローウェイは外の並木を、家々を、通りを見て、はるか彼方《かなた》から聞こえてくる音楽を耳にした。

「ウィリー」彼は切れた電話に向かっていった。「無事でいろよ」

そして上着を着て、帽子をかぶり、雨に濡れた明るい風変わりな、冷気を満たす陽射《ひざ》しのもとへ出ていった。

34

この日曜の午前中、ユナイテッド葉巻《はまき》店の前ではすべての教会の鐘《かね》の音《ね》が行き交い、ぶつかり合って、いまは雨があがった空から驟雨《しゅうう》のように音を降らせていた。葉巻店の前にはチェロキー・インディアンの木像が立っており、その羽根飾りの彫刻に真珠《しんじゅ》のような水滴をまといつかせて、カトリックやバプティストの鐘には素知《そし》らぬ顔で、着実に近づいてくる太陽のように明るいシンバルや、カーニヴァルの楽隊が打ち鳴らす異教徒の心臓の鼓動にも素知らぬ顔だった。華やかな太鼓も、老女の金切り声のような蒸気オルガンも、木像よりもはるかに奇妙な生き物たちの行列も、鷹《たか》のように鋭いインディアンの黄色い目をまどわしはしなかった。それでも太鼓は教会の鐘を圧倒したし、些細《ささい》なものであろうが激烈なものであろうが、変化と呼べるものならなんにでも興味を燃やす少年たちを大挙《たいきょ》して呼びよせた。そのあいだに教会の鐘は銀と鉄の雨を降らすのをやめ、信徒《しんと》席でかしこまっていた会衆《かいしゅう》が、くつろいだ雰囲気のパレードの群衆となり、いっぽうカーニヴァルは――金管楽器の演奏、ビロードの洪水、行ったり来たりするライオン、すり足で進む巨象は――旗をひるがえして通り過ぎた。

インディアンの木製のトマホークの影が、葉巻店の前の歩道にはめこまれた鉄格子の上に落ちていた。来る年も来る年も、人々はかすかな金属音を響かせて、この鉄格子の上を通り過ぎ、ミント・ガムの包み紙、金色の葉巻の帯、マッチの燃えさし、煙草の吸い殻《がら》、一セント銅貨を山ほど落としていき、それらは永久に地下へ消えてしまうのだった。

いまは、パレードといっしょに数百の足が鉄格子を踏み鳴らし、いっぽうカーニヴァルはトラの咆哮《ほうこう》と火山爆発の音と色彩をともなって華々しく通りかかった。

格子の下で、ふたつの人影が震えていた。

頭上では、煉瓦《れんが》とアスファルトの上を闊歩《かっぽ》する華麗な大クジャクのように、フリークたちが目をかっと見開き、視線をこらして、事務所の屋根や教会の尖塔《せんとう》を探り、歯医者や眼鏡《めがね》店の看板を読み、十セント・ストアと乾物《かんぶつ》屋をあらため、そのあいだ楽隊の太鼓がショーウィンドウのガラスを震わせ、マネキン人形を恐れおののかせた。おびただしい数の目を信じられないほどギラギラと輝かせているパレードは、ある望みをいだいていたが、その願いをかなえるにはいたらなかった。

というのも、喉から手が出るほどほしいものは、暗闇に隠れているからだ。

ジムとウィルは、葉巻店前の歩道にはめこまれた鉄格子の下にいた。膝同士を突きあわせてうずくまり、頭をあげ、目に警戒の色を浮かべて、ふたりは鉄のポプシクル（商標。棒にさしたアイスキャンディー）のように息を吸いこんだ。頭上では、女たちのドレスが冷たいそよ風にあおられて花のように開いた。頭上では、男たちが空をついてそびえていた。楽隊がシンバルを打ち鳴らし、その衝撃で子供たちが母親の膝にたたきつけられた。

「来たぞ！」ジムが大声をあげた。「パレードだ！　葉巻店のすぐ前にいる！　こんなところにいていいのか、ウィル？　行こう！」

「だめだ！」ウィルがしわがれ声で叫び、ジムの膝をしっかりつかんだ。「ここはいちばん目立つ場所、みんなの前だ！　あいつらは、ここを調べようなんて考えもしないさ！　黙ってろよ！」

ガチャンガチャン……

頭上で男の靴と、その靴のすり減った踵《かかと》の鋲《びょう》が鉄格子に触れて、けたたましい音をたてた。

パパだ！　ウィルは危うく叫ぶところだった。

彼は立ちあがりかけ、また腰を落とし、唇を嚙んだ。

ジムの目に映ったのは、頭上の男が、なにかを探して行ったり来たりしているところだった。三フィートの距離は、あまりにも近く、それでいてあまりにも遠かった。

手を伸ばすだけでいい……とウィルは思った。

しかし、パパは青ざめた顔をして、そわそわしたようすで行ってしまった。するとウィルは、自分の魂が冷たくなり、体内で白いゼリーのように小刻みに震えるのを感じた。

バーン！

少年たちはぎくりとした。

ピンクの風船ガムを嚙んだかたまりが落ちてきて、ジムの足もとに積み重なった古い紙くずに当たったのだ。

頭上では、五歳くらいの男の子が鉄格子の上にしゃがみこみ、消えたガムの行方《ゆくえ》を追って、がっかりした顔で鉄格子の奥をのぞきこんだ。

まずいぞ！　とウィルは思った。

男の子がひざまずき、両手を鉄格子に当てた。

行っちまえ！　とウィルは頭のなかで叫んだ。

彼はそのガムをひっつかんで、男の子の口にまた詰めこんでやりたいという狂った衝動に駆られた。

パレードの太鼓が、ひときわ大きな一拍を打った。と、つぎの瞬間——静寂が降りた。

ジムとウィルはちらっと視線を交わした。

パレードが止まったんだ！　とふたりとも思った。

男の子が、片手を半分ほど鉄格子の奥へ突きだした。

頭上の通りでは、ミスター・ダーク、またの名を〈全身を彩《いろど》った男〉が、列をなすフリークたちと動物の檻《おり》ごしにちらっとふり返り、日輪《にちりん》のようなチューバとニシキヘビのような金管楽器を見やった。彼はうなずいた。

パレードの行列が分かれた。

フリークたちの半分が右側の歩道、もう半分が左側の歩道へと急ぎ、人ごみに交じって宣伝ビラを配りはじめた。火が結晶と化したような目をして、蛇が襲いかかるように迅速《じんそく》に。

男の子の影が、ウィルの頬をひんやりとさせた。

パレードは終わった。これから捜索がはじまる、と彼は思った。

「見て、ママ！」男の子が鉄格子ごしに下方を指さした。「あそこに！」

35

葉巻店から半ブロック離れた〈ネッドのナイト・スポット〉では、睡眠不足と、頭を使いすぎたのと、さんざん歩きまわったせいで疲れきったチャールズ・ハローウェイが、二杯目のコーヒーを飲みおえて、料金を払おうとしかけたちょうどそのとき、外の通りが急に静まりかえり、彼は不安に襲われた。パレードの参列者が歩道の群衆に溶けこんだとき、ちょっとした混乱が生じたのを見るというよりは感じとったのだ。わけもわからず、チャールズ・

ハローウェイは金を財布にしまった。

「もう一杯温めてくれないか、ネッド?」

ネッドがコーヒーを注《つ》いでいるとき、ドアが勢いよく開いて、だれかがはいってきた。そして右手をカウンターの上で軽く広げた。

チャールズ・ハローウェイは目をみはった。

その手がまじまじと彼を見返した。

一本一本の指の背に、目がひとつずつ刺青《いれずみ》されていたのだ。


「ママ!　下だよ!　見て!」

男の子が叫び、鉄格子の向こう側を指さした。

影がつぎつぎと通過したり、とどまったりした。

そのなかに――〈骸骨男〉がいた。

冬の枯れ木なみに背が高く、痩せこけていて、髑髏そのものの顔、カカシの棒のような骨をそなえた男、通称〈骸骨男〉、またの名をミスター髑髏《スカル》が、鉄格子の下に隠れているもの――冷たい紙くずと、縮みあがっている温かい少年たち――の上に木琴《もっきん》の影を揺らめかせた。

行け!　行っちまえ!　とウィルは念じた。

ぽっちゃりした子供の指が、鉄格子の隙間《すきま》をぬけてくねくねと動いた。

行っちまえ。

ミスター・スカルは歩み去った。

助かった、とウィルは思ったが、つぎの瞬間、息を吞んだ。

「ああ、まずいぞ！」

というのも、〈こびと〉が不意に姿を現し、汚いシャツの房《ふさ》べりにつけた鈴をチリンチリンと鳴らしながら、よちよち歩いてきたからだ。ヒキガエルのような影を体の下に落とし、茶色いビー玉の割れた破片のような目をぎらつかせている。その目は、いま表面にまばゆい狂気を輝かせていたかと思うと、つぎの瞬間には深い悲嘆に暮れて永久に失われて埋葬された狂気を宿している。見つかるはずのないなにかを、どこかで失われた自分自身を探しているが、一瞬だけ行方不明の少年たちを探し、すぐに失われた自分探しにもどる。小さく押しつぶされた男のふたつの意図がせめぎ合い、その目は上下左右へ視線を走らせ、片目は過去を、片目は直近の現在を探っている。

「ママ！」と子供がいった。

〈こびと〉は立ち止まり、自分とさして変わらない背丈の男の子を見た。ふたりの目が合った。

ウィルはさっと身を引いて、自分の体をコンクリートにぴったり貼りつけようとした。ジムもそうしているのが気配でわかった。体を動かすのではなく、心を、魂を動かして暗闇に押しこみ、頭上で演じられているささやかなドラマから隠れようとしているのだ。

「いらっしゃい、坊や！」と女性の声。

男の子が体を起こして、歩み去った。

手遅れだった。

というのも、〈こびと〉が下を見つめていたからだ。

そしてその目のなかには、いったい何日、何年前だろうか、この恐怖が生まれる前の、気楽で安全で愉快な遠いむかしに避雷針を売っていたフューリーという名前の男の失われたかけらと、気まぐれな破片とが宿っていた。

ああ、ミスター・フューリー、あいつらになにをされたんです、とウィルは心のなかで叫んだ。杭《くい》打ち機の下に放りこまれ、鋼鉄プレス機で押しつぶされ、涙と悲鳴を絞りだされて、あなたが残らなくなるまでぺしゃんこにされて、びっくり箱に閉じこめられたんですね、ミスター・フューリー……これだけしか残らなかったんですね……。

〈こびと〉。そして〈こびと〉の顔は、いまや人間というよりは機械だった。じつをいえば、カメラだ。

シャッターつきの視力のない目がたわみ、暗闇に向かって開いた。カチリ。二枚のレンズが膨張し——流れるような速さで収縮した。鉄格子の写真を撮《と》ったのだ。

その下にあるものの写真も撮ったのだろうか？

彼は鉄格子を見つめているのだろうか、それとも鉄格子の隙間を見つめているのだろうか？　とウィルの頭に疑問が湧いた。

ぺしゃんこにつぶれた粘土人形のような〈こびと〉は、長いあいだ堂々としゃがんでいた。

そのフラッシュつきカメラの目が大きくふくらんでいる。ひょっとして、まだ写真を撮っているのだろうか？

ウィルもジムも、じっさいはまったく姿を見られていない。この矮小《わいしょう》なカメラ眼に捉《とら》えられているのは、ふたりの影だけ、ふたりの色と大きさだけだ。それらは箱形ブローニー（商標。イーストマン・コダック社の簡単なカメラ）のような頭蓋骨にしまわれた。あとで——どれくらいあとだろう？——その写真は、だらしなくて忘れっぽく、放浪の末に行方不明になった避雷針売りの心のなかで現像されるのだろう。鉄格子の下にあるものは、そのとき本当に見られるのだ。で、そのあとは？　発覚だ！　復讐だ！　破壊だ！

カチリ—パシャッ—カチカチ。

子供たちが笑い声をあげながら駆けぬけた。

子供と背丈が変わらない〈こびと〉は、楽しげに走る彼らに注意を惹《ひ》かれて、いっしょに走りだした。狂ったように跳ねまわり、自分自身を思いだし、自分にもわからないなにかを探しにいった。

雲のかかった太陽が、空一面に光を注いだ。

少年ふたりは、光の射しこむ縦穴に閉じこめられて、食いしばった歯の隙間からそっと息を漏らした。

ジムがウィルの手をぎゅっと握りしめた。

ふたりとも、つぎの目が大股にやってきて、鋼鉄の鉄格子を眺めまわすのを待った。

青と赤と緑の刺青で描かれた目が、合わせて五つ、カウンターの上から落ちた。

チャールズ・ハローウェイは、三杯目のコーヒーを飲みながら、回転椅子の向きをわずかに変えた。

〈全身を彩った男〉がじっと彼を見ていた。

チャールズ・ハローウェイは会釈《えしやく》した。

〈全身を彩った男〉は会釈もまばたきもせず、ひたすら目をこらしていた。やがて図書館の管理人は目をそらしたくなったが、そうはせずに、この不作法な闖入者《ちんにゆうしや》をできるかぎりおだやかに見返した。

「なんにします？」とカフェの店主が訊いた。

「なにもいらない」ミスター・ダークはウィルの父親から目を離さなかった。「男の子をふたり探してるんだ」

みんなが探しているんだ。チャールズ・ハローウェイは立ちあがり、代金を払って歩きだした。

「ごちそうさま、ネッド」

男のわきを通りしなに見えたのは、〈全身を彩った男〉が掌を上にしてネッドに向けて手をさしだすところだった。

「男の子ですか？」とネッド。「何歳くらいの？」

ドアがバタンと閉まった。

ミスター・ダークは、窓の外を歩み去るチャールズ・ハローウェイを見送った。

ネッドが話しかけていた。

しかし、〈全身を彩った男〉には聞こえていなかった。


外へ出ると、ウィルの父親は図書館のほうへ歩きかけ、立ち止まって、町役場のほうへ向かいかけ、立ち止まって、もっといい行き先を思いつくのを待って、ポケットを探ったが、煙草が見つからなかったので、ユナイテッド葉巻店のほうへ向かった。

ジムが顔をあげると、見慣れた足、青白い顔、ごま塩頭が目にはいった。

「ウィル！　きみのパパだ！　声をかけろよ。助けてもらおう！」

ウィルは声が出なかった。

「じゃあ、ぼくが声をかける！」

ウィルはジムの腕をたたき、激しくかぶりをふった。だめだ！

どうして？　ジムが声を出さずにいった。

だって、とウィルの唇がいう。

だって……彼はじっと上を見あげた……あそこにいるパパは、ゆうべ、家の横から見たときよりも小さく見えるからだ。つぎに通りかかる少年に声をかけるのと大差ないだろう。もうひとりの少年はいらない。必要なのは将軍、いや元帥《げんすい》だ！　彼は葉巻店のカウンターの窓に向いたパパの顔を見て、ミルク色の月光に洗われていた昨夜よりも本当に年上で、あのときより引き締まって強そうに見えるかどうかたしかめようとした。しかし、見えるのは神経質に痙攣《けいれん》しているパパの指と、もごもごと動く口だけだった。まるで求めているものをミスター・テトリーに頼む気になれないみたいに……。

「ええと……二十五セントの葉巻を……一本」

「これはこれは」頭上でミスター・テトリーがいった。「太っ腹ですねえ！」

チャールズ・ハローウェイは時間をかけてセロハンを剝がしながら、自分はどこへ行けばいいのか、なぜ本当はほしくもない葉巻を買いにこちらへもどってきたのかを教えてくれる天の啓示を、宇宙の一部が動くのを待った。二度呼ばれたような気がして、人ごみにさっと視線を走らせると、ビラ配りの道化師たちが通りかかるところだった。それからカウンターにそなえつけの小さな銀のガス・ライターの先で燃えている永遠に青いガスの炎で、吸いたくもない葉巻に火をつけ、プッと煙をふかし、あいたほうの手で葉巻の帯紙を落とすと、それが金属の鉄格子の上で跳ねかえり、姿を消したので、彼の目はそれを追ってさらに下へと向かい……。

帯紙が落ちた先はウィル・ハローウェイ、彼の息子の足もとだった。

チャールズ・ハローウェイは葉巻の煙でむせた。

ふたつの人影がある、まちがいない！　通りの下の暗い井戸から怯えた目でじっと見あげている。彼は大声をあげながら鉄格子をつかもうと、あやうく身をかがめかけた。

信じられないことに、彼はそうはせず、人ごみのなか、晴れてきた空のもとで静かにこう口走っただけだった——

「ジム？　ウィル！　いったいなにをしてるんだね？」

その瞬間、百フィート離れたところで、〈全身を彩った男〉が〈ネッドのナイト・スポット〉から出てきた。

「ミスター・ハローウェイ——」とジム。

「そこから出てくるんだ」とチャールズ・ハローウェイ。

〈全身を彩った男〉は人ごみに交じり、ゆっくりときびすを返してから、葉巻店のほうへ歩きだした。

「パパ、出るわけにはいかないんだ！　こっちを見ないで！」

〈全身を彩った男〉との距離は八十フィートほどになった。

「きみたち」とチャールズ・ハローウェイ。「警察が——」

「ミスター・ハローウェイ」とジムがかすれ声でいった。「おじさんが顔をあげてくれなかったら、ぼくらの命はありません！　〈全身を彩った男〉、もしあいつが——」

「なんだって？」とミスター・ハローウェイが尋ねた。

「刺青をした男のことです！」

カフェのカウンターから見あげてきた五つの目、明るい金属的な青色のインクで描かれた目が、ミスター・ハローウェイの記憶に焼きついていた。

「パパ、町役場の時計を見てて、そのあいだに、なにがあったのかを話すから――」

ミスター・ハローウェイは背すじをのばした。

そして〈全身を彩った男〉がやってきた。

彼はチャールズ・ハローウェイをじろじろと見た。

「すみませんが」と〈全身を彩った男〉。

「十一時十五分」チャールズ・ハローウェイは町役場の時計を見て、葉巻をくわえたまま自分の腕時計を合わせた。「一分遅れていたか」

「すみませんが」と〈全身を彩った男〉。

頭上で四つの靴が揺れ動き、傾くあいだ、ガムの包み紙や煙草の吸い殻の散らばる縦穴のなかで、ウィルはジムを抱きかかえ、ジムはウィルにしがみついていた。

「すみません」ダークという名前の男は、チャールズ・ハローウェイの顔を隅々《すみずみ》まで探り、その骨格を半分だけ似ている人間の骨格とくらべながらいった。「クーガー＝ダーク合同ショーは地元の少年ふたりを選びました。ふたりです！ 今回の記念興行《こうぎょう》中に特別なゲストになってもらうのです！」

「なるほど、それはそれは――」ウィルの父親は歩道に視線を落とさないようにした。

「このふたりの少年は――」

ウィルは〈全身を彩った男〉の歯のように鋭い靴鋲《くつびょう》が、鉄格子を打って火花を散らすのを見ていた。

「――この少年たちはすべての乗り物に乗り、それぞれのショーを見て、演技者のひとりひとりと握手し、帰るときにはお土産《みやげ》をもらえます。手品の道具一式、野球のバット――」

「ほう」とミスター・ハローウェイがさえぎった。「その幸運な少年たちはだれなんです?」

「昨日、われわれが中道《なかみち》で撮った写真から選ばれたふたりです。名前を教えていただければ、あなたにも幸運のお裾《すそ》分けをします。ここにその少年たちがいますよ!」

あいつは下にいるぼくたちが見えるんだ! とウィルは心のなかで叫んだ。ああ、なんてこった!

〈全身を彩った男〉が両手を突きだした。

ウィルの父親はたじろいだ。

あざやかな青インクで刺青されたウィルの顔が、相手の右の掌からじっと彼を見あげていたのだ。

左の掌にやはりインクで描かれたジムの顔は、消すことができない上に、実物同様に生き生きしていた。

「このふたりをご存じですか?」〈全身を彩った男〉は、ミスター・ハローウェイの喉が引きつり、まぶたが痙攣し、スレッジハンマーの一撃を食らったかのように、骨がビリビリと震えるのを見た。「ふたりの名前は?」

パパ、気をつけて! とウィルは心のなかで叫んだ。

「あいにく心当たりは――」とウィルの父親。

「ご存じなんでしょう」

〈全身を彩った男〉が両手を激しくふって、よく見えるようにさしだし、名前を教えろと迫った。肉の上のジムの顔と肉の上のウィルの顔、通りの下に隠れているジムの顔と通りの下に隠れているウィルの顔が、小刻みに震え、ねじれ、引きつった。

「ふたりに損をさせたくはないでしょう……？」

「もちろんだ。でも――」

「でも、でも、でも？」ミスター・ダークはのしかかるように近づいた。その画廊さながらの肉体、彼自身の目、シャツと上着とズボンの下に刻まれた野獣と哀れな化け物すべての目を見せつけるかのように。その目で老人をがんじがらめにし、火で噛みつき、千倍に高めた注意力を集中して老人を動けなくした。ミスター・ダークはふたつの掌をぐっと近づけてきた。「でも？」

ミスター・ハローウェイは気圧《けお》されまいとして、葉巻を噛みしめた。

「いま思ったんですが――」

「なにを思ったのですか？」とミスター・ダークがじつにうれしそうにいう。

「その子たちの片方が似ているなと――」

「似ているとは、だれに？」

やけに熱心でしょ、変だと思わない、パパ？　とウィルは内心でいった。

「あなたは」とウィルの父親がいった。「どうしてその少年たちに、そんなにびくついているんです?」

「びくついているですって……?」

ミスター・ダークの笑みがコットン・キャンディーのように溶けた。

ジムはこびとの大きさにまで体を縮め、ウィルは体を縮こまらせて侏儒《しゅじゅ》になり、ふたりとも上を見あげて、固唾《かたず》を飲んだ。

「わたしの熱意は、あなたには怯えに見えるのでしょうか? びくついているように?」

ウィルの父親は、盛りあがった腕の筋肉が、ひとりでにからまり合ったりほどけたりして、パフアダー(アフリカ産の毒蛇)やサイドワインダー(アメリカの砂漠地帯に棲むガラガラヘビの一種)さながらにくねっているのに気づいた。有毒のインクがはいっているにちがいない。

「その絵の片方は」とミスター・ハローウェイがものうげにいった。「ミルトン・ブラムキストに似てますね」

ミスター・ダークが拳《こぶし》を握った。

目もくらむ痛みがジムの頭を襲った。

「もう片方は」ウィルの父親は顔色ひとつ変えなかった。「エイヴリー・ジョンスンに似ている」

ああ、パパ、さすがだよ! とウィルは思った。

〈全身を彩った男〉がもう片方の拳を握った。

ウィルは頭を万力《まんりき》で締めつけられたような気がして、あやうく悲鳴をあげそうになった。

「ふたりとも何週間か前にミルウォーキーへ引っ越しました」とミスター・ハローウェイがいい終えた。

「あなたは嘘をついていらっしゃる」とミスター・ダークが冷ややかにいった。

ウィルの父親は愕然《がくぜん》としたようだった。

「わたしが？　そして当選者たちの楽しみをだいなしにするつもりだと？」

「じつは」とミスター・ダーク。「少年たちの名前は十分前に判明しました。念には念を入れたかっただけです」

「ほお、そうですか？」とウィルの父親が不信も露わにいった。

「ジム」とミスター・ダークがいった。「ウィル」

ジムは暗闇のなかで身をくねらせた。ウィルは亀のように首を引っこめ、固く目をつむった。

ウィルの父親の顔は、ふたりの名前を刻んだ黒い石がさざ波ひとつ立てずに沈んだ池のようだった。

「ファースト・ネームですか？　ジム？　ウィル？　こういう町には大勢のジムとウィルがいますよ、二百人くらいかな」

ウィルはうずくまって身悶《みもだ》えしながら、だれに聞いたんだろう、と疑問に駆られた。ミス・フォーリーだろうか？　でも、先生はいなくなり、家は空《から》っぽで、雨の影に満ちている。ほかにはひとりしかいない……。

木の下で泣きじゃくっていたミス・フォーリーそっくりの幼い少女だろうか？　ぼくらを死ぬほど怖がらせた幼い少女だろうか？　三十分ほど前にパレードが通りかかり、彼女を見つけたのかもしれない。彼女は何時間も泣いていて、ひどく怖がっていたから、なんでもするし、なんでもいう気になっていた。音楽と、突進する馬たちと、疾走する世界さえあれば、あいつらは彼女にまた歳をとらせ、また体を大きくし、背丈を伸ばし、泣きやませ、おぞましいことを終わりにして、元どおりにしてやれるのだ。木の下で彼女を見つけ、逃げようとするところをつかまえて嘘の約束をしたのだろうか？　泣いている幼い少女。でも、彼女がすべてを話したわけじゃない。なぜなら――

「ジム。ウィル」とウィルの父親がいった。「ファースト・ネームだ。では、ラスト・ネームは？」

ミスター・ダークはラスト・ネームを知らなかった。

彼の全身を覆う怪物たちが、彼の皮膚の上で燐光《りんこう》を放つ汗をかき、腋《わき》の下から饐《す》えたにおいをさせ、悪臭を放ち、鉄の筋肉の盛りあがった彼の脚をぴしゃりと閉じあわさせた。

「さてさて」とウィルの父親が奇妙なほど落ちついた口調でいった。楽しんでいるとさえいえそうなのは、こういう状況が本人にとって目新しいものだからだろう。「あなたは嘘をついているようですね。あなたはラスト・ネームをご存じない。さてさて、カーニヴァルのよそ者であるあなたが、辺鄙《へんぴ》な田舎町《いなかまち》の通りで、なぜわたしに嘘をつかねばならないのでしょう？」

〈全身を彩った男〉は、飾り文字の記された両の拳をきつく握りしめた。

ウィルの父親は顔面蒼白《そうはく》になり、自分を締めつける卑劣な指と、指の付け根の関節と、掌に食いこむ爪をじっと見つめた。その手の内側では牢獄《ろうごく》のような肉体に押しこめられたふたりの少年の顔が、黒い万力にぎゅっと押しつぶされ、憤怒《ふんぬ》に燃えていた。

その地下では、ふたつの影が苦悶《くもん》のあまり七転八倒した。

〈全身を彩った男〉はとりすました顔をしていた。

しかし、右の拳からあざやかな色のしずくがぽとりと落ちた。

左の拳からもあざやかな色のしずくがぽとりと落ちた。

しずくは歩道の鉄格子の隙間を通って消えた。

ウィルは息を呑んだ。濡れたものが顔に当たったのだ。彼は手でそれをたたいてから、自分の掌を見た。

頬に当たった濡れたものは真っ赤だった。

視線をジムに移すと、彼もいまはじっと横になっていた。現実のものであれ想像上のものであれ、掌を傷つける行為は終わったらしく、ふたりとも目をあげると、〈全身を彩った男〉の両の靴底が鉄格子にぶつかり、鋼鉄と鋼鉄がこすれ合って火花を散らした。

ウィルの父親は、握りしめられた拳からにじみ出ている血を目にとめたが、〈全身を彩った男〉の顔だけを見るようにして、こういった。

「申しわけないが、これ以上はお役に立てません」

〈全身を彩った男〉の背後、角をまわりこむところに、二本の手が空中で揺れていた。ブツブツいいながらやってきたのは、道化の衣裳をまとい、蠟細工の顔を持ち、濃いスモモ色の眼鏡の奥に目を隠した女占い師、〈塵の魔女〉だ。

ややあってウィルが顔をあげると、彼女が目に飛びこんできた。死ななかったのか！　と彼は心のなかで叫んだ。たしかに、彼女は吹っ飛ばされて墜落した。でも、こうしてもどってきて、なんと！　ちくしょう、怒り狂って、このぼくを探しているんだ！

ウィルの父親が彼女を見た。本能的に血のめぐりが遅くなり、ついには胸のなかで凝《こ》り固まった。

群衆がうれしそうに道をあけた。笑い声をあげたり、ぼろぼろだとしても色あざやかな彼女の衣裳について感想を述べたり、あとで話の種《たね》にするために、彼女の口上《こうじょう》を憶《おぼ》えておこうとした。彼女は、町がまるで複雑精緻《せいち》で豪華な綴れ織り《タピストリー》であるかのように、指で宙を探りながら進んだ。そして歌った――

「旦那さまがた。奥さまがた。坊ちゃん。嬢ちゃん。こんにちは。ショーで会いましょ。殿《との》方《がた》の目の色を教えて進ぜます。ご婦人の嘘の色を教えて進ぜます。殿方の目当ての色を教えて進ぜます。ご婦人の魂の色を教えて進ぜます。さあさ、いらっしゃい。ショーで会いましょ、お代は見てのお帰りです」

子供たちは啞然《あぜん》とし、子供たちはぽかんと見とれた。親たちは面白がり、親たちは陽気になった。生きている塵でできたジプシーは、なおも歌った。〈時間〉はそのつぶやきとともに歩んだ。彼女は指のあいだに顕微鏡《けんびきょう》サイズのクモの巣をかけては壊し、そこに煤《すす》が舞いあがり、息が飛びだすのを感じとった。ハエの翅《はね》に、目に見えないバクテリアの魂に、あらゆる微粒子に、陽光の雪片《せっぺん》に触れた。それは動き《モーション》と、さらに多くの隠れた感情《エモーション》で濾過《ろか》されたものだった。

ウィルとジムは、骨に亀裂《きれつ》がはいるほど身を縮こまらせて聞いていた。

「目はふさがっています、たしかに、目はふさがっています。でも、目にはいるものは見えるし、自分のいる場所は見えるんです」と〈魔女〉は静かな声でいった。「秋なのに麦わら帽をかぶった男の人がいますね。こんにちは。それと——おや、ミスター・ダークがいる、それと……おじいさん……年寄りの男の人が」

いい、いい、いい、いい、そんなに年寄りじゃないぞ！　とウィルは内心で叫び、まばたきして三人を見あげた。そのとき〈魔女〉が立ち止まり、湿った霧のように冷たい影が、隠れている少年たちの上に落ちた。

「……年寄りの男の人が……」

ミスター・ハローウェイは、下腹部に冷たいナイフをつぎつぎと突き刺されたかのように飛びあがった。

「……年寄り……年寄り……」と〈魔女〉がいった。

〈魔女〉がいったん言葉を切り、

「おや……」彼女の鼻毛が逆立った。あんぐりと口をあけて空気を味わい、「おや……」

〈全身を彩った男〉が色めき立った。

「ちょっと待って……！」とジプシー女がため息をつく。

彼女の爪が、目に見えない空気の黒板を引っかいた。

ウィルは自分が、いきりたった猟犬のようにキャンキャン鳴いたり、吠えたり、哀れっぽい声を出しているような気がした。

彼女の指が光のスペクトルを探りあて、その重さを量《はか》りながら、ゆっくりと下がっていく。つぎの瞬間には、人さし指が歩道の鉄格子を指して、そこだ！　そこだ！　と無言で叫びたてそうだ。

パパ！　なんとかして！　とウィルは思った。

〈全身を彩った男〉は、目は見えないが直観の鋭い塵の淑女の応援を得て、余裕綽々《しゃくしゃく》といった顔になり、愛情のこもった眼差《まなざ》しで彼女を見ていた。

「さて……」〈魔女〉の指がぴくりと動いた。

「さて！」とウィルの父親が大声でいった。

〈魔女〉がひるんだ。

「さて、これは上等の葉巻だ！」とウィルの父親が叫び、これみよがしにカウンターに向きなおった。

「お静かに……」と〈全身を彩った男〉。

少年たちは顔をあげた。

「さて――」〈魔女〉が風のにおいを嗅いだ。

「火をつけ直さないと!」ミスター・ハローウェイは、永遠に燃える青い炎に葉巻の先端を入れた。

「お静かに願います……」とミスター・ダーク。

「一服どうです?」とパパが訊く。

〈魔女〉は、彼が勢いよく噴きだした過剰に陽気な言葉の衝撃を食らって、傷ついた片手をわきに垂らし、ラジオの感度をよくしようとして人がアンテナをぬぐうように、手の汗をぬぐうと、あらためてその手をかかげた。風を受けて鼻孔《びこう》がふくらんだ。

「ふう!」ウィルの父親が、葉巻の煙を濃密な雲さながらに吹きだした。それは分厚い積雲《せきうん》となって女をとり巻いた。

「うっ!」彼女がむせた。

「愚か者!」と〈全身を彩った男〉が怒鳴ったが、男に対していったのか、女に対していったのか、下の少年たちにはわからなかった。

「ほら、一本おごらせてください!」ミスター・ハローウェイがさらに煙を吹きだし、ミスター・ダークに新しい葉巻を渡した。

〈魔女〉が派手にくしゃみをし、よろよろと後退した。〈全身を彩った男〉はパパの腕をひっつかんだが、一線を越えてしまったと悟って、その腕を放した。彼は完全に予想外の敗北を喫《きっ》した上に醜態《しゅうたい》をさらして、ジプシー女のあとを追うことしかできなかった。しかし、立ち去りかけたそのとき、ウィルの父親が「ご機嫌よう！」と呼びかけるのが聞こえた。

だめだよ、パパ！　とウィルは思った。

〈全身を彩った男〉がもどってきた。

「お名前は？」と彼が単刀直入に訊いた。

教えないで！　とウィルは思った。

ウィルの父親は一瞬考えこみ、葉巻を口からはずして、灰をたたいて落とし、静かな口調で応えた――

「ハローウェイ。図書館で働いています。いつか寄ってください」

「かならず寄らせてもらいますよ、ミスター・ハローウェイ。かならずね」

〈魔女〉は角の手前で待っていた。

ミスター・ハローウェイは人さし指をこすり、風向きを調べて、積雲をそちらに送りだした。

彼女はあわてて身を引いて、姿を消した。

〈全身を彩った男〉は顔をこわばらせ、くるりと向きを変えると、大股に歩み去った。ジムとウィルの肖像画が、その固く握られた拳のなかでぎゅっとつぶれた。

静寂。

鉄格子の下はひっそりとしていたので、少年ふたりは恐怖で死んでしまったのだ、とミスター・ハローウェイは思った。

いっぽう下にいるウィルは、目を潤《うる》ませ、口を大きくあけて、じっと地上を見あげたまま、ああ、ちくしょう、どうしていままでわからなかったんだろう？　と思った。

パパは背が高い。パパは本当に背が高いんだ。

チャールズ・ハローウェイは依然として鉄格子を見おろすことはせず、代わりに歩道に飛び散った赤色《せきしょく》の小さな彗星《すいせい》だけを見ていた。それは角をまわりこんで点々とつづいていた。姿を消したミスター・ダークの握りしめた手からしたたり落ちたものだ。チャールズ・ハローウェイは、驚きに打たれて自分自身をも見つめていた。信じられないようなことをやってのけたいま、その驚きを受け入れ、絶望と平穏の入り混じった気分で新しい目的を受け入れている自分を。本名を明かした理由は、訊かれても答えられない。自分でもわからないし、ことの重大さもよくわからないのだから。いまは町役場の時計の数字を読み、それを口にすることしかできなかった。いっぽう下にいる少年たちは一心《いっしん》に耳をすましていた。

「いいかい、ジム、ウィル、なにかが起きている。そこを出て、日が暮れるまでどこかに隠れていられるかね？　じっくり時間をかけてやらないといけない。こういうことに対処するなら、どこから手をつければいい？　なにしろ、法律は破られていないんだ、とにかく、六法全書に載っている法律は。でも、わたしはひと月も前に死んで埋められている気分だ。全身が鳥肌立っているよ。隠れるんだ、ジム、ウィル、隠れているんだ。お母さんたちには、きみたちはカーニヴァルで仕事にありついた、といっておく。家に帰らない恰好の口実になる。暗くなるまで隠れていて、七時になったら図書館へおいで。それまでにカーニヴァルについて、警察の記録や、図書館にある新聞の綴《と》じ込みや、本や、古文書や、見こみのありそうなものを片っ端から調べておく。神の思《おぼ》し召しがあれば、陽が落ちて、きみたちが姿を見せるころには、計画ができているだろう。そのときまでは、あせらずにいるんだ。気をつけて、ジム。気をつけて、ウィル」

いまやとても背の高い小さな父親が、ゆっくりと歩み去った。

葉巻はかえりみられずに手から落ち、火花を散らしながら鉄格子をすり抜けた。

それは四角い縦穴のなかに横たわり、爛々《らんらん》と輝くピンクのひとつ目でジムとウィルをにらみつけた。ふたりはにらみ返し、ついにひっつかむと、火をもみ消して目をつぶした。

36

〈こびと〉は、狂気をはらんだ目をギラギラと光らせながら、大通りを南へ向かっていた。

ふと立ち止まり、頭のなかのフィルムを現像して、ざっと目を通すと、うめき声をあげ、脚の森を苦労してすり抜け、手を伸ばし、ささやき声が叫び声と同じようによく聞こえる高さまで〈全身を彩った男〉を引っ張った。ミスター・ダークは彼の話に耳を傾けてから、〈こびと〉をはるか後方に置き去りにして、飛ぶように走っていった。

葉巻店のインディアン像のもとに到達すると、〈全身を彩った男〉は膝をついた。鋼鉄の鉄格子をつかみ、縦穴のなかをのぞきこむ。

下には黄ばんだ新聞紙や、くしゃくしゃに丸められたキャンディーの包み紙や、葉巻の燃えさしや、ガムがあった。

ミスター・ダークは、憤怒《ふんぬ》を押し殺して叫びをあげた。

「なくしものですか？」

ミスター・テトリーがカウンターごしに目をしばたたかせた。

〈全身を彩った男〉は鉄格子を握りしめ、いちどだけうなずいた。

「月にいちどは鉄格子の下を掃除して、お金を回収するんです」とミスター・テトリー。

「いくらなくしたんです？　十セント？　二十五セント？　五十セント？」

チーン！

〈全身を彩った男〉は怒りに燃える目をあげた。

レジスターの窓のなかで、小さな赤い火のような字が跳ねあがった――

売り上げなし。

37

町役場の時計が七時を打った。

大きな鐘の音が谺《こだま》して、図書館の消灯された廊下に迷いこんだ。

パリパリに乾いた秋の木の葉が、暗闇のどこかではらりと落ちた。

だが、それは本のページがめくられたにすぎなかった。

地下墓所のような奥の一室で、草の緑色をした笠つき電灯の下で、チャールズ・ハローウェイがテーブルにかがみこみ、唇をすぼめ、目を細くしてすわっており、その手がページを震わせたり、本を持ち上げたり、並べ替えたりしていた。彼はときおり足早《と》にその場を離れて秋の夜闇《よやみ》をのぞきこみ、通りを見張った。それからまたクリップを留めたページにもどり、紙を挿入《そうにゅう》したり、引用文を走り書きしたり、ひとりごとをつぶやいたりした。その声は図書館の丸天井からすばやい谺となって返ってきた――

「ほら、ここだ！」

「……ここだ……！」と夜の通路がいった。

「この絵……！」

「……絵……！」と廊下がいう。

「そしてこれだ！」

「……これだ！……」ほこりがおさまった。

記憶にあるかぎり、人生でいちばん長い一日だった。奇妙な人の群れと、それほど奇妙でない人の群れに溶けこんだ。広く散らばったパレードのあとを追って、捜索者たちを捜索した。ジムの母親とウィルの母親には、楽しい日曜に知る必要のあることしか伝えず、そのあいだ〈こびと〉と影を交差させ、〈針頭《はりあたま》〉と〈火食い男〉と会釈を交わし、暗い路地には近寄らず、引き返して、葉巻店の鉄格子の下の縦穴が空っぽで、少年たちは近くのどこかか、運がよければ、はるか彼方で隠れん坊をしていると知ったときには、ほっと胸を撫でおろしたのだった。

それから彼は、人ごみにまぎれて、カーニヴァルの会場へと移動した。テントには近寄らず、乗り物にも近寄らず、あたりに目を配り、陽が落ちるのを見まもり、夕闇が降りたちょうどそのとき、〈鏡の迷路〉の冷たいガラスの海を調べ、溺れる寸前に身を引くまで岸辺にとどまった。全身ずぶ濡れになり骨まで冷えきったが、夜に捕まる前に人ごみに庇護《ひご》を求め、暖めてもらい、町まで、図書館まで、なにより大事な本のところまで運んでもらい……新しい時間の告げ方を学ぶ者のように、それらの書物をテーブルの上に並べ、大きな時計の形を作った。そして、それらの書物が板にピン留めされた蛾《が》の翅《はね》の標本であるかのように、黄ばんだページを横目で見ながら、大きな時計のまわりをぐるぐると歩きまわった。

ここにあるのは〈暗黒の公子〉の肖像画。その隣は『聖アントニウスの誘惑』を主題にした一連の幻想的なスケッチ。そのまた隣はジョヴァンニ・バッティスタ・ブラチェルリ作『奇想天外』掲載のエッチング数枚で、興味深いおもちゃの連作、すなわち、さまざまな錬《れん》金《きん》術の実験に従事する人間めいたロボットが描かれている。十二時五分前の位置には『フォースタス博士』が立ち、二時には『オカルト図像学』が横たわり、六時には——いまミスター・ハローウェイが走らせている指の下に——香具師《やし》や、吟遊《ぎんゆう》詩人や、竹馬《たけうま》乗りの魔術師と彼らのあやつり人形が住まうサーカスや、カーニヴァルや、影絵芝居や、人形劇に関する歴史書がある。さらには――『空中王国便覧（空飛ぶものの歴史）』。九時ちょうどには――『悪魔憑《つ》き』、その上に『エジプトの媚薬《びやく》』が重なり、そのまた上に『地獄に堕《お》ちた亡者《もうじゃ》の拷問』が重なって、その本は『鏡の呪力』をぺしゃんこにしている。書物時計の深夜一時には『蒸気機関と列車』、『眠りの神秘』、『真夜中と夜明けのあいだ』、『魔女の安息日《あんそく》』、『悪魔との契約』といった題名の本。そのすべてが広げられており、彼にはその字面《じづら》が見てとれた。

しかし、この時計には針《はり》がなかった。

彼自身にとって、少年たちにとって、あるいはなにも知らない町の人々にとって、いまが人生の夜の何時に当たるのかがわからなかった。

要するに、なにを頼ればいいのかがわからないのだ。

午前三時に到来、グロテスクな鏡の迷路、日曜日のパレード、汗ばんだ肌の上で蠢《うごめ》く、明るい金属的な青インクで描かれた絵の群れを連れた背の高い男、歩道の鉄格子をすり抜けて落ちた数滴の血、地下から見あげていた怯えているふたりの少年、そして霊廟《れいびょう》めいた静寂のなかでただひとり、謎を解こうとしている自分自身。

少年たちの目つきにはなにかがあった。そのせいで、ふたりが鉄格子の向こうでささやいた単純きわまりない言葉を信じる気になったのだ。この場合は恐怖そのものが証拠だった。そして彼は人生で恐怖をたっぷり見てきたので、それを判別できるのだ。ちょうど夏の夕暮れに肉屋からただよってくるにおいを嗅いだときのように。

あの刺青をしたカーニヴァルの団長の沈黙が、凶暴で腐敗した、いびつな言葉を何千も語るのはなぜだろう？

今日の午後遅くに、あるテントのフラップごしに見えたあの老人、**ミスター・エレクトリコ**と記された横断幕《おうだんまく》の下で椅子にすわっていた老人——電気が緑のトカゲのように体じゅうを這いまわっていた——のなかに潜んでいたものはなんだろう？

謎また謎だ。そしていまは、これらの本。たとえば、これ。彼は『観相学《かんそう》——顔面に表れる個人の性格の秘密』に触れた。

そうすると、練《ね》り歩く恐ろしいものたちを歩道ごしにじっと見あげていたジムとウィルは、天使のような純真で無邪気《むじゃき》な顔立ちをしていたのだろうか？　あの少年たちは、態度と容姿と精神の均衡《きんこう》に優れた夏型人間の理想を体現しているのだろうか？

逆に……チャールズ・ハローウェイはページをめくった……ちょこまかと走るフリークたち、〈全身を彩った男〉は、癇癪《かんしやく》持ちで残酷で、強欲な者の額《ひたい》、色好みで信用できない者の口をそなえ、狡猾《こうかつ》で、不安定で、厚顔無恥《こうがんむち》で、うぬぼれが強い殺人鬼の歯をそなえているのだろうか？

そうではない。本が手からすべって閉じた。もし顔で判断できるのなら、彼の長い経歴において深夜の図書館からこっそり出ていった多くの者たちも、あのフリークたちとたいして変わらない。

ひとつだけたしかなことがある。

シェイクスピアの二行がそれを語っている。書物時計の中心にその台詞《せりふ》を書いて、おのれの危惧の核心を固定するべきだったのだ。

両の親指がチクリとしたら、
なにか邪悪なものがこっちへやって来る。（『マクベス』第四幕第一場）

曖昧模糊《もこ》としているが、それでも味わい深い。

彼はそういう生き方をしたくなかった。

それでも、今夜のうちに、うまく折り合いをつけないかぎり、死ぬまでそういう生き方をするはめになるとわかっていた。

窓辺に寄って外に目をやり、彼はこう思った。ジム、ウィル、こちらへ来るところなのか？　ここへたどり着けるのか？

待っているうちに、彼の肉に骨の青白さが移っていった。

38

その後、日曜の夜の図書館は、七時十五分、七時三十分、七時四十五分と静けさが深まっていき、雪崩《なだれ》を打ったまま固定したかのような数多《あまた》の本は、一年じゅう目に見えない時間の雪が降るほど高い棚の上で、永劫《えいごう》の時を経た楔《くさび》形文字の石板のように積み重なっていた。

外では、町がカーニヴァルのほうに向かって呼吸しており、何百人もが図書館わきの茂みの近くを通り過ぎた。そこではジムとウィルが腹這いになっていて、いま顔をあげたかと思うと、つぎの瞬間にはむきだしの大地に鼻をこすりつけていた。

「おい、あれを見ろ！」

ふたりとも草むらのなかで息を止めた。通りをはさんだ向こう側を通り過ぎるものがある。少年かもしれないし、矮人《わいじん》かもしれないし、矮人の心をそなえた少年かもしれないし、霜《しも》が雲母《うんも》のようにきらめく歩道ぞいに吹き飛ばされていくなにか、たとえばちょこまか走るカニのように見える木《こ》の葉かもしれない。しかし、そのなにかはすぐに行ってしまった。ジムは上体を起こしたが、ウィルは安全な地面に顔をくっつけて伏せたままだった。

「おい、どうしたんだ？」

「図書館だよ」とウィルがいった。「いまは、あそこだって怖いんだ」

数百年を経た本のすべてが、一千万羽のハゲタカのようにあそこに止まって、皮を剝ぎあい、身を寄せあっているんだ――彼はそう思った。暗い書庫の通路を歩けば、金色の書名が目を光らせてにらんでくる。古いカーニヴァルと、古い図書館と、彼自身の父親のあいだには、ありとあらゆる古いものがあり……ええと……。

「パパがあそこにいるのはわかってる。でも、本当にパパなんだろうか？　つまり、あいつらが先まわりして、パパを変えて、悪人にして、パパをだまして、もらえるはずのないものを約束していたとしたらどうする？　ぼくらがのこのこはいっていって、いまから五十年後のいつか、だれかがあそこで本を開いたら、きみとぼくが、二枚の干《ひ》からびた蛾の翅みたいにはらりと床に落ちるなんてことになったらどうする、ジム、だれかがぼくらをぺしゃんこにして、ページにはさんで隠したら、ぼくらの行方はだれにもわからない——」

さしものジムも、これを聞くと不安になった。気力を奮い起こすために、なにかしなければならなかった。ウィルがつぎに知ったのは、ジムが図書館のドアをガンガンたたいていることだった。ふたりともドアをガンガンたたいた。この夜の闇のなかから、もっと暖かく、本が息づいている屋内の闇のなかへ飛びこもうと必死だったのだ。暗闇を選べるなら、そっちのほうがましだった——オーヴンを思わせる本のにおいがただようと同時にドアが開き、幽霊色の髪を生やしたパパが立っていた。彼らは人けのない廊下を爪先立ちで歩いていき、ウィルは日没に墓地を通りかかるとしばしばするように、口笛を吹きたいという狂った衝動に駆られた。パパが遅れた理由を尋ねており、ふたりは昼間のうちに隠れた場所すべてを思いだそうとした。

古いガレージに隠れ、古い納屋《なや》に隠れた。登れるうちでいちばん高い木の上に隠れ、退屈した。退屈は恐怖よりも始末に負えなかったので、降りてきて警察署長のもとへ出頭し、楽しくおしゃべりしたおかげで安全な二十分を署内で過ごすことができた。そしてウィルが教会めぐりを思いついて、町じゅうの尖塔に登り、鐘楼《しょうろう》に棲《す》みついた鳩《はと》を脅《おど》かして追い払った。

教会にいるほうが安全かどうか、とりわけ鐘楼に登っているほうが安全かどうかはよくわからなかったが、安全だという気がいした。しかし、代わり映えのなさにまたしても退屈し、疲労のあまり頭がふらふらしてきて、なにかするしかなくなり、カーニヴァルの会場へ向かいそうになった。しかし、なんとも幸運なことに、そのとき陽が沈んだ。日没からいままでは図書館に忍びよって愉快に過ごした。まるでそこが元は味方の砦《とりで》だったが、いまはアラブ人に占領されているかのように。

「で、ようやくたどりついたんです」とジムがささやき声でいい、立ち止まった。

「ぼくはなんでひそひそ声で話してるんだ？　閉館時間は過ぎてるのに。まったくもう！」

彼は笑い声をあげ、すぐに止めた。

というのも、地下納骨所《のうこつしょ》をそっと歩く足音が聞こえるような気がしたからだ。

しかし、うずたかく積まれた本のあいだをヒョウの足でもどってくるのは、彼の笑い声にすぎなかった。

したがって、三人がまた話をはじめたときも、あいかわらずささやき声だった。深い森も、暗い洞窟《どうくつ》も、ほの暗い教会も、照明が半分だけ灯《とも》った図書館も、すべて同じようなものであり、人はそこで声を潜め、気分がふさぎ、自分が通ったずっとあとにも廊下にとり憑いていそうな自分の声の幽霊双子を呼び起こすのを恐れて、つぶやき声や低い叫び声しか出せなくなるのだ。

三人は小さな部屋に到着し、チャールズ・ハローウェイが本を並べて何時間も読みふけっていたテーブルを囲んだ。そしてはじめて顔を見合わせ、三人とも顔が紙のように真っ白いのに気づいたが、なにもいわずにいた。

「そもそものはじまりから」とウィルの父親が椅子を引いて、「話してもらえるかな」

そういうわけで、少年たちは代わる代わるに、自分なりのペースで、通りすがりの避雷針売り、嵐が来るという予言、真夜中をとうに過ぎたころにやってきた列車、突如として人の住むところとなった草地、月が張ったテント、触れる者がいないのに嫋《じょう》嫋《じょう》とむせび泣く蒸気オルガンのことを語った。それから真昼の光が降り注ぐ平凡な中道には、数百人のキリスト教徒がそぞろ歩いているものの、彼らが投げあたえられるはずだったライオンは影も形もなく、滝のような鏡のなかで時間がひとりでに逆進したり前進したりして失われる迷路と、**故障中**の回転木馬があるだけだったこと。活気のない夕食の時間、ミスター・クーガー、そしてあらゆる罪と汚辱《おじょく》にまみれた、ピカピカ光るガラクタのような世界のすべてを見てきた目をそなえた少年、この少年は永遠に生きてきて、あまりにも多くを目にしたせいで死にたがっているのに、死に方を知らない男の目をしていて……。

少年たちはいったん話をやめて、呼吸をととのえた。

ミス・フォーリー、またしてもカーニヴァル、暴走する回転木馬、老いさらばえたクーガーのミイラが月光を吸いこみ、銀色の塵を吐きだし、絶命して、それから雨のない嵐、雷のない嵐のなかで、緑の電光が骨格を煌々《こうこう》と輝かせる椅子にすわってよみがえったこと、パレード、葉巻店の前の地下坑《こう》に隠れ、そしてとうとうここへやってきて、いっさいを語り終えたこと。

ウィルの父親は長いあいだテーブルの中心を見つめていたが、その目はなにも映していなかった。やがてその唇が動いた。

「ジム。ウィル」彼はいった。「信じるよ」

少年たちは椅子に身を沈めた。

「なにもかも？」

「なにもかもだ」

ウィルが目をぬぐって、「さあて」と、ぶっきらぼうな声でいった。「泣きわめくことにするか」

「そんなことしている暇はないんだ！」とジム。

「たしかに、そんな暇はない」

そういうとウィルの父親は立ちあがり、パイプに煙草を詰め、マッチを探してポケットを探り、傷だらけのハーモニカ、折りたたみ式小型ナイフ、火のつかないライター、偉大な思想を書きとめるつもりで持ち歩いているが、そうしたためしのないメモ帳をとり出し、はじまらないうちから負けが決まったのだとしても不思議のない極小の戦争をするための武器を並べた。こうしたガラクタを探り、しきりに首をふりながら、ようやくぼろぼろになったマッチ箱を見つけ、パイプに火をつけて、部屋のなかを行ったり来たりしながら考えをめぐらせはじめた。

「ある特定のカーニヴァルについて、これからたくさん話すことになりそうだ。それがどこから来て、どこへ行くのか、なにをするつもりなのか。われわれは、それが町へ来るのははじめてだと思った。ところが、なんと、これを見てくれ」

　彼は一八八八年十月十二日付の黄ばんだ新聞をポンとたたき、爪である広告の下をなぞった——


J・C・クーガー&G・M・ダーク提供、パンデモニウム・シアター・カンパニー、国際的なサイド・ショーと不自然博物館が付随！


「J・C。G・Mか」とジム。「今週、町じゅうに配られた宣伝ビラに載っているのと同じ頭文字だ。でも——同じ人間であるわけない……」

「そうだろうか？」ウィルの父親が両肘をこすった。「わたしの鳥肌は、その意見に反対している」

　彼はほかの古い新聞を何枚も広げた。

「一八六〇年。一八四六年。同じ広告。同じ名前。同じ頭文字だ。ダーク&クーガー、クーガー&ダーク、彼らはやってきては去っていくが、二十年、三十年、四十年にいちどきりなので、人々は忘れてしまう。そのあいだはどこにいたのだろう？　旅をしていたんだ。といっても、ただの旅じゃない。いつも決まって十月だ。一八四六年十月、一八六〇年十月、一八八八年十月、一九一〇年十月、そして今年の十月、つまり今夜だ」声が途切れた。「……秋の民《たみ》に用心せよ……」

「なんのことです？」

「古い宗教パンフレットの言葉だよ。たしか、ニューゲート・フィリップス牧師の書いたものだ。子供のころに読んだ。つづきはどうだったかな？」

彼は思いだそうとした。唇をなめた。そして思いだした。

「ある者にとっては、生涯を通じて秋が早めに訪れ、遅くまでとどまる。十月が九月につづき、十一月が十月に接するものの、その後十二月とキリストの降誕《こうたん》は訪れず、ベツレヘムの星も歓喜《かんき》もなく、九月と老いた十月がまたやってきて、一年はそうやってつづく。冬も春もなく、よみがえりの夏もない。こうした者たちにとって、秋はつねに正常な季節であり、唯一の気候であり、そのほかに選択肢はない。彼らはどこから来るのか？　塵からである。彼らはどこへ行くのか？　墓場へである。血が彼らの血管を揺り動かすのだろうか？　否《いな》——夜の風が揺り動かすのだ。彼らの頭のなかでカチカチ鳴るものはなにか？　長虫《ながむし》である。彼らの口から語るものはなにか？　ヒキガエルである。彼らの目から見るものはなにか？　蛇である。彼らの耳で聞くものはなにか？　星々のあいだの深淵である。彼らは人間の激情を篩《ふるい》にかけて魂を探り、理性の肉を食らい、罪人《つみびと》で墓穴《はかあな》を満たす。彼らは狂乱する。突風のなかで甲虫《こうちゅう》のように走り、這い、縫うように通りぬけ、濾過し、動き、すべての月を曇らせ、すべての澄みきった流水を濁《にご》らせるに相違ない。クモの巣は彼らの声を聞いて小刻みに震え——破れる。秋の民とはそのようなものである。彼らに用心せよ」

すこし間があって、少年ふたりは同時に息を吐きだした。

「秋の民か」とジムがいった。「あいつらのことだ。まちがいない！」

「それなら――」ウィルがごくりと唾を飲み――「ぼくらは……夏の民ってことになるのかな？」

「かならずしもそうじゃない」とチャールズ・ハローウェイは首をふった。「そりゃあ、きみたちはわたしよりも夏に近いよ。わたしが世にも稀《まれ》なすばらしい夏の人であったとしても、それは遠いむかしの話だ。たいていの人間は半々なんだ。われわれのなかにある八月の正午は、十一月の冷気を追い払う。われわれが命をつなげられるのは、頭の奥にしまいこんでおいた七月四日のささやかな機知《きち》のおかげなんだ。しかし、われわれが百パーセント秋の民になるときもある」

「パパはちがうよ！」

「おじさんはちがうよ、ミスター・ハローウェイ！」

チャールズ・ハローウェイは首をさっとめぐらし、ふたりの賞賛の眼差しを目の当《ま》たりにした。青白い顔の隣に青白い顔が並び、まるでボルトで固定されたかのように手を膝に置いている。

「いや、いってみればの話だ。落ちつきなさい、きみたち。わたしは事実に即しているだけだ。ウィル、おまえは自分のパパを本当に知っているかね？　もし彼らと争うことになったら、おまえはわたしを、わたしはおまえを知っておくべきじゃないかね？」

「まあ、それはそうだけど」とジムが息を吐いた。「おじさんはだれなんですか？」

「それくらいわかってるだろ！」とウィルが抗議した。

「そうだろうか？」とウィルの父親。「自己紹介してみよう。チャールズ・ウィリアム・ハローウェイ。特筆すべき点は五十四歳という年齢だけで、それは本人にとってはつねに特筆すべきことなんだ。スィート・ウォーターで生まれ、シカゴで暮らし、ニューヨークで生きのび、デトロイトでくよくよし、いろいろな場所であがき、だいぶ歳をとってからここにやってきた。ひとりでいるのが好きで、路上で見たものを本の中身とくらべるのが好きだから、各地の図書館に住んで長い年月を過ごしたあとの話だ。それから三十九歳のとき、自分では旅と呼んでいる逃避行のさなかに、おまえの母親がひと目でわたしを釘づけにして、以来ずっとここにいる。それでも、人々の雨を避けて夜の図書館にいるときがいちばん居心地がいい。ここがわたしの終着駅なのだろうか？　そうなりそうだ。そもそも、なぜわたしはここにいるのか？　いまこのときは、きみたちを助けるためらしい」

彼はいったん言葉を切り、ふたりの少年と、その若々しい顔を見つめた。

「そうとも」彼はいった。「ゲームは終盤にさしかかった。きみたちを助けるために、ここにいるんだ」

39

夜の闇に閉ざされた図書館の窓は、ひとつ残らず寒気《かんき》とおしゃべりをしていた。

初老の男と少年ふたりは、風が過ぎ去るのを待っていた。

やがてウィルがいった――

「パパ。パパはいつだって助けてくれてるよ」

「ありがとう。でも、それは真実じゃない」チャールズ・ハローウェイは、空っぽのほうの手をしげしげと見た。「わたしは愚か者だ。おまえを正面から見て、いまここにあるものを見るんじゃなく、いつも肩ごしに目をやって、これから来るものを見ようとしている。でも、気休めをいうようだが、あらゆる人間が愚か者なんだ。つまり、人は一生を通じてボールを投げ、ボールをよけ、板で囲い、ロープを結び、漆喰《しっくい》を塗り、頬をはたき、眉間《みけん》にキスし、笑い、泣き、行動して、世界一の愚か者になって『助けて！』と叫ぶ日にそなえなければならないということだ。そうしていれば、ひとりの人間の返事さえあればいい。わたしにはくっきりと見える、今夜、田園の向こう側にある愚か者の都会が、町が、ただの給水停車地が。そういうわけでカーニヴァルの蒸気機関車が通りかかり、片っ端から木を揺らす。そうすると、まぬけたちが雨あられと降ってくる。孤立した阿呆《あほう》というべきだな。彼らの『助けて！』に応《こた》える者のいない、あるいは事実上いない個人だ。やつらはそう考えている。分断された愚か者たち。カーニヴァルが薄笑いを浮かべながら、その脱穀《だっこく》機械で収穫しにきたものはそれなんだ」

「まいったな」とウィル。「それじゃ勝ち目がないよ！」

「そうじゃない。夏と秋のちがいについて、われわれがここで気をもんでいるという事実そのものが、突破口の存在を確信させてくれる。人は愚かなままでいなくてもいいし、不実、邪悪、罰当《ばち》たり、なんでも好きなように呼べばいいが、そういうものにならなくてもいい。選択肢は三つか四つとはかぎらない。連中、つまり例のダークという男とその一党は、すべてのカードを握っているわけじゃない。今日、葉巻店でそれがわかった。わたしはあの男が怖いが、あの男もわたしを怖がっていたんだよ。つまり、恐ろしいのはおたがいさまだ。いま肝心なのは、どうすればそれを有利に使えるかだ」

「どうすればいいの?」

「ものごとには順序がある。歴史をおさらいしよう。もし人間が永遠に凶悪でいたかったのなら、そうであっても不思議はなかった——異議はないね? よし、異議なしだ。われわれは野獣といっしょにずっと原野にいたのか? そうじゃない。バラクーダといっしょにずっと海中にいたのか? そうじゃない。どこかでゴリラの凶暴な前肢《まえあし》を捨てたんだ。どこかで肉食獣の牙《きば》を引っこめ、草の葉を噛みはじめたんだ。短い人生のうちに、血を流すのはやめて腐葉土《ふようど》をこしらえ、哲学を練りあげた。それ以来、われわれはサルから階級をあげてきたが、天使の高みまでは半分も達していない。その考えは目新しいと同時にすばらしいものだったので、われわれの祖先は失うことを恐れ、紙に書きとめて、そのまわりにこの図書館のような建物を建てた。そして移住するときや、生き方を変えようと決めたときには、その建物に出入りして、新たな甘い草の葉を噛みながらじっくりと考え、そもそものはじまりを突き止めようとした。わたしが思うに、どうやら数十万年前のある晩、洞穴のなか、夜の焚《たき》火《び》のそばだったようだ、毛むくじゃらな人間たちのひとりがふと目をさまし、灰をかぶせた燃えさしの向こう側にいる自分の女、自分の子供たちにじっと目をこらして、彼らもいつかは冷たくなり、息絶えて、永遠にいなくなるのだと考えたのは。そのとき彼は涙を流したにちがいない。そして、いつか死ぬはずの女と、そのあとを追うはずの子供たちに向かって夜の闇のなかで手を伸ばした。そしてあくる朝、ほんのすこしのあいだ、彼らをすこしだけやさしくあつかった。というのも、彼らも自分と同じように夜の種子を宿しているのだとわかったからだ。彼は脈拍のなかの粘液《ねんえき》のようにその種子を感じた。分裂して、自分の体を暗闇のなかで繁殖させる日に対するそなえを固めさせるものだ、と。こうしてその男、最初のひとりが、いまのわれわれと同じように知った——われわれの時間は短く、永劫は長いのだ、と。この知識から憐憫《れんびん》と慈悲が生まれたのであり、おかげでわれわれは、もっとあとに生まれた、もっと複雑で、もっと神秘的な愛という恩恵を他者にほどこせるようになったのだ。

つまるところ、われわれは何者だろう？　知識のある、知識がありすぎる生き物だ。そのために、われわれは笑うべきか泣くべきかを選ぶというたいへんな重荷を背負うことになる。ほかの動物はどちらもやらない。われわれは、季節と欲求しだいで両方ともやる。じつは、あのカーニヴァルに見張られているような気がしてならないんだ。われわれが泣くか笑うかのどちらを、どうやって、なぜやっているのかを見きわめようとしていて、機が熟したと感じたら、われわれに襲いかかろうとしているのだ、と」

チャールズ・ハローウェイは言葉を切った。というのも、少年たちが穴のあくほどまじまじと彼を見ていたので、急に赤くなった顔をそむけなければならなかったからだ。

「ねえ、ミスター・ハローウェイ」とジムが小声で叫んだ。「すごいよ。話をつづけて！」

「パパ」とウィルが驚き顔でいった。「パパがこんなにしゃべるとは知らなかった」

「深夜ここにいれば知っていたはずだよ、ひたすらしゃべっているんだから！」チャールズ・ハローウェイはかぶりをふった。「そう、おまえに聞いてもらえばよかった。これまでも、おまえの好きな日にもっとおまえと話をするべきだった。いやはや。どこまで話したんだったかな？　たしか、愛が生まれたところまでだったな。そう……愛だ」

ウィルはうんざりした顔になり、ジムはその言葉に警戒したようだった。

ふたりの表情を見て、チャールズ・ハローウェイはためらった。

なにをいえば、ふたりに納得してもらえるだろう？　愛はなによりも共通の大義《たいぎ》であり、共有された体験だといえばいいのか？　愛は命にかかわる絆《きずな》ではないだろうか？　なにかに向かっているのかもしれないし、なにかから遠ざかっているのかもしれない広大無辺《むへん》の宇宙空間を落下するそれよりは小さな空間をさらに落下する太陽のまわりをぐるぐるまわるこの野蛮な世界の上で、今夜ここにこの三人が集まったことをどう感じているのかを述べればいいのか？　われわれは時速十億マイルのこの乗り物に乗り合わせている。われわれには夜にあらがう共通の大義がある。きみたちのはじまりも、ささやかな共通の大義だったのだ、といえばいいのか？　三月の野原で凧《たこ》をあげている少年が愛しく思えるのはなぜだろう？　なぜなら、手を焦《こ》がす熱い糸で指が焼けるからだ。列車から見える、田舎の井戸にかがみこんでいる少女が愛しく思えるのはなぜだろう？　とうに失われた昼下がりに飲んだ冷たい水の鉄に似た味を舌が憶えているからだ。われわれが、路傍《ろぼう》で死んでいる見知らぬ人間に涙するのはなぜだろう？　四十年も会っていない友人に似ているからだ。道化師がパイをぶつけられると、なぜ笑い声が出るのだろう？　カスタードを味わい、人生を味わうからだ。自分の妻である女性が愛しいのはなぜだろう？　彼女の鼻が、わたしの知っている世界の空気を吸いこむからだ。それゆえに、わたしはその鼻が愛しいのだ。彼女の耳は、夜半にわたしが歌いそうな音楽を聞く。それゆえに、わたしは彼女の耳が愛しいのだ。彼女の目は、この土地の季節に喜びをおぼえる。だから、わたしはその目が愛しいのだ。彼女の舌は、マルメロ、モモ、ザイフリボク、ミント、ライムを知っている。だから、わたしはその舌のおしゃべりを聞くのが大好きなのだ。彼女の肉体が熱さと、寒さと、苦しみを知っているから、わたしは火と雪と痛みを知っているのだ。何度も共有した経験。無数のチクチクする織物《おりもの》。ひとつの感覚を切り離せば、生命の一部を切り離すことになる。ふたつの感覚を切りとれば、一瞬にして生命は二分される。われわれは自分たちの知っているものが愛しく、ありのままの自分たちが愛しい。共通の大義、共通の目標、口と目と耳と舌と手と鼻と、肉体と、心臓と、魂の共通の大義。

しかし……それをどういえばいいのか？

「たとえば」と試しにいってみる。「ふたりの男が汽車に乗り合わせたとする。ひとりは兵士で、もうひとりは農夫だ。ひとりは戦争の話をし、もうひとりは小麦の話をする。そのうち、おたがいに退屈して眠りこんでしまう。だが、片方が長距離走の大ファンで、もうひとりがかつて一マイル走の選手だったとしたら、あら不思議、そのふたりは記憶を元にたちまち友情を結んで、少年のように、夜を徹《てつ》して走るだろう。さて、どんな男にも共通の話題がひとつある——女だ。女の話なら、陽が昇るまで、いや、そのあとまでだってつづけられる。おっと、脱線がすぎるな」

チャールズ・ハローウェイは言葉を切り、また自意識に囚《とら》われて顔を赤らめた。前方に目標があることは漠然とわかるのだが、そこへの行き方がよくわからなかったからだ。彼は唇を噛んだ。

パパ、やめないで、とウィルは思った。パパがしゃべると、ここはすばらしい場所になる。

パパはぼくらを救ってくれる。話をつづけて。

男は息子の目を読み、ジムの目にも同じ表情が浮かんでいるのに気づいて、ゆっくりとテーブルのまわりを歩きはじめた。こちらで夜の獣《けもの》に、あちらでぼろを着たしわくちゃ婆さんの一団に、星に、三日月に、古めかしい太陽に、砂の代わりに骨粉《こっぷん》で時を告げる砂時計に触れていく。

「善であるということについて、なにかいいかけていたんだったかな？　いやはや、どこまでしゃべったのやら。たとえば、赤の他人が通りで撃たれても、きみたちは助けに行こうとはしないだろう。でも、三十分前に、その男と十分ばかり立ち話をして、本人や家族について多少なりとも知るようになっていたら、人殺しの前に飛びだして、撃つのをやめさせようとするかもしれない。知るというのは、たしかによいことだ。知らないこと、あるいは知ろうとしないことは悪いこと、あるいは、すくなくとも、不道徳なことだ。知らなければ、人は行動できない。知らずに行動すれば、崖からころげ落ちる。いやはや、こんな話をすると、頭がどうかしたと思われるだろうな。おそらくわれわれは、ウィル、おまえがしたように、カモ撃ちに出て、気球を象撃ち銃で撃つべきなんだろう。しかし、あのフリークたちと、彼らを統率するあの男について、知るべきことはすべて知らなければならない。悪がなにかを知らないかぎり、われわれは善にはなれないし、残念ながら時間は味方をしてくれない。日曜の夜だ、ショーは早めに閉幕し、客は早めに帰宅するだろう。そのとき秋の民が訪ねてくる予感がする。とすれば、あと二時間あるかないかだ」

ジムはいま窓辺にいて、町をはさんではるか遠くに建つ黒いテントの群れと、夜中に世界がまわるのに合わせて奏でられる蒸気オルガンのほうを見ていた。

「本当に悪いやつらなんでしょうか？」と彼は尋ねた。

「悪いやつらかって？」とウィルが腹立たしげにいった。「悪いやつらだよ！　決まってるじゃないか⁉」

「落ちつきなさい」とウィルの父親。「いい質問だ。あのショーの一部は、とても立派に見える。でも、古いことわざにあるだろう――ただで手にはいるものはない。じっさい、やつらからは、なにひとつただでは手にはいらない。やつらは人に守れない約束をさせ、人が自分の首を突きだしたら――ドカンだ！」

「あいつらはどこから来るんですか？」とジムが尋ねた。「あいつらは何者なんです？」

ウィルは父親といっしょに窓辺へ行き、ふたりとも外を見た。そしてチャールズ・ハローウェイが遠くのテントに向かっていった――

「そのむかしはヨーロッパを渡り歩く、ひとりの男でしかなかったのかもしれん。足首の鈴をシャンシャン鳴らし、リュートをかついでいるので、その影は背中が曲がって見えただろう。コロンブスより前の話だ。もしかしたら百万年前は、サルの皮をまとって歩きまわる男だったのかもしれん。他人の不幸を腹いっぱいに詰めこんで、その苦痛をスペアミント・ガムみたいに一日じゅうクチャクチャ噛んで、甘みを味わい、人が破滅するのを見れば活気づいて、小走りに駆けだしたのかもしれん。ひょっとすると、その跡を継いだ息子が、父親の発明した罠《わな》や、骨を砕く機械や、頭を痛めつける機械や、体をねじる機械や、魂を剝ぎとる機械を改良したのかもしれん。その結果、人里離れた池に人の成れの果てが浮かぶことになり、においを嗅ぎつけるショウジョウバエや、夏の夜の肉に群がる蚊がその池からやってきて、カーニヴァルの骨相《こっそう》占い師が好んでいじりまわし、予言の目安にする骸骨の隆起を刺したのだろう。こうして、こちらにひとり、あちらにひとりと、そいつらがねばっこい視線なみの速さで歩いているうちに、大勢の犬殺しが他人の苦しみを乞《こ》い願い、災《わざわ》いにこびへつらい、カーペットの下にムカデの足跡を探し、寝汗《ねあせ》を油断なく見張り、すべての寝室のドアのわきで耳を傾け、悔恨《かいこん》と熱湯の夢で人が身悶《みもだ》えする音を聞くようになった。

悪夢の中身があいつらのパンだ。あいつらはバターの代わりに苦痛を塗る。死番虫《しばんむし》の鳴き声で時計を合わせ、何百年も繁栄する。あいつらは革のバラ鞭《むち》を持ち、他人に汗水《あせみず》垂らさせて、その塩とひび割れた心臓でピラミッドを味付けした者たちだ。あいつらは〈疫病の白馬〉に乗ってヨーロッパを駆けまわった。あなたは不死身ではないとカエサルに耳打ちし、それから三月の大売り出しで短剣を半額で売った。怠惰《たいだ》な道化師、つまり皇帝や王子や癲癇《てんかん》持ちの教皇の足台を務めた者もいるにちがいない。やがて旅に出て、じきにジプシーとなり、世界が広がるにつれ、そいつらの人口も増大し、繁栄するための甘美《かんび》な苦痛の種類も増えていった。いまは列車に乗っていて、ゴシック時代やバロック時代からは遠いところを走っているようだ。でも、あいつらの荷馬車や四頭立て馬車を見るといい。中世の寺院のような彫刻がほどこされている。どれもこれも、かつては馬か驢馬《ろば》か、ひょっとすると人間が引いていたのかもしれない」

「そんなに前からなのか」とジムの声がみずからを呑みこみ、「同じ人間だったんでしょうか？　ミスター・クーガーとミスター・ダークは、ふたりとも二百歳だと思いますか？」

「あのメリーゴーラウンドに乗れば、いつでも好きなときに一歳や二歳はふり落とせるんじゃないかな？」

「うん、だとすると――」ウィルの足もとで深淵がぱっくりと口を開いた――「あいつらは永遠に生きられるってことになる！」

「そして人に害をなすんだ」ジムが何度も何度も向きを変えた。「でも、なぜ、なぜ人に害をなすんだろう？」

「なぜかというと」とミスター・ハローウェイがいった。「カーニヴァルを営《いとな》むには燃料やガスやらが必要だからじゃないかな。女はゴシップを食べて生きている。頭痛や、酸っぱい唾や、関節炎を患《わずら》った骨や、裂けたところを治《なお》した肉や、無分別や、狂気の嵐や、嵐のあとの静けさの交換以外にどんなゴシップがあるだろう？　世の中には汁気《しるけ》たっぷりのものを嚙んでいないと、歯が抜け落ちて、魂もいっしょに抜けてしまう者がいる。葬式に出たときの喜びや、朝食の席で死亡記事に目を通してほくそ笑むときの喜びを倍にして、夫婦が皮を剝ぎあって、裏表と上下を逆さにして継ぎを当てて過ごしている結婚生活を足し、患者を切り刻んで、占いのお茶の葉のように内臓を読んでから、指紋のついた糸できっちりと縫いあわせる偽《にせ》医者を足して、ダイナマイト工場全体を十かける十の十五乗すれば、このカーニヴァルの黒い燭光《しょっこう》になる。

われわれのなかに巣くっている卑《いや》しさ、そのすべてをあいつらは両刃《りょうば》の鋤《すき》で掘りかえす。あいつらはふつうの人間の十億倍も、痛みや、悲しみや、吐き気に目がないんだ。われわれは他人の罪で人生に味をつける。われわれの肉体は、自分にとっては甘い味がする。でも、あのカーニヴァルのやつらは、恐怖と苦痛をたらふく食っているかぎり、太陽ではなく月の光を浴びて悪臭を発したとしても気にしない。それが燃料であり、回転木馬をまわす蒸気であり、生《なま》の恐怖であり、罪の意識にさいなまれる煩悶《はんもん》であり、現実のものであれ想像上のものであれ、傷を負ったときに漏らす悲鳴なのだ。カーニヴァルはそのガスを吸いこみ、発火させて、エンジンを吹かして進んでいく」

チャールズ・ハローウェイはひとつ息をして、目を閉じると、こういった――

「どうしてそんなことがわかるのかって？　わかるわけじゃない！　感じるんだ。味わうんだ。それは、ふた晩前に風に乗って燃えていた枯れ葉のようだった。霊安室の花のようなにおいがした。わたしにはあの音楽が聞こえる。きみたちが語ること、きみたちが語らないことの半分が聞こえる。もしかしたらわたしは、ああいうカーニヴァルをいつも夢見ていて、ひとたび目にしたら、わかったしるしにうなずこうと、やって来るのをひたすら待っていたのかもしれない。いま、あのテント・ショーがわたしの骨をマリンバのように弾《ひ》いている。わたしの骸骨が知っている。

それがわたしに教えてくれる。

それをわたしがきみたちに伝えるのだ」

40

「あいつらにできるんだろうか……」とジムがいった。「つまり、あいつらは……魂を……買うんだろうか？」

「ただで手にはいるのに、買ったりはしないよ」とミスター・ハローウェイ。「なにしろ、たいていの人間は、ただでなにもかもくれてやるチャンスに飛びつくものだからね。われわれ自身の不滅の魂ほど、安い買い物はないだろう。おまけに、きみの考えだと、あの連中は悪魔だということになる。わたしにいえるのは、自分のものではない魂を食い物にして生きるすべを学んだ生き物がいるということくらいだ。古い神話を読むと、いつも釈然としないのがその点だった。メフィストフェレスはなぜ魂をほしがるのだろう？　どういう使い道があるのか、どうするつもりなのか、とね。そう自問したものだよ。それを手に入れたら、どうするつもりなのか、とね。自分の理論を皿の上に投げだして、いったん退《しりぞ》いて考えてみた。その生き物たちは、夜であったら眠れない者たちの魂から発する可燃性のガスが、昼間であったら古い犯罪から生じる熱がほしいんだ。死んだ魂には火がつかない。だが、生きて荒れ狂っている魂、自分にかけた呪いのせいでカリカリになった魂は、そいつらにとっては、すこぶる食欲をそそるものなのだ。

どうしてそんなことがわかるのかって？　観察するからだよ。あのカーニヴァルの連中は、特徴が目立つだけで、世間の人々とそれほど変わらない。男と女が別れたり、殺しあったりする代わりに、髪をひっぱったり、爪を剝がしあったりして一生を送る。それぞれの痛みは相手にとって麻薬みたいなもので、その日を生きる価値のあるものにする。そういうわけで、そのあのカーニヴァルは、何マイル離れたところからでも、潰瘍《かいよう》の生じた自我を感知して、その痛みで手を芯《しん》まで温めるために飛んでいく。二万マイル彼方だろうと、冬の夜に夏の熱気でうだりながらベッドに伏している少年が、堕落しておとなになり、知恵のない知恵歯《おやしらず》のような痛みに苦しんでいれば、そのにおいを嗅ぎつける。わたしのような中年男、とうに失われた八月の午後をなつかしみ、益体《やくたい》もないおしゃべりをする中年男のいらだちを感じとる。欲求、願望、欲望、われわれはそれらを体液のなかで燃焼させ、魂のなかで酸化させ、唇と、鼻の穴と、目と、耳からほとばしらせ、長波だか短波だかは知らないが、アンテナ代わりの指から電波を放射する。あのフリークたちはその渇望《イッチ》を感知して、それをかき集める《スクラッチ》ために群がってくるんだ。あいつらは長い道のりを旅するが、じつは便利な地図を持っていて、それには近くの人々から苦悶と情欲をたっぷりと吸収し、推進力に変える十字路が網羅されているんだ。あのカーニヴァルはそうやって生きのびているんだろう。われわれがたがいに犯す罪という毒と、もっとも深い悔恨《かいこん》という酵母《こうぼ》を糧《かて》にしているわけだ」

チャールズ・ハローウェイは鼻を鳴らした。

「まいったな、この十分でどれほどしゃべりまくったものやら。まさに独演会だ」

「おじさんは、いろいろな話をしてくれました」とジム。

「何語を話してたんだろうね、いやはや、まったく⁉」

とチャールズ・ハローウェイは叫んだ。というのも、ひとりで館内を歩きまわりながら、自分の想念を廊下に開陳《かいちん》して悦《えつ》に入っていたこれまでの夜とたいして変わらない気が急にしてきたからだ。その想念はいちどだけ谺《こだま》してから、永久に消えてしまう。彼は一生を通じて、広大な建物の広大な部屋の空気に本を書いてきて、そのすべてを通気孔の外へ飛ばしてしまったのだ。いまは、すべてが色と音をともなった花火であり、言葉でできた高層建築であって、少年たちの目をくらませ、自我を粉飾したものの、色と音が薄れて消えたあとは、網膜にも精神にも痕跡《こんせき》が残らないように思える。自己弁護の熱弁をふるう練習でしかなかったように思えるのだ。彼はおずおずとひとりごとをいった。

「さて、話はどれくらい通じたのかな？　五つにつきひとつだろうか、八つにつきふたつだろうか？」

「千につき三つだよ」とウィル。

チャールズ・ハローウェイは、苦笑すると同時にため息をつかずにいられなかった。

そのときジムが口をはさんだ。

「そうすると……あれは……死神なんですか？」

「あのカーニヴァルがかね？」老人はパイプに火をつけ、煙をふかして、それが描きだす模様を真剣な眼差しで見つめた。「いや、そうじゃない。でも、〈死〉を脅迫の手段として使うのだと思う。〈死〉というものは存在しない。したこともないし、これからもしない。だが、われわれは、あまりにも多くの歳月、あまりにも多くの絵を描いて、〈死〉を明確にし、理解しようと努めてきたので、それを奇妙な命をそなえた貪欲《どんよく》な存在として考えるようになったのだ。とはいえ、それは止まった時計であり、喪失であり、終わりであり、暗黒だ。要するに〈無〉だよ。そしてあのカーニヴァルは賢明にも、われわれが〈形のあるなにか〉よりも〈無〉を恐れることを知っているのだ。人は〈形のあるなにか〉となら闘える。だが……〈無〉と闘えるだろうか？　いったいどこを打てばいい？　心臓は、魂は、臀部《でんぶ》は、脳髄《のうずい》はあるのか？　いや、ない。だから、あのカーニヴァルは大きな杯《さかずき》に〈無〉を満たしてふりまき、われわれが恐れおののき、ひっくり返ったところを収穫するだけでいい。なるほど、あの連中はわれわれに〈形のあるなにか〉を見せるが、それはけっきょく〈無〉に帰《き》してしまうのだ。あの草地にある鏡は、たしかに〈形のあるなにか〉を露骨《ろこつ》なまでに見せつける。ショックで魂が斜め横を向いてしまうほどだ。九十も歳をとった自分を目にすれば、永遠の蒸気がドライアイスのように自分の体から立ちのぼっているのを目にすれば、下腹部に一撃を食らったも同然だ。そのあと人がカチカチに凍《こお》りついたら、あの連中はすばらしく甘美《かんび》な魂を探る音楽を奏でる。それは五月に裏庭でラインダンスを踊る女たちの洗い立てのフロック（ワンピースのドレス）のようなにおいがするし、干し草をワインに漬けて踏みつけるような音がする。その青空と夏の夜の湖を思わせる調べを聞いていると、やがてきみたちの頭は、蒸気オルガンのまわりで打ち鳴らされる、満月そっくりの太鼓に合わせて鳴りはじめる。じつに単純だ。まったく、あいつらの率直なやり方には感心するよ。老人を鏡でたたいて、そのかけらが、氷のジグソーパズルになって落ちるのを見まもるんだ。それを元にもどせるのは、あのカーニヴァルの連中だけ。どうやるかって？　回転木馬を逆まわしにして、『麗《うるわ》しきオハイオ』や『メリー・ウィドー』といったワルツを奏でるんだ。でも、あいつらが用心して、その音楽に合わせて回転木馬に乗る人々にいわずにいることがひとつある」

「なんですか、それは？」とジムが尋ねた。

「いいかい、きみがある姿をしたみじめな罪人《つみびと》だとしたら、別の姿になってもみじめな罪人なんだ。体の大きさを変えても、頭の中身は変わらない。もしわたしが明日きみを二十五歳に変えても、ジム、きみの考えは少年のままで、それは傍目《はため》にも明らかなんだ！　あるいは、いまこの瞬間、あいつらがわたしを十歳の少年に変えても、頭の中身はあいかわらず五十歳で、その少年はどんな少年よりも年寄りじみていて、おかしなふるまいをするだろう。それに、時間のずれってものが生じる」

「どういうこと？」とウィルが訊く。

「わたしが若返ったとしても、わたしの友だちはみんな五十代か六十代のままだろう。わたしは彼らから永久に切り離されてしまう。というのも、自分がなにをしたか打ち明けられないからだ。そんなことをしたら、彼らは腹を立てるだろう。わたしを憎むだろう。彼らの関心ごとは、もはやわたしとはちがう。とりわけ、心配ごとがちがう。彼らは病気や死を思いわずらい、わたしは新しい生活に気をもむんだ。だとしたら、見かけは二十歳だが、じつはメトセラよりも年上の男の居場所がこの世にあるだろうか？　そういう変化につきもののショックに耐えられる人間がいるだろうか？　あのカーニヴァルの連中は、それが手術後のショックに等しいと、わざわざ教えたりしないだろう。だが、賭けてもいいが、もっと激しいショックのはずなんだよ！

それで、なにが起きるだろう？　報《むく》いを受けるんだ――気が狂うんだよ。まず体が変わり、個人的な環境が変わる。つぎに罪悪感をおぼえる。人間なら免《まぬか》れない死の運命に自分の妻を、夫を、友人たちをゆだねてしまったという罪悪感だ――いやはや、ふつうの人間ならそれだけで引きつけを起こすだろう。こうしてさらに多くの恐怖、さらに多くの苦悶が、あのカーニヴァルの朝食になる。そして傷ついた良心から緑の蒸気が立ちのぼると、人は元の自分にもどしてくれと訴えるはめになるんだ！　あのカーニヴァルはうなずいて、耳を貸す。わかった、と約束する。もしわれわれのいうとおりにするなら、すぐ四十年なり五十年なりを返してあげる、と。当たり前の年寄りにもどすという約束だけで、あの列車は世界じゅうを旅していて、そのサイド・ショーは奴隷の境遇から解放されるのを待つ狂人の住み処《か》になっているんだ。それまではカーニヴァルに仕え、窯《かま》にくべる骸炭《コークス》を供給するわけだよ」

ウィルがなにかつぶやいた。

「なんだって？」

「フォーリー先生だ」とウィルは悲しげにいった。「ああ、かわいそうなフォーリー先生、いまパパがいったとおりに、先生はあいつらにつかまったんだ。ひとたびほしかったものを手に入れたら、それが怖くなって、気に入らなくなって、泣きじゃくっていたんだよ、パパ、泣きじゃくっていたんだ。賭けてもいいけど、いまごろあの連中は、いうことを聞けば、いつか五十歳にもどしてやると先生に約束しているよ。いま、あいつらは先生をどうしているんだろう、ああ、パパ、ああ、ジム！」

「神よ、彼女を助けたまえ」ウィルの父親は重い手を突きだして、古いカーニヴァルの絵をなぞった。「十中八九、彼女はフリークの仲間入りだろう。それにしても、あのフリークたちは何者なのだろう？　解放される希望をいだいて長いこと旅している罪人《つみびと》で、元の罪を体現しているのだろうか？　たとえば〈百貫でぶ〉は、かつて何者だったのだろう？　もしあの狂気のカーニヴァルの皮肉のセンスや、ものごとをねじ曲げるときに好むやり方が、わたしの思ったとおりなら、かつての彼はありとあらゆる欲望を追求する掠奪者《りゃくだつしゃ》だったのだろう。なんにせよ、いまははち切れそうな皮膚に脂肪を溜《た》めこんで生きているわけだ。〈痩せ男〉でも〈骸骨男〉でも、なんでもいいが、彼は妻や子供を肉体的に飢《う》えさせたばかりか、精神的にも飢えさせたのだろうか？　〈こびと〉は？　きみたちの知っている避雷針売りの男だったのか、そうではないのか。いつも旅に出ていて、ひとところには落ちつかず、絶えず移動していて、敵には出くわさず、なるほど、稲妻に先駆けて避雷針を売り歩いたが、ほかの者たちを嵐に直面させた。だから、偶然なのか故意なのかはわからないが、無料の回転木馬に乗りこむことになったら、少年にはならず、グロテスクでいやらしいちび助にまで縮んだのかもしれない。身から出た錆《さび》ってやつだ。それならジプシーの占い師〈塵の魔女〉はどうだろう？　このわたしのように、つねに明日ばかりを生きて、今日をないがしろにした者かもしれない。それでとうとう罰せられて、他人の運勢の善《よ》し悪《あ》しを判断するはめになったのかもしれない。彼女を間近で見たといったね。〈針頭〉は？　〈羊少年〉は？　〈火食い男〉は？　〈シャム双生児〉は？　いやはや、彼らは何者だったのだろう？　双子というものは、みな相互依存の自己愛で結ばれているのだろうか？　けっしてわからないだろう。彼らはけっして語らないだろう。この三十分で、われわれは百を超えるものごとを推測してきたが、十中八九、その推測はまちがいだろう。さて――計画を立てよう。ここからどこへ行く？」

チャールズ・ハローウェイは町の地図を広げて、先の丸まった鉛筆でカーニヴァルの位置を書きこんだ。

「ずっと隠れていようか？　いや、だめだな。フォーリー先生をはじめとして、囚われている人が大勢いるから、そういうわけにはいかない。さて、そうなると、先手を打たれないように、どうやって奇襲をかける？　どういう武器があれば――」

「銀の銃弾だ！」とウィルがいきなり叫んだ。

「ばかいうな！」とジムが鼻を鳴らした。「あいつらは吸血鬼じゃない！」

「もしぼくらがカトリックだったら、教会から聖水を借りてきて――」

「まぬけ」とジム。「映画の見過ぎだよ。現実はそんなふうにいかないんだ。そうですよね、ミスター・ハローウェイ？」

「そうであってほしいよ」

ウィルの目が爛々《らんらん》と輝いた。

「そうか。じゃあ、やることはひとつしかない。二ガロンの石油とマッチを何本か持って、あの草地まで走っていくんだ――」

「それは法律違反だ！」とジムが大声でいった。

「黙ってろよ！」

「なんだと！」

だが、つぎの瞬間、だれもが口をつぐんだ。

ささやき声。

かすかな風が潮《うしお》となって図書館の廊下に満ちてきて、この部屋にはいりこんできたのだ。

「玄関のドアだ」とジムが声を潜めていった。「だれかがいまあけたんだ」

はるか彼方で、静かなカチリという音がした。一陣の風が少年たちのズボンの裾を一瞬揺らし、中年男の髪をなびかせてから、はたとやんだ。

「だれかがいま閉めたんだ」

静寂。

大きな暗い図書館は、眠れる本が迷宮を形作っているだけだった。

「だれかがなかにはいってきた」

少年たちは腰を浮かせ、口の奥から声を漏らした。

チャールズ・ハローウェイはようすをうかがい、やがてひとこと静かにいった。

「隠れるんだ」

「パパを置いてはいけないよ――」

「いいから、隠れるんだ」

少年たちは走りだし、暗い迷路のなかに姿を消した。

それからチャールズ・ハローウェイはゆっくりと、ぎごちなく息を吸いこみ、吐きだすと、なんとか椅子にすわり直し、黄ばんだ新聞紙に目を据えて、待って、待って、それからまた……もうすこし待った。

41

ひとつの影が影のあいだで動いた。

チャールズ・ハローウェイは、自分の魂が沈みこむのを感じた。

その影と、その影に護衛された男が部屋の出入口に立つまでには、長い時間がかかった。その影は、本体が落ちつきはらっているように見せるため、わざとゆっくり動いているように思えた。そしてとうとう影がドアに達し、室内をのぞいたとき、それはひとりではなく、百人でもなく、千人を連れていた。

「ダークという者だ」と声がいった。

チャールズ・ハローウェイは、拳ふたつ分の空気を吐きだした。

「〈全身を彩った男〉の通り名で知られている」と声。「少年たちはどこだ？」

「少年たち？」ウィルの父親は、とうとう首をめぐらせて、ドアに立っている長身の男を値踏みするように眺めた。

〈全身を彩った男〉は、古い書物から舞いあがった黄色い花粉《かふん》のにおいを嗅いだ。ウィルの父親は、それらの書物が広げられて丸見えになっているのを悟り、あわてて飛びつこうとしたが、自分を抑え、できるだけさりげなく、一冊ずつ閉じはじめた。

〈全身を彩った男〉は気づかないふりをした。

「少年たちは家にいない。二軒とも空っぽだ。なんとも残念だよ、招待券を受けとってもらえないのは」

「ふたりの居場所を知っていれば教えるんだがね」チャールズ・ハローウェイは、書物を本棚に運びはじめた。「いやはや、あなたが招待券を持ってここにいるのを知れば、ふたりは喜びのあまり叫びだすのだろうが」

「そうかな?」ミスター・ダークの微笑は、もはや食欲をそそらなくなった白とピンクのパラフィン製おもちゃのキャンディーのように溶けた。静かな声で彼はいった。「あんたを殺したっていいんだ」

チャールズ・ハローウェイは、ゆっくりと歩きながらうなずいた。

「いまいったことが聞こえたのか?」と〈全身を彩った男〉が怒鳴った。

「聞こえましたよ」チャールズ・ハローウェイは、本の中身を判断するかのように重さを量った。「でも、いまは殺さないでしょう。あなたは目端《めはし》がきく。目端がきくから、長いこと旅まわりの一座をつづけてこられた」

「ほう、新聞をすこし読んだから、われわれについてすべてわかったと思うのか?」

「いや、すべてではない。それでも、震えあがるにはじゅうぶんだ」

「なら、もっと震えあがるんだな」と、黒いスーツの下に閉じこめられた、夜に這う色彩画の群れが、その薄い唇を通していった。「外にいる友人のひとりは、あんたがなんの変哲もない心臓麻痺《まひ》で死んだように見せかけられるんだ」

血がチャールズ・ハローウェイの心臓にぶつかり、こめかみを打ち、手首を二度たたいた。

〈魔女〉だ、と彼は思った。

彼の唇はその言葉を形作ったにちがいない。

「そう、〈魔女〉だ」とミスター・ダークがうなずいた。

チャールズ・ハローウェイは一冊だけ残して書物を棚に片づけた。

「おや、そこになにを持っているんだ？」とミスター・ダークが目をすがめた。「聖書かな？　じつに魅力的で、じつに子供っぽく、呆《あき》れるほど時代遅れだ」

「読んだことはありますか、ミスター・ダーク？」

「読んだかって？　ページというページ、段落という段落、単語という単語を自分に読み聞かせましたよ、旦那！」ミスター・ダークは時間をかけて煙草に火をつけ、**禁煙**の貼り紙に向かって煙を吹きだしてから、ウィルの父親に吹きつけた。「その本でわたしを痛めつけられると本気で思うのか？　そこまで世間知らずなのか？　そいつをよこせ！」

そういうとチャールズ・ハローウェイに動く暇をあたえず、ミスター・ダークは軽やかに飛びだし、聖書を奪いとった。それを両手で抱きかかえる。

「驚かないのか？　ほら、わたしはこいつに触れて、かかえて、読むことだってできるんだ」

ミスター・ダークはページをめくりながら、煙を吹きつけた。

「わたしがあんたの目の前でばらばらになり、たくさんの肉でできた『死海文書』の断片に変わると思うのか？　あいにく、神話は神話でしかない。生命は——ところで、生命という言葉には、いろんな魅力的な意味がこめられるんだが——それはつづいていき、みずからのために変化し、たくましく生き残る。たくましいという点では、わたしもかなりのものだ。あんたのジェイムズ一世と、やつが改訂したお粗末な詩集のたぐい、つまり聖書ってやつは、わたしの時間と汗に見合う程度の値打ちはある」

ミスター・ダークは聖書を屑《くず》かごに放りこみ、二度と目をやらなかった。

「あんたの心臓が早鐘《はやがね》のように打っているのが聞こえる」とミスター・ダーク。「わたしの耳はあのジプシーの耳ほど鋭くはないが、ちゃんと聞こえるんだ。あんたの視線は、わたしの肩ごしに飛んでいく。少年たちがあっちの迷路に隠れているのかな？　よしよし。あいつらを逃がすつもりはないからな。いや、あいつらのたわごとを信じる者はいないだろう。じつをいえば、われわれのショーには恰好の宣伝になる。人々は好奇心を刺激され、おっかなびっくり、われわれを見にきてあたりをうろつき、唇をなめて、われわれの提供する特別な安全保障に投資しようかどうか頭を悩ませるんだ。あんた、あんたもやってきて、うろついたようだが、ただの好奇心じゃなかったんだろう。あんた、歳はいくつだ？」

チャールズ・ハローウェイは唇をきつく結んだ。

「五十か？」ミスター・ダークが猫なで声でいった。「五十一？」と、つぶやき声で、「五十二？　若返る気はないかね？」

「ない！」

「怒鳴らなくてもいい。頼むから、お行儀よくしてくれ」とミスター・ダークが鼻歌まじりにいい、まるで本の数が年齢ででもあるかのように、本の背に手を走らせながら部屋のなかをぶらついた。「まあ、本当のところ、若いってのはいいことだ。四十歳にもどってみないか？　四十歳は五十歳よりも十年分調子がいいし、思いきって三十歳にもどれば、二十年分調子がいいんだ」

「聞く耳持たんぞ！」とチャールズ・ハローウェイは目を閉じた。

ミスター・ダークは小首をかしげ、煙草の煙を吸いこむと、こういった。

「聞きたくないといって、目を閉じるのは妙だな。耳を手でふさいだほうがましだろう――」

ウィルの父親は耳を手でふさいだが、声はすり抜けてきた。

「聞いてくれ」とミスター・ダークはさりげなく煙草をふった。「もし十五秒以内に力を貸してくれたら、あんたに四十歳の誕生日をくれてやろう。十秒以内なら、三十五歳の誕生日を祝えるようにしてやる。希少価値のある若さだ。いまとくらべれば、青年といってもいい。わたしの腕時計で秒読みをはじめるから、もしあんたがチャンスに飛びついて、わたしに手を貸してくれるなら、あんたの人生から三十年を切りとってやろうじゃないか！　いうなれば、出血サーヴィスだよ。考えてみろ！　一からやり直せば、なにもかもがすばらしくて、新しくて、輝かしいものになる。あらゆることをもういちどやって、もういちど考えて、味わえるんだ。さあ、最後のチャンスだぞ！　はじめるぞ。一。二。三。四――」

チャールズ・ハローウェイは背中を丸め、なかばうずくまって、本棚にしっかりともたれかかり、歯をきしらせて秒読みの音が聞こえないようにした。

「ぐずぐずしてると間に合わないよ、爺さん、親愛なるご老体」とミスター・ダーク。「五。間に合わないよ。六。もう間に合わない。七。本当に間に合わない。八。時間を無駄にしてるぞ。九。十。ちくしょう、この愚か者め！　十一。ハローウェイ！　十二。もうすぐ時間切れだ。十三！　終わりだ！　十四！　終わった！　十五！　もうおしまいだ！」

ミスター・ダークが腕時計をはめた腕をおろした。

チャールズ・ハローウェイは、あえぎながら背中を向け、古びた本のにおいのなかに、古くてさわり心地のいい革の感触と、葬式のほこりと押し花の味のなかに顔を埋《うず》めた。

ミスター・ダークは出ていこうとしていたが、ドアのところでふと足を止め、

「そこにいろ」と命令した。「自分の心臓の音でも聞いていろ。止めてくれる者を送ってやる。だが、まずは、あの少年たちだ……」

背の高い肉体に乗っている眠らない生き物の群れが、それに全身を埋めつくされたミスター・ダークとともに、忍び足で暗闇の奥へ進んでいった。そいつらの叫びと嗚咽《おえつ》と、曖昧模《も》糊《こ》としているが興奮のほどは伝わってくる言葉が、彼のしわがれた呼び声のなかに聞こえるのだった。

「坊やたち？　そこにいるのかね？　どこにいるにしろ……返事をしてくれ」

ものやわらかで気安げで、なんとも耳に快《こころよ》いミスター・ダークの声が暗闇を通して呼びかけると同時に、チャールズ・ハローウェイは勢いよく走りだしたが、つぎの瞬間、部屋が

ぐるぐるまわりはじめた。チャールズ・ハローウェイは椅子に倒れこみ、耳を傾けろ、自分の心臓の音に！　と心のなかで叫び、がっくりと膝をつくと、自分の心臓の音に耳を傾けろ！　破裂するぞ！　といった。ああ、神さま、胸から飛びだしそうだ！――これじゃ追いつけないぞ。

〈全身を彩った男〉は、暗い顔で本棚におさまって、様子をうかがっている書物の迷宮のなかを猫のような忍び足で進んでいった。

「坊やたち……？　聞こえるかい……？」

沈黙。

「坊やたち……？」

42

通路を右に二十数回折れ、左に三十数回折れて、廊下を抜けるうちに迷ってしまい、袋小路や、鍵のかかったドアや、半分空っぽの書棚に突き当たる。その不活発な寂しい場所のどこか、ディケンズのロンドンか、ドストエフスキーのモスクワか、あるいはその彼方の大草原の文学的な煤《すす》のなかのどこか、地図帳か『地理学便覧《びんらん》』の仔牛革《こうしがわ》装幀のほこりのなかのどこかで、じっと動かない大量の本に囲まれて、少年たちが冷や汗をかき、絶えず塩にまみれながら、うずくまったり、立ちあがったり、横たわったりしていた。くしゃみをこらえるが、すぐにまた出そうになる。

どこかに隠れているジムは思った――あいつが来るぞ！

どこかに隠れているウィルは思った――あいつが近くにいるぞ！

「坊やたち……？」

ミスター・ダークが多種多様な友人たちを連れてやってきた。その宝石箱におさまっているのは、彼の肉体で真夜中に日光浴をするカリグラフィーの爬虫類《はちゅうるい》たちだ。刺青されたティラノサウルス・レックスが彼とともに闊歩《かっぽ》しており、そのおかげで彼の腰と臀部は機械化され、太古の泉から湧く鉱油《こうゆ》をさしたかのようになめらかに動く。ガラス玉を連ねたように華やかな雷トカゲが大股に歩くにつれ、ミスター・ダークも大股に歩く。その体を鎧《よろ》っているのは、雷に打たれ、怪物めいた肉体の嵐の前で逃げまどう肉食獣と羊を描いた稲妻状の下品な落書きだ。彼の両腕をふりあげて、大理石の丸天井まで飛ばしそうになったのは、翼手竜の爪と大鎌《おおかま》。そしてインクとステンシル印刷で描かれた、圧死の運命にある閃光熱傷《せんこうねっしょう》を負った怪物たちとともに、彼のいつもの取り巻きと見物人たちがやってきた。そいつらは左右の手足にしがみついたり、肩甲骨《けんこうこつ》の上に座を占めたり、胸のジャングルから顔をのぞかせたり、腋の下の丸天井のなかで顕微鏡サイズの群衆となって逆さまにぶらさがり、敵と遭遇したコウモリのように絶叫を浴びせたり、狩りにそなえたり、必要とあらば殺しも辞さないかまえでいたりした。ミスター・ダークは、荒涼とした岸辺に打ちよせる黒い大津波のように、燐光を放つ美しいものと、手ひどく破られた夢とで満たされた暗い喧噪《けんそう》のように、足と胴体からざわめきを発しながら、鋭い顔を前に向けて進んでいた。

「坊やたち……?」

測り知れないほど忍耐強いその柔和《にゅうわ》な声は、寒さに震えて穴を掘って隠れ、乾いた本のあいだに巣ごもりしている生き物たちにとって、温情あふれるものに聞こえた。こうしてミスター・ダークはちょこまかと走り、這いずり、爪先立ちで忍び歩き、浮動し、霊長類と獣神《じゅうしん》たちに捧げるエジプトの記念碑《ひ》のあいだで微動だにせずに立ち、滅びたアフリカの黒い歴史をかすめ、しばらくアジアにとどまり、それからもっと新しい土地へ悠然《ゆうぜん》と歩きつづけた。

「坊やたち、聞こえているのはわかっているんだ! 貼り紙があるな——**お静かに!**か。だったら、ささやき声でいおうじゃないか。きみたちの片方は、いまもわれわれが提供するものをほしがっている。ええ? そうじゃないのか?」

ジムのことだ、とウィルは思った。

ぼくのことだ、とジムは思った。ちがう! ちがうぞ! もうそうじゃない! ぼくじゃないぞ!

「出てこい」ミスター・ダークが歯の隙間から空気を漏らし、猫が喉を鳴らすような音をたてた。「報酬を約束する! 早い者勝ちだぞ!」

ドキン・ドカン!

ぼくの心臓だ! とジムは思った。

ぼくの心臓だろうか？　とウィルは思った。それともジムの心臓だろうか？

「聞こえるぞ」ミスター・ダークの唇が小刻みに震えた。「近づいたようだな。ウィル？　ジム？　利口なのはジムのほうかな？　おいで、坊や……！」

だめだ！　とウィルは心のなかで叫んだ。

ぼくはなにも知らないんだ！　とジムは狂おしい思いに駆られた。

「そう、ジムだ……」ミスター・ダークはくるりと体をまわして新しい方向に進んだ。「ジム、きみの友人のいるところを教えてくれ」猫なで声。「あの子を黙らせたら、乗り物に乗せてあげよう。あの子も頭を使っていたら、乗れたはずなんだがな。どうだい、ジム？」クークーと鳩の鳴き声。「もっと近づいたぞ。きみの心臓の飛び跳ねる音が聞こえるよ！」

止まれ！　とウィルは胸を押さえた。

止まれ！　とジムは息をこらえた。止まってくれ!!

「さてさて……きみがいるのはこの壁のくぼみかな……？」

ミスター・ダークは、ある一群の書架の放つ特異な重力に引かれるまま前進した。

「ここかな、ジム……？　それとも……そのうしろかな……？」

彼はゴム車輪のついた本の台車を無造作に押して、夜の奥へ送りだした。それは長い距離を走ったあと壁にぶつかり、たくさんの黒いカラスの死骸のように中身を床にぶちまけた。

「隠れん坊がうまいな、ふたりとも」とミスター・ダーク。「しかし、鬼のほうが一枚上手《うわて》だ。今夜、回転木馬の蒸気オルガンが聞こえたかね？　きみたちの大切な人が、回転木馬に乗せられたのを知っていたかね？　ウィル？　ウィリー？　ウィリアム。ウィリアム・ハローウェイ。きみのお母さんは今夜どこにいる？」

　沈黙。

「お母さんは出かけて夜風に乗ったんだよ、ウィリー＝ウィリアム。ぐるぐるまわった。われわれが乗せた。ぐるぐるまわした。放っておいた。ぐるぐる、ぐるぐる。聞こえたかね、ウィリー？　ぐるぐるまわしたんだ、一年、また一年、また一年と、ぐるぐる、ぐるぐるまわしたんだ！」

　パパ！　どこにいるの！　とウィルは内心で叫んだ。

　遠くの部屋で、椅子にすわったチャールズ・ハローウェイは、心臓を乱打させながら、ミスター・ダークの声を聞いて思った――あの男にふたりは見つけられない。あの男が見つけないかぎり、わたしは動かないぞ。あの男にふたりは見つけられない。ふたりは耳を貸したりしない！　あいつのいうことを信じるわけがない！　あの男は行ってしまう！

「きみのお母さんは、ウィル」とミスター・ダークがそっと声をかけた。「ぐるぐるまわったんだ、どっち向きかわかるかね、ウィリー？」

　ミスター・ダークは、書架のあいだの暗い空気のなかで、幽霊のようなか細い手をまわした。

「ぐるぐるまわして、きみのお母さんを降ろしてやって、〈鏡の迷路〉で自分の姿を拝《おが》ませてやったら、ひとつだけ音をたてたよ。聞かせてやりたかったねえ。大きすぎる上に、ねばねばしているので、吐きだしようのない毛玉を呑んだ猫みたいだったよ。叫ぼうとしても、鼻の穴や耳や目から毛が出てくるんだ、坊や。そして彼女は老いさらばえていた。最後に見かけたとき、ウィリー坊や、彼女は鏡のなかに見たものから走って逃げるところだったよ。彼女はジムの家のドアをたたくんだろうが、ジムのママも二百歳の化け物を鍵穴ごしに見たら、そいつがよだれを垂らしながら、いっそのこと撃ち殺してくれと泣いて頼むのを見たら、同じように喉を詰まらせてしまうだろうな。ちょうど毛玉を呑んだ猫みたいに、病気だけど病気のはずがないんだ。そしてきみのママは追い払われ、通りで慈悲を乞《こ》うんだが、だれも信じてくれないんだ、ウィル。そんな骨とよだれでできたやかんみたいにピーピーいうものが、バラのように美しい、きみのやさしい親族だとだれが信じるものか！　だからウィル、いますぐ彼女を見つけ、いますぐ救うのがわれわれの務めだ。彼女がだれなのかを知っているのだから——そうだろう、ウィル、そうじゃないか、ウィル、そうだろう、そうだろう、そうじゃないか⁈」

歯擦音《しさつおん》の多い黒い男の声が、沈黙に呑まれていった。

いまやひどくかすかに、図書館のどこかで、だれかのすすり泣く声がしていた。

ああ……。

〈全身を彩った男〉が、黒い肺から楽しげに空気を吹きだした。

なるほどどどどど……。

「ここか……」彼はつぶやいた。「ほう。少年《ボーイズ》たちのBの下に綴じこまれているのかな？

冒険《アドヴェンチャー》のAかな？　隠れるの《ヒドゥン》H。秘密《シークレット》のS。怯える《テリファイド》のTかな？　それともジムのJかナ
イトシェイドのN、ウィリアムのWかハローウェイのHかな？　わが二冊の貴重な人間書物はどこにあるのかな？　ページをめくらせてもらえないかな？」

彼はそびえ立つ書架の一段目を蹴って、右足を載せる場所を作った。

右足をそこにねじこみ、体重をかけると、左足をふりあげる。

「そこだ」

左足が二段目を蹴り、隙間を作った。彼はよじ登った。右足が三段目に穴をうがち、本を押しのけ、そうやって四段目、五段目、六段目と登っていき、暗い図書館の天空を手探りし、棚板《たないた》をつかみ、それから夜をめくって少年たちを見つけるために、もっと高いところをかきまわして探した。少年たちがいるとしたら、本にはさまれた栞《しおり》のように隠れているにちがいない。

バラの花冠《かかん》で飾られた気品のあるタランチュラのような彼の右手が、バイユーの綴れ織り《タピストリー》に関する本を押しのけ、眼下に広がる底なしの深淵に落下させた。綴《つづ》れ織《お》りが床を打ち、斜めになり、美の廃墟と化して、金と銀と空色の糸が床に雪崩《なだれ》落ちるまで、数万年がかかったように思えた。

——本がないのだ。

左手が九段目に達すると同時に、彼はあえぎ、うなり声をあげ、空っぽの空間に遭遇した
「坊やたち、このエヴェレストにいるのかい？」

沈黙。ただし、かすかなすすり泣きはいまや近くなっている。

「ここは寒いのかな？　寒いどころじゃないのかな？　とんでもなく寒いのかな？」

〈全身を彩った男〉の目が、十一段目と並んだ。

カチカチになった死骸のようなジム・ナイトシェイドが、わずか三インチ先でうつぶせになっていた。

地下墓地のさらにひとつ上の棚に、涙で目を震わせたウィリアム・ハローウェイが横たわっていた。

「これはこれは」とミスター・ダーク。

彼は手を伸ばしてウィルの頭をポンとたたいた。

「やあ、こんばんは」と彼はいった。

43

ウィルにとって、ゆらゆらとあがってきた掌は、昇る月のようだった。

その上に彼自身の肖像画が、鮮烈な青インクで描かれていた。

ジムも顔の前にある手を見た。

彼自身の似顔絵が、その掌から見つめ返してきた。

ウィルの絵の描かれている手がウィルをつかんだ。

ジムの絵の描かれている手がジムをつかんだ。

金切り声と悲鳴。

〈全身を彩った男〉がせりあがってきた。

彼は身をよじってジャンプし、床まで落下した。

少年たちは、足をばたばたさせ、わめきながら彼といっしょに落ちた。足から先に着地して、ひっくり返りかけたが、抱きとめられ、抱き起こされた。ミスター・ダークの拳にシャツをつかまれていた。

「ジム！」ミスター・ダークはいった。「ウィル！　あそこでなにをしていたのかな、坊やたち？　まさか、本を読んでいたわけじゃないだろうね」

「パパ！」

「ミスター・ハローウェイ！」

ウィルの父親が暗闇から踏みだした。

〈全身を彩った男〉は、少年たちを焚きつけのように片方の腋にそっと抱えなおしてから、気どった好奇の目でチャールズ・ハローウェイをじっと見つめ、そちらに手を伸ばした。ウィルの父親はパンチを放ったが、その左手はつかまれ、握りつぶされた。悲鳴をあげた少年たちの目の前で、チャールズ・ハローウェイはあえぎ声を漏らして、がっくりと片膝をついた。

ミスター・ダークはその左手をさらに強く握りしめ、同時に反対の腕で少年たちのわき腹をゆっくりと確実に締めあげた。そのため少年たちの口から空気が噴きだした。ウィルの目の内側で、夜が燃えあがる渦となり、大きな指紋のように螺旋を描いた。

ウィルの父親がうめきながら、両膝をついて、右腕をふりまわした。

「地獄に堕《お》ちろ！」

「そうはいっても」とカーニヴァルの所有者が落ちついた声でいった。「わたしはすでに地獄に堕ちている」

「地獄に堕ちろ、地獄に堕ちるがいい！」

「言葉は無力だ、ご老体」とミスター・ダーク。「本に書かれた言葉も、あんたが口にする言葉も。勝利を得るのは本物の思考、本物の行動、迅速な思考、迅速な行動なんだ。ほら！」

彼は拳をさらに強く握った。

チャールズ・ハローウェイの指の骨に亀裂が走る音が、少年たちの耳に届いた。彼は最後の悲鳴をあげて失神した。

厳《おごそ》かなパヴァーヌのような一連の動きで、〈全身を彩った男〉は書架をまわりこんだ。腕にかかえられた少年たちが、本を棚から蹴り落とした。

ウィルは締めつけられたまま、壁と本と床が飛ぶように過ぎるのを感じた。ばかげた思いが脳裡《のうり》に浮かぶ。おいおい、ミスター・ダークのにおいは……蒸気オルガンの蒸気みたいだぞ！

少年たちはふたりともいきなり放りだされた。動いたり、息をととのえたりする暇もなく、それぞれが髪の毛をつかまれ、マリオネットのように起こされて、通りに面した窓に向かって立たされた。

「坊やたち、ディケンズは読むかね?」とミスター・ダークがささやき声でいった。「批評家は、彼が偶然の一致を多用するといって非難する。だが、人生はすべて偶然の一致だと、われわれは知っているのではないかね? 死ねば偶然の一致というものはなくなる。ちょうど殺された牛からノミが出ていくように。ほら、あれをご覧!」

ふたりの少年は、鉄の処女の拷問にかけられるように、飢えたトカゲと毛むくじゃらの類人猿につぶされて身悶えした。

ウィルは、うれしくて泣いているのか、新たな絶望に駆られて泣いているのか、自分でもわからなかった。

通りをへだてた眼下に、教会からの帰り道をたどるウィルの母親とジムの母親がいたのだ。回転木馬には乗らなかったし、老《ふ》けこんだわけでも、頭《こ》蓋《がい》がイカレているわけでも、死んでいるわけでも、監獄にぶちこまれているわけでもない。戸外ですがすがしい十月の空気を満喫しているだけだ。彼女はこの五分間、百ヤードと離れていない教会にずっといたのだ!

ママ! とウィルは叫んだが、それを予期した手に口をきつくふさがれた。

「ママ」とミスター・ダークが嘲《あざけ》るように猫なで声でいった。「助けに来て!」

ちがう、とウィルは思った、助けるのは自分だよ、逃げて!

しかし、彼の母親とジムの母親は、暑い教会から町へ出てきて、気持ちよさげに歩いているだけだった。

ママ！　とウィルはまたしても叫んだ。その小さな押し殺された声の一部が、汗臭い手から逃れ出た。

ウィルの母親は、千マイル離れている歩道の上で立ち止まった。

聞こえたはずがない！　とウィルは思った。それでも——

彼女は図書館のほうに目をやった。

「よしよし」とミスター・ダークが吐息を漏らした。「こいつはいいぞ、じつにいい」

ここだよ！　とウィルは心のなかで叫んだ。ぼくらを見て、ママ！　逃げて警察に電話して！

「この窓を見てくれないものかな」とミスター・ダークが静かな口調でいった。「肖像画のように立っているわれわれ三人が目にはいるだろう。当然ながら目をこらす。そうしたら走ってくるだろう。丁重にお出迎えだ」

ウィルは嗚咽を押し殺した。だめだ、来ちゃいけない。

彼の母親の視線が、正面玄関から一階の窓へと移動した。

「ここだ」とミスター・ダークがいった。「二階だ。千載一遇《せんざいいちぐう》の機会だ。逃す手はない」

いまはジムの母親がしゃべっていた。ふたりは縁石《えんせき》のところに並んで立っていた。

だめだ、とウィルは思った。ああ、だめだよ。

すると女性たちはきびすを返し、日曜の夜の町へと去っていった。

〈全身を彩った男〉がわずかに肩を落としたのをウィルは感じた。

「千載一遇とはいかなかったか。危機は訪れず、負ける者も救われる者もいなかった。残念だ。まあ仕方ない！」

少年たちを引きずりながら、彼はすべるように進んで、玄関のドアをあけた。

だれかが暗がりで待っていた。

トカゲの手がウィルの顎を冷たく這いまわった。

「ハローウェイ」と〈魔女〉のしわがれ声がいった。

カメレオンがジムの鼻にとまった。

「ナイトシェイド」と乾いた箒《ほうき》のような声があたりを払った。

彼女のうしろに〈こびと〉と〈骸骨男〉が立っていた。押し黙り、心配そうに体を揺らしながら。

少年たちとしてはその機を逃さず、たっぷり貯《たくわ》えた空気を悲鳴に変えて放出したいところだった。しかし、またしても、〈全身を彩った男〉がふたりの欲求に気がつき、その音が発せられる前に閉じこめてから、老いた塵の女にさりげなくうなずいた。

縫い目のある黒い蠟で封印したイグアナのまぶたと、煙草のヤニが黒くこびりついたパイプの火皿《ひざら》のような小鼻のすわった大きな鼻をそなえた〈魔女〉が前かがみになり、指で空気を撫でながら、心に浮かんだ象徴の台座を音もなく紡《つむ》ぎだしていった。

少年たちは目をみはった。

彼女の爪がはばたき、飛んでいき、冬の水のように冷たい空気を切った。彼女の酢漬《すづ》けにされたアマガエルの息が、にきびのできた少年たちの肉体を這うあいだ、彼女はやさしく歌ったり、猫が鳴くような声を出したり、鼻歌を歌ったりして、つるつるしているカタツムリの這った跡のある屋根や、まっすぐに飛ぶ矢や、穴をあけられて空で溺れた気球の話を自分の赤ん坊たちに、孫たちに、友人たちに聞かせていた。

「かがり針の精《せい》イトトンボ（英語のdarning-needleには「かがり針」と「イトトンボ」のふたつの意味がある）よ、この子たちがしゃべれなくなるように、その口を縫いあわせておしまい！」

彼女の親指がふたりの下唇と上唇に触れ、縫い、触れ、縫い、針を突き刺し、穴をあけ、ひっぱり、針を突き刺し、穴をあけ、ひっぱって、やがてふたりは目に見えない糸で袋綴《ふくろと》じにされた。

「かがり針の精イトトンボよ、この子たちの耳が聞こえなくなるように、その耳を縫いあわせておしまい！」

冷たい砂が漏斗《ろうと》を通したようにウィルの耳に集まって、彼女の声を埋没させた。彼女はコンパスのような手を盛んに動かしながら詠唱《えいしょう》をつづけ、カサカサ、カチコチ、トントンという音が聞こえていたが、その音は遠い彼方でくぐもって、薄れるように消えていった。

ジムの耳のなかに苔が生え、たちまち彼を深々《ふかぶか》と封印した。

「かがり針の精イトトンボよ、この子たちの目が見えなくなるように、その目を縫っておしまい！」

彼女の白熱した指紋が、恐怖に打たれたふたりの目玉をくるりと裏返し、大きなブリキのドアがたたき閉められたような轟音《ごうおん》とともに、まぶたを引きおろした。

十億の閃光電球が炸裂《さくれつ》し、つぎの瞬間、暗闇に吸いこまれるところがウィルの目に映った。いっぽう、あちら側のどこかにいる目に見えないかがり針の昆虫が、太陽に温められた蜜壺《みつつぼ》に引きよせられるように、うきうきと跳ね躍ると同時に、閉じこめられた声が、ふたりの五感を永遠とその一日先まで縫い閉じた。

「かがり針の精イトトンボよ、目と耳と唇と歯の処置をすませて、へりを仕上げ、闇を縫い、塵を盛りあげ、まどろみを積みあげたら、こんどは体じゅうの節々《ふしぶし》をきちんと結び、深い川底の砂のような沈黙を血のなかに注入しておしまい。そうそう、その調子」

〈魔女〉は、少年たちの外のどこかで、両手を下げた。

少年たちは無言で立っていた。〈全身を彩った男〉が彼らを放して、あとじさった。

塵から生まれた女が一対《いっつい》の勝利に鼻をひくつかせ、自分の作品である彫像に手を走らせて、撫でおさめをした。

〈こびと〉が少年たちの影のなかで興奮してよちよち歩きまわり、ふたりの名前をそっと呼びながら、彼らの爪をうまそうにかじった。

〈全身を彩った男〉は図書館のほうを顎で示した。

「管理人の時計だ。あれを止めろ」

〈魔女〉は口を大きくあけ、破滅の味を堪能しながら、大理石の廊下へとはいっていった。

ミスター・ダークがいった――

「前へ進め！　左、右。一、二」

少年たちは階段を降りた。〈こびと〉がジムの横、〈骸骨男〉がウィルの横についていた。

死のようにひそやかに〈全身を彩った男〉があとを追った。

44

近くのどこかで、チャールズ・ハローウェイの手は白熱した溶鉱炉《ようこうろ》のなかで溶けて、神経と苦痛だけになっていた。彼は目をあけた。同時に、大きな息づかいが聞こえた。玄関扉がさっと閉まって、女の歌声が廊下を伝わってきたのだ――

「爺さん、爺さん、爺さん、爺さん……？」

左手があるべきところには、腫《は》れあがった血のプディングがあり、それが脈打つたびに気が遠くなるほどの激痛に襲われ、生命と意志とありったけの注意力を貪《むさぼ》り食われるのだった。

「爺さん……？」

爺さんじゃないぞ！　五十四歳は爺さんじゃない、と彼は頭のなかで必死に反論した。

そして彼女がすり減った石床《いしゆか》を伝ってきた。指を蛾のようにヒラヒラさせて本を軽くたたき、点字本の書名を探りながら、鼻の穴で影を吸いあげている。

チャールズ・ハローウェイは舌で痛みを押しもどしながら、背中を丸めて床を這い、背中を丸めて床を這って、いちばん近い書架へ向かった。夜に這いずる追跡者には手の届かないところまで登らなければならない。本を武器にして、投げ落とせるところまで登らなければ……。

「爺さん、あんたの息づかいが聞こえるよ……」

彼女は潮に乗ってただよい、彼が苦痛のあまりシュ－ッと息を漏らすたびに、呼ばれるように近づいていった。

「爺さん、怪我をしてるようだね……」

もしこの手を、苦痛を窓の外に放り投げることができれば！　それは心臓のように拍動《はくどう》して、彼女を欺《あざむ》き、おびき寄せ、この地獄の業火を探しにいかせるだろう。彼女が通りで身をかがめ、この脈動するもの、放棄された錯乱のかたまりを拾おうとするところが目に浮かぶ。

だが、手はぴくりとも動かずに赤々と輝き、空気に毒を撒《ま》いて、奇怪な尼僧《にそう》ジプシーの足どりを早めさせただけだった。いっぽう彼女は強欲そうな口をこの上なく熱心にあえがせた。

「ちくしょう！」と彼は叫んだ。「来るなら来い！　わたしはここだ！」

その声に応えて、〈魔女〉がゴム車輪の台車に乗った黒いマネキン人形となってすばやくやってきて、彼にのしかかるように体を揺らした。

彼は〈魔女〉に目をやりさえしなかった。絶望と反発の重圧が彼の注意を惹こうと争っており、目にまぶたの内側を見つめさせることしかできなかった。そこでは恐怖の織機《しょっき》が倍増し、絶えず変化しながら、ジグザグに動いたり、跳ねまわっていたりした。

「とても簡単だ」女は低くかがんでささやいた。「心臓を止めるだけでいい」

勝手にしろ、と彼はぼんやり思った。

「遅くなれ」と彼女がつぶやいた。

そうだ、と彼は思った。

「遅くなれ、とても遅くなれ」

彼の心臓は、いったん動悸《どうき》を速めてから、すぐに奇妙に乱れた状態になり、やがて静かになり、ついには安らかに打つようになった。

「もっともっと遅くなれ、遅くなれ……」と彼女がいった。

疲れた、そう、あれが聞こえるだろう、心臓よ、と彼は思った。

彼の心臓には聞こえたらしい。きつく握りしめられた拳の指が一本ずつゆるむように、鼓動がゆるやかになりはじめたのだ。

「永久に止まれ、永久にすべてを忘れろ」と彼女がささやいた。

まあいい、別にかまわないじゃないか。

「もっと遅くなれ……この上なく遅くなれ」

彼の心臓がつまずいた。

とそのとき、これといった理由もなく――というのも、彼は苦痛をとり除きたかったし、眠るのはそのための方法だったから、目をつぶっているほうがよかったからだ。ひょっとすると、この世の見納めをしようとしたのかもしれない――チャールズ・ハローウェイは目をあけた。

〈魔女〉が見えた。

彼女の指が空気に、彼の顔に、彼の体に、体のなかの心臓に、心臓のなかの魂に、なにかしているのが見えた。沼の瘴気《しょうき》のような彼女の吐息が彼をつつみこみ、いっぽう彼は強い好奇心に駆られて、彼女の唇から毒が滴《したた》るのを見まもり、縫いあわされてしわの寄った目、毒トカゲを思わせる首、ミイラをくるむ亜麻布《あまぬの》のような耳、干あがった小川の砂の色をした眉に刻まれたしわを数えた。ひとりの人間をこれほど念入りに見つめたのは、生まれてはじめてだった。あたかも彼女がパズルであり、ひとたび解いたら、人生最大の秘密が明かされるかのようだ。答えは彼女のなかにあり、いまこの瞬間に、いや、つぎの瞬間、いや、そのまたつぎの瞬間に、すべてが明らかになるだろう。彼女のサソリのような指から目を離すな！　空気をいじりながら詠唱する声を聞け。そう、いじっているのだ、くすぐっているのだ、くすぐっているのだぞ。

「遅くなれ！」と彼女がささやき声でいった。「遅くなれ！」すると彼の従順な心臓が手綱《たづな》を引いた。彼女の指が空気をいじり、くすぐりつづけた。

チャールズ・ハローウェイは鼻を鳴らした。かすかな声でクスクス笑った。

彼はこのことに注意を惹かれた。なぜだ？　なぜわたしは……クスクス笑っているんだ

……こんなときに⁉

〈魔女〉が四分の一インチだけ退《しりぞ》いた。まるで奇妙にも隠れていた電灯のソケットが、濡れた指紋の渦と接触して、ショックをあたえたかのように。

彼女がひるんだのは、チャールズ・ハローウェイの目に映ったが、そうは見えなかった。彼女が退いたのは気配でわかったが、彼女が退くとは思えなかった。なぜなら、彼女がすぐさま態勢を立て直し、ぱっと前へ出て、彼の胸にはさわらずに、骨董品《こっとうひん》の時計の振り子に呪文をかけるように、無言で手を動かしたからだ。

「遅くなれ！」と彼女は叫んだ。

ばかげた話だが、どこからともなく浮かんできた愚かしい笑みがふくらみ、彼の鼻の下に易々《やすやす》と貼りついた。

「この上なく遅くなれ！」

彼女は新たに焦燥《しょうそう》に駆られ、それが怒りに変わったために、彼はますますおもちゃで遊んでいるような気分になった。いままで隠れていた注意力の一部が身を乗りだして、ハロウィーンの仮面のような彼女の顔の毛穴ひとつひとつをつぶさに検分した。どういうわけか、最優先となるものが否応《いやおう》なしに変わった——もうどうでもいい。人生とはつまるところ途方もない大きさの悪戯《いたずら》であって、廊下の端に立ってはじめて、その無意味な長さや、まったく不必要な高さに気づくようになる。人生とはばかばかしいほどの大きさで築かれた山であって、人はその影と、まがいものの壮麗さのもとでは芥子粒《けしつぶ》のように小さくなるのだ——そんなふうに思えた。こうして死を間近にすると、萎《な》えた頭には無数のくだらないこと、出発と到着、少年期、青年期、壮年期、老年期の愚行ばかりが浮かんでくる。彼は自己本位の性向《せいこう》から生まれた、ありとあらゆる欠点と装置と遊び道具を集めて積みあげてきた。そしていま、愚《ぐ》にもつかない書物をおさめた棚のあいだで、人生というおもちゃがぐらついている。そして〈ジプシーの占い師、塵の魔女〉という名前のついたこのしろものも、グロテスクという点では変わらないのだ。なにしろ、くすぐっているのだ！　空気をくすぐっているだけなのだ！　ばかばかしい！　彼女は自分のしていることがわからないのだ！

彼は口をあけた。

疑うことを知らない両親から生まれた子供のように、できたての笑い声がひとりでに飛びだした。

〈魔女〉は卒倒《そっとう》しかけて後退した。

それはチャールズ・ハローウェイには見えなかった。彼は目をぎゅっとつむって、冗談が指を勢いよくすり抜け、歓喜が喉にこみあげてくるようにするので忙しすぎたのだ。それは宙を飛び、榴散弾《りゅうさんだん》を四方八方に撒《ま》き散らした。

「おまえは！」だれにともなく、あらゆる人に向かって、自分自身に向かって、彼女に向かって、彼らに向かって、それに向かって、すべてに向かって彼は叫んだ。「滑稽《こっけい》だ！　きさまは！」

「ちがう」と〈魔女〉が抗弁した。

「くすぐるのをやめろ！」と彼はあえぎ声でいった。「ちがうぞ！　眠れ！　遅くなれ！　とても遅くなれ！」

「ちがう！」彼女は半狂乱で飛びすさった。「はっはっはっ！　やめろ、やめてくれ！」

「いや、くすぐってるだけだ、まちがいない！」彼は吼《ほ》えた。「はっはっはっ！　やめろ、やめてくれ！」

「そうだ、心臓を停止《ストップ》させろ！」と彼女が金切り声でいった。「血を停止させろ」

彼女自身の心臓は、タンバリンのように震えていたにちがいない。彼女の両手が震えていた。彼女は身ぶりの途中で凍りつき、愚かな指の動きに気がついた。

「いやはや、まいった！」彼は美しいうれし涙を流した。「肋《あばら》をくすぐるのをやめてくれ、はっはっ、心臓がどうにかなりそうだ！」

「そおおおおだ、おまえの心臓をどうにかしてやる！」

「なんと！」彼は目をひんむき、空気を貪り、あらゆるものをきれいに、信じられないほどきれいに洗う石鹸水《せっけんすい》をさらに放出した。「おもちゃだ！　おまえの背中から鍵が飛びだしているぞ。だれがそのネジを巻いたんだ⁉」

そしてひときわ大きな哄笑《こうしょう》が女に飛びかかり、その手を焼き、顔を焦がした。あるいは、そのように思えた。というのも、溶鉱炉から吹く突風を浴びたかのように、彼女が身をすくめ、カリカリに焼けた手をエジプトのぼろでくるみ、干からびた乳房《ちぶさ》をつかみ、飛びすさったかと思うと立ち止まり、それからゆっくりと退却をはじめたからだ。一インチずつ、一歩ずつふらふらと、書見台《しょけんだい》や本棚にぶつかったり、押したりしてカタカタいわせ、書物を手がかりにしようと探っているが、その本は引き倒されて、バサバサと落下した。彼女の額《ひたい》が曖昧模糊とした歴史、空虚な理論、砂丘になった時間、有望《プロミス》だったが妥協《コンプロミス》に終わった年月をたたき落とした。大理石の丸天井に谺《こだま》して、鳴り響く彼の笑い声に追いかけられ、さんざんに打ちのめされて、彼女はとうとう身をひるがえし、鉤爪《かぎづめ》で空気を切り裂きながら、ころげ落ちるようにして階下へ逃げていった。

なんとか玄関扉を抜けたのだろう。ややあって、バタンという音がした！

彼女がころげ落ち、ドアをバタンと閉めていったので、あやうく彼の骨格がばらばらになりかけた。心からの笑いがこみあげてきたからだ。

「ああ、神さま、お願いだから止めてください、お願いします！」彼は自分の笑いの神に願い出た。

こうして頼んだおかげで、笑いの発作がおさまった。

哄笑の途中で、とうとうすべてが正常な笑い声になり、楽しげなクスクス笑い、かすかな含み笑いとなり、やがて彼は大いなる満足感とともに息を吸っては吐き、快く疲れた首をふった。大笑いしたために喉と肋《あばら》が心地よくうずき、つぶされた手の痛みを消してしまっていた。彼は書架にもたれてすわりこみ、味方となってくれる本に頭をあずけていた。解放感から来る喜びの涙が頬を伝っている。ふと気がつくと、魔女がいなくなっていた。

なぜだ？　と彼は自問した。わたしはいったいなにをしたんだ？

歓喜の哄笑を最後にいちどだけ放って、彼はゆっくりと立ちあがった。

いったいなにがあったんだ？　とにかく、頭をすっきりさせよう！　まずはドラッグストアだ。アスピリンを六錠呑んで、この手を一時間ばかり痛まなくする。そうしたら考えろ。この五分でおまえはなにかを勝ちとったはずだ。勝利はどんな味がする？　考えろ！　思いだしてみろ！

　そして折り曲げた右肘におさまっている、ばかげた動物の死体のような左手を見て、あらためて笑みを浮かべると、夜の廊下を足早に進み、町へ出ていった……。

第三部　旅立ち

45

小さなパレードは、永遠にまわりつづける、終わりがあるけれど終わりのないキャンディーでできた蛇《へび》のようなミスター・クロセッティの理髪店のポールの前を音もなく通り過ぎ、暗くなりつつあるか、暗くなった店舗の前を通り過ぎ、人けの絶えた街路を通り過ぎた。人がいないのは、いまは教会の聖餐《せいさん》式から帰宅したところか、終業まぎわのサイド・ショー、あるいはトウワタのように夜の宙を舞う空中ブランコ乗りの最後の演技を見るためにカーニヴァルにいるからだ。

ウィルの足が、はるか下方の歩道をたたいた。一、二、左、右とだれかに命じられているように思えた。トンボがささやいているのだろうか。一、二、一、二。

ジムもパレードに加わっているんだろうか？　ウィルの目は、ほんのすこしだけ横へ動いた。いた！　でも、もうひとりの小さい人はだれだろう？　頭のイカレた、なんにでも興味をいだき、なんにでも熱中するお調子者の〈こびと〉だ！　おまけに〈骸骨男《がいこつ》〉。それにうしろでぼくの首に息を吹きかけている数百の、いや数千の行進している人々はだれだろう？〈全身を彩《いろど》った男〉だ。

ウィルはうなずき、哀れっぽい声で叫んだ。しかし、その音はとても高くて静かだったので、聞こえるとしたら犬の耳にだけ、つまり、助けてはくれない犬、口のきけない犬の耳にだけだと思われた。

はすかいに目をやると、案の定《じょう》、一匹でも二匹でもなく、三匹の犬が見えた。好機を嗅《か》ぎつけ、自分たちも隊列を作り、尻尾《しっぽ》を小隊旗《き》のように掲げて、あとになり先になりして走っている。

吠えろ！　とウィルは思った。映画の場面みたいに！　吠えて、警官を連れてこい！

だが、犬たちは笑みを浮かべて、とことこと走るばかりだった。

お願いします、偶然の一致を起こしてください。ほんのちょっとしたことでいいんです！　ミスター・テトリー！　そうだ！　ウィルはミスター・テトリーを目にしたが見なかった！　店じまいしようと、インディアンの木像を店内にしまっているところだ！

「ふたりとも首をまわせ」と〈全身を彩った男〉がつぶやいた。

ジムは首をまわした。ウィルも首をまわした。

ミスター・テトリーがにっこりした。

「笑顔」とミスター・ダークがつぶやく。

少年ふたりは笑顔を見せた。

「こんばんは！」とミスター・テトリー。

「こんばんはといえ」と、だれかがささやいた。

「こんばんは」とジム。

「こんばんは」とウィル。

犬たちが吠えた。

「カーニヴァルの招待券」とミスター・ダークがつぶやく。

「招待券があるんです」とウィル。

「カーニヴァルの！」とジムが陽気にいう。

つぎの瞬間、高性能の機械のように、ふたりは笑みをひっこめた。

「楽しんでおいで！」とミスター・テトリーが声をかけた。

犬たちがうれしそうに吠えた。

パレードは行進をつづけた。

「楽しむに決まってる」とミスター・ダーク。「乗り物が無料だ。いまから三十分後、観客が家に帰ったら、ジムを回転木馬に乗せてやる。まだ乗りたいんだろう、ジム？」

自分のなかに閉じこめられているので、聞こえるのに聞こえないウィルは思った――ジム、耳を貸すんじゃない！

ジムの目がすっと横へ動いた。濡れているのか、それとも脂《あぶら》っぽいのか、よくわからなかった。

「きみはわれわれと旅をするんだ、ジム。もしミスター・クーガーが生きのびられなかったら（彼の命は風前《ふうぜん》の灯火《ともしび》なんだよ。彼はまだ助かったわけじゃない。これからもういちど試す）、もし彼が命を落とすようなことがあったら、ジム、パートナーにならないか？　きみを健康で力あふれる年齢に成長させてやろうじゃないか。二十二かな？　二十五かな？　ダーク＆ナイトシェイド、ナイトシェイド＆ダーク、世界じゅうを駆けめぐるサイド・ショーにはぴったりの名前じゃないか！　どう思う、ジム？」

ジムは無言だった。〈魔女〉の夢のなかで口を縫《ぬ》いあわされているのだ。

耳を貸すんじゃない！　と彼の親友は心のなかで叫んだ。彼にはなにも聞こえないが、すべてが聞こえるのだ。

「それならウィルはどうしよう？」とミスター・ダークがいった。「逆まわりさせようじゃないか。腕に抱ける赤ん坊にすれば、〈こびと〉が道化《どうけ》の人形みたいに運べるようになるから、この先五十年、毎日パレードに参加して練《ね》り歩くようにしよう。ウィル、永久に赤ん坊でいたくないかね？　口がきけず、大事なことを知っていても、聞いてもらえない赤ん坊だよ。うん、ウィルにはそれがいちばんよさそうだ。〈こびと〉のおもちゃ、泣き虫の小さな友人だ！」

ウィルは悲鳴をあげたにちがいない。

だが、大きな声は出なかった。

というのも、犬が怯《おび》えて吠えただけだったからだ。まるで石をぶつけられたかのように、キャンキャン鳴きながら逃げていく。

男がひとり、角《かど》をまわってきた。

警官だ。

「あれはだれだ？」とミスター・ダークが小声でいう。

「ミスター・コルブ」とジム。

「ミスター・コルブ！」とウィル。

「かがり針《ばり》の精《せい》イトトンボよ」とミスター・ダークがささやいた。「トンボよ」

苦痛がウィルの耳を刺した。苔《こけ》が目に詰まった。ゴムが歯にくっついた。顔を何度もたたかれ、織機《しょっき》にかけられ、糸で縫われるのを感じた。全身がまた痺《しび》れた。

「ミスター・コルブに挨拶しろ」

「こんばんは」とジム。

「……ミスター・コルブ……」と夢を見ているウィルがいった。

「こんばんは、坊やたち。そこの紳士も」

「ここを曲がれ」とミスター・ダーク。

ふたりは曲がった。

暖かそうな明かり、住みよい町、安全な通りから離れて、遠い草地に向かって、鼓笛隊《こてきたい》のいない行進がつづいた。

46

パレードの隊列はばらけていて、いまや一マイルを超える長さに伸びており、つぎのような順序で動いていた――

カーニヴァルの中道《なかみち》にさしかかったところで、ジムとウィルは死んだ足で草を踏みつけながら、かがり針の精イトトンボのすばらしい使い道を絶えず吹きこんでくる友人たちと歩調をそろえている。

そのうしろ、半マイルあまり離れたところで、不可解な傷を負ったジプシー（その象徴は渦を巻く塵《ちり》だ）が、彼らに追いつこうとして歩いている。

さらにその後方に図書館員の父親がいて、いま年齢を思いだして足どりをゆるめたかと思えば、つぎの瞬間には短かった最初の出会いと勝利に気をよくして若々しい早足で歩いており、左手を胸に当てて、薬を嚙《か》みながら進んでいる。

中道のへりまで来たとき、ミスター・ダークがふり返った。まるで内なる声が、大きく広がった隊列の落伍者《らくごしゃ》の名前をあげたかのように。しかし、その声は聞きとれず、彼にはよくわからなかった。彼はそっけなくうなずき、〈こびと〉と〈骸骨男〉とジムとウィルが人垣を突きぬけた。

ジムは快活な人々の川が四方から打ちよせてくるのを感じたが、それに触れることはなかった。ジムはあちこちであがる笑いの滝の音を聞き、笑いの土砂《どしゃ》降りのなかを歩いた。ホタルの群れがはじけて、空で花開いた。巨大な花火のように華々《はなばな》しい観覧車が、頭上に広がった。

やがて彼らは〈鏡の迷路〉まで来た。氷の池が広がり、そこではクモに刺されて傷ついた彼らそっくりの少年たちが、横に歩いたり、ぶつかり合ったり、体を傾けて歩いたりしながら、千回も現れては消えた。

あれはぼくだ！　とジムは思った。

しかし、どれほど多くのぼくがいようと、ぼくは自分を助けられないんだ！　とウィルは思った。

そして少年たちの群れに加えて、鏡に映ったミスター・ダークの刺青《いれずみ》の群れ――というのも、彼はいま上着とシャツを脱いでいたからだ――が、押し合いへし合いしながら迷路の終点にある〈蠟《ろう》人形館〉まで行った。

「すわれ」とミスター・ダークがいった。「そこにいろ」

射殺されたり、ギロチンにかけられたり、絞首刑にされたりした男女の蠟人形のあいだで、ふたりの少年はまばたきもせず、ぴくりとも動かず、唾《つば》も飲みこまずに、エジプトの猫のようにすわっていた。

遅くきた数人の見物客が、笑いながら通り過ぎた。彼らは蠟人形一体一体についてコメントを加えた。

だが、ある〝蠟〟少年の口の隅から、よだれが細い糸となって垂れているのには気づかなかった。

もうひとりの〝蠟〟少年の目がきらりと光り、そこから澄んだ水がいきなりあふれだし、頰《ほほ》を伝ったのにも気づかなかった。

外では、テントのあいだに張られたロープと杭《ペグ》の作りだす路地裏に〈魔女〉がよろよろとはいってきた。

「紳士ならびに淑女のみなさん！」

その夜の最後の観衆、三百人か四百人あまりが、いっせいにふり返った。

〈全身を彩った男〉は腰まで肌脱ぎになっており、悪夢に出てきそうな毒蛇、剣歯虎《けんしこ》、好色な類人猿、血をこびりつかせた禿鷹《はげたか》が、サーモンピンクと硫黄《いおう》色の空を埋めつくしていた。

その男が声をはりあげる――

「今宵《こよい》最後の無料イヴェントです！　お集まりください！　みなさまおそろいで！」

観衆がフリーク・テントの外にあるメイン・ステージに殺到した。そこには〈こびと〉と〈骸骨男〉とミスター・ダークが立っていた。

「ここにご披露《ひろう》しますのは、驚くほど危険で、しばしば命とりになる――世界的に有名な**銃弾の奇術**です！」

観衆が喜びのあまり息を呑んだ。

「ライフルをお願いします！」

〈骸骨男〉が、ピカピカ光る銃を飾った棚を大きく開いた。

急いでやってきた〈魔女〉がぴたりと動きを止めると同時に、ミスター・ダークがこう叫んだ――

「そしてここにおわしますのが、死に叛旗《はんき》をひるがえすわれらが挑戦者、命を賭《と》して銃弾を捕らえる者――マドモワゼル・タローです！」

〈魔女〉がいやいやするように首をふったが、ダークの手がさっと下がって、彼女を子供のように演壇までさらいあげた。〈魔女〉はまだいやがっていたので、ダークはためらったが、衆人環視《かんし》のもとでは口上《こうじょう》をつづけるほかなかった――

「どなたか、ライフルを撃ってくださる方はいらっしゃいませんか！」

観衆はひそひそ声を漏らしたが、名乗り出る者はいなかった。

ミスター・ダークは口をほとんど動かさずに、声を潜《ひそ》めて尋ねた。

「時計は止めたな？」

「いいえ」彼女は哀れっぽい声でいった。「止めませんでした」

「止めなかっただと？」彼はあやうく怒鳴るところだった。

彼は目で彼女を燃やしてから、観衆に向きなおり、口上を締めくくると同時に、指でライフルをトントンとたたいた。

「どなたか、お願いできませんか！」

「ショーを中止して」と〈魔女〉が小声で叫んで、両手をもみ絞った。

「中止するわけにはいかん、このばか者、くそたわけの大ばか者」と彼はささやき声でいい、強い調子で口笛を吹いた。

ダークは手首の肉をこっそりとつまみ、そこに彫られた黒衣《こくい》をまとった盲目の尼僧の刺青に爪を食いこませた。

〈魔女〉が痙攣《けいれん》し、胸をつかむと、うめき声をあげ、歯をきしらせた。

「お慈悲を！」彼女は息も絶え絶えに声を漏らした。

観衆が静まりかえった。

ミスター・ダークはすばやくうなずいた。

「名乗り出る方がいらっしゃいませんので――」彼は刺青をした手首をこすった。〈魔女〉がぶるっと身を震わせた。「最後の演目はまたの機会に――」

「いるぞ！　志願者だ！」

観衆がふり返った。

ミスター・ダークはあとずさりしてから尋ねた――

「どこに？」

「ここだ」

はるか彼方《かなた》の観衆の端で一本の手があがり、道が開けた。

そこにひとりで立っている男が、ミスター・ダークにははっきりと見てとれた。

チャールズ・ハローウェイ、市民にして父親にして内省的な夫にして夜の放浪者、そして町の図書館の管理人だった。

47

観衆の拍手喝采《かっさい》が引いていった。

チャールズ・ハローウェイは動かなかった。

彼の前で道が演壇まで延びていった。

その上に立っているフリークたちの顔の表情までは見えなかった。彼の目は観衆を素通りして、〈鏡の迷路〉を見つけた。空《から》っぽの忘却が、十億光年の十倍先まで連なる鏡像と、そのまた鏡像を用意して招いていた。逆転し、さらに逆転した映像が虚無の奥深くまで突き進んでいき、顔から虚無へと落下し、もっと気色《きしょく》の悪い虚無の奥底へ腹から落ちていく。

それでも、ガラス一枚一枚の裏の銀箔《ぎんぱく》に、ふたりの少年の痕跡《こんせき》がないだろうか？　ふたりが通り過ぎるのを、向こう側で待っているのを、冷たい蠟人形のあいだで温かい蠟人形でいるのを、恐怖のあまり金縛《かなしば》りにあっているのを、パニックにおちいって逃げだすのを——仮に目でなくとも——震える睫毛《まつげ》の先で感知したのではないだろうか？

いいや、そんなことは考えるな、とチャールズ・ハローウェイは思った。集中しろ！

「いま行く！」と彼は叫んだ。

「しっかりやれよ、おやじさん！」と、ある男がいった。

「ああ」とチャールズ・ハローウェイ。「そうするよ」

そして人ごみのなかを歩いていった。

〈魔女〉がゆっくりと体をまわし、磁石に引きつけられるように、近づいてくる志願者、夜の放浪者のほうを向いた。黒眼鏡《めがね》の裏で、黒い蠟の糸で縫われたまぶたがピクッと動く。全身を刺青に埋めつくされ、無数の亡者《もうじゃ》に寄生されているミスター・ダークが、舌なめずりしながら、演壇から身を乗りだした。その目のなかでさまざまな想念が駆けめぐり、聖カタリナの輪（周囲にスパイク型の突起のある車輪）が火花を散らした。なんだ、なんだ、いったいどういうことだ！

そして年老いた図書館の管理人は、クラッカージャック（商標。糖蜜で固めたポップコーン）の箱におまけでついているセルロイド人形のように白い歯をむき出し、微笑を顔に貼りつけて大股に歩きつづけ、観衆は、モーゼの前で海が開け、うしろで閉じたように、開いて閉じた。そして彼は、これからどうしよう？　なぜ自分はここにいるのだろう？　と疑問に囚《とら》われたが、にもかかわらず着実に進みつづけた。

チャールズ・ハローウェイの足が、演壇の第一段にかかった。

〈魔女〉がひそかに身震いした。

ミスター・ダークはこのひそかな動きを感じとって、鋭い視線を走らせた。彼はすばやく手を伸ばし、この五十四歳の男の傷ついていない右手をつかもうとした。

しかし、五十四歳の男はかぶりをふり、手を握らせたり、触れさせたりせず、助けを借りようともしなかった。

「せっかくだが、けっこうだ」

演壇にあがると、チャールズ・ハローウェイは観衆に手をふった。

人々は爆竹《ばくちく》を鳴らすように喝采した。

「しかし――」ミスター・ダークは驚いていた――「その左手では、片手しか使えないのであれば、ライフルを握って撃つわけにはいきませんよ！」

チャールズ・ハローウェイは青ざめた。

「やるよ」と彼はいった。「片手で」

「がんばって！」と眼下《がんか》で少年が叫んだ。

「やってやれ、チャーリー！」と向こう側の男が声をはりあげる。

観衆の笑い声が大きくなり、喝采がさらに高まるにつれ、ミスター・ダークの顔が紅潮《こうちょう》してきた。彼は両手をあげて、人々から降ってくる雨のような清々《すがすが》しい音の波を受け流そうとした。

「はいはい、わかりました！　この方にできるかどうか、お手並み拝見といきましょう！」

〈全身を彩った男〉は銃架《じゅうか》からライフルを乱暴にむしりとり、空中に放った。

観衆が息を呑んだ。

チャールズ・ハローウェイはひょいと頭を下げた。右手を伸ばす。ライフルは彼の掌《てのひら》をピシャリと打った。彼はそれをつかんだ。ライフルは落ちなかった。彼はそれを持ちなおした。

観衆が野次《やじ》を飛ばし、ミスター・ダークの無礼な態度を非難したので、彼は一瞬顔をそむけ、無言で自分をののしった。

ウィルの父親は満面の笑みでライフルをかまえた。

観衆がどっと湧いた。

そして喝采の波が寄せてきて、岸にぶつかり、引いていくあいだ、彼はもういちど迷路に目をやった。そこではウィルとジムのおぼろな影が、啓示と幻影の巨大な剃刀《かみそり》の刃《は》のあいだで列をなしているのが、目には見えなくとも感じとれた。それからミスター・ダークのメデューサを思わせる眼差《まなざ》しに視線をもどし、すばやく考えをめぐらせると、小刻みな動きでさらに後退をつづける、目を縫いあわせているため視力のない真夜中の尼僧へと視線を移した。彼女はいまできるかぎり後退して、演壇の向こう端におり、赤と黒の渦巻を描いたライフルの標的にくっつきそうだった。

「男の子だ！」とチャールズ・ハローウェイが叫んだ。

ミスター・ダークは身をこわばらせた。

「わたしの代わりにライフルを支えてくれる男の子がいる！」とチャールズ・ハローウェイが叫んだ。

「だれか！　だれでもいい！」と叫ぶ。

観衆のなかの数人の少年が、爪先立ちになって体をまわした。

「男の子だ！」とチャールズ・ハローウェイが叫んだ。「ちょっと待ってくれ。わたしの息子があそこにいる。手伝ってくれるな、ウィル？」

〈魔女〉が片手をさっとあげて、五十四歳の男から熱気のように発散している、この大胆不敵な行為の形を感じとろうとした。ミスター・ダークは、まるで機関銃の射撃を浴びたかのように、きりきり舞いした。

「ウィル！」彼の父親が声をかけた。

ウィルは〈蠟人形館〉のなかで身じろぎせずにすわっていた。

「ウィル！」彼の父親が声をはりあげた。「おいで！」

観衆は左を見て、右を見て、うしろを見た。

返事はない。

ウィルは〈蠟人形館〉のなかですわっていた。

ミスター・ダークは多少の敬意、ある程度の賞賛、多少の懸念をいだいて一部始終を見ていた。ウィルの父親とまったく同じように、彼も待っているように思われた。

「ウィル、おまえの親父《オールド・マン》を手伝いにきてくれ！」とミスター・ハローウェイが陽気に叫んだ。

ウィルは〈蠟人形館〉のなかですわっていた。

ミスター・ダークが口もとをほころばせた。

「ウィル！　ウィリー！　来てくれ！」

返事はない。

ミスター・ダークの笑みが大きくなった。

「ウィリー！　親父さんの声が聞こえないのか？」

ミスター・ダークの笑みが消えた。

というのも、この最後の声は、観衆のなかのある紳士が発したものだったからだ。

観衆が笑い声をあげた。

「ウィル！」と女の人が声をはりあげる。

「ウィリー！」と別の女性。

「ヤッホー」と顎鬚《あごひげ》を生やした紳士。

「出ておいでよ、ウィリアム！」と男の子。

観衆がさらに笑い声をあげ、肘《ひじ》でこづき合った。

チャールズ・ハローウェイは声をはりあげた。彼らも声をはりあげた。チャールズ・ハローウェイは丘陵《きゅうりょう》に向かって叫んだ。彼らも丘陵に向かって叫んだ。

「ウィル！　ウィリー！　ウィリアム！」

鏡の迷路のなかで、ひとつの影が織機の梭《ひ》のように行ったり来たりした。

〈魔女〉の顔から汗が噴きだし、シャンデリアのように輝いた。

「出てきたぞ！」

観衆がはやしたてるのをやめた。

チャールズ・ハローウェイも喉まで出かかった息子の名前を呑みこんで、黙った。

というのも、〈迷路〉の入口にウィルが立っていたからだ。蠟人形さながらで、じっさいそれと大差なかった。

「ウィル」と彼の父親がそっと呼びかけた。

この音が合図になって〈魔女〉の汗が止まった。

ウィルは目が見えないまま観衆を突っ切った。

そして杖《つえ》代わりのライフルを手渡しながら、父親が少年を壇上にひっぱりあげた。

「わたしの立派な左手が来ました！」と父親が宣言した。

ウィルには見えもしなければ聞こえもしなかったが、観衆は野卑《やひ》な喝采をいっせいにあげた。

ミスター・ダークは身動きひとつしなかったが、このあいだずっと、彼が頭のなかで大型花火に点火し、盛んに打ちあげているのがチャールズ・ハローウェイには見えていた。しかし、その花火はひとつずつ萎《しぼ》んで消えた。ミスター・ダークには、この先どうなるのかさっぱりわからなかった。それをいうなら、チャールズ・ハローウェイにもわからなかったし、見当もつかなかった。あたかも長い年月をかけて、夜ごと図書館で自分のためにこの劇を書いてきて、記憶したあとに破り捨てたのに、いまは台詞《せりふ》を思いだすきっかけを忘れてしまったかのようだった。彼は刻々と発見される秘密の自分を頼りにしていて、耳で、いや、心と魂《たましい》で役を演じようとしていた！　すると……いま?!

彼の歯の輝きが、〈魔女〉の目をさらにくらませたように思えたのだ！　そんなこと、あるはずがない！　だが、彼女は眼鏡に、縫われたまぶたに手をやったのだ！

「みんな、もっと寄ってくれ！」とウィルの父親が声をはりあげる。

観衆が集まってきた。演壇は島となった。人々が海だった。

「的《まと》の女から目を離さないでくれ！」

〈魔女〉がぼろ着のなかで溶けた。

〈全身を彩った男〉は左を見たが、〈骸骨男〉はますます瘦《や》せて見えるばかりで、心強い味方とはいえなかった。右側の〈こびと〉を見ても、押しつぶされた狂気のなかに安住していて、やはり心強い味方とはいえなかった。

「銃弾を頼むよ！」とウィルの父親が愛想よくいった。

引きつる馬肉《ばにく》のような体に彫られた千の刺青には聞こえなかった。ましてや、ミスター・ダークに聞こえたはずがない。

「お手数だが」とチャールズ・ハローウェイ。「銃弾を。そうすれば、あの老いぼれジプシーのいぼからノミを撃ち落とせるかもしれない！」

ウィルは身動きせずに立っていた。

ミスター・ダークはためらった。

波立つ人の海では、あちこちで微笑がひらめいた。百、二百、三百の白い歯。あたかも膨大な量の水が、月の引力に刺激されたかのようだ。潮《しお》が引いていくのだ。

〈全身を彩った男〉は、ゆっくりした動作で銃弾をさしだした。長い地層の褶《しゅう》曲《きょく》のような腕が、少年の前に銃弾を持っていき、気づかれるかどうか知ろうとした。少年は気づかなかった。

彼の父親が弾《たま》を受けとった。

「あなたの頭文字を彫りつけてください」とミスター・ダークが暗記した口上をいった。

「いや、もっといいことがある！」チャールズ・ハローウェイは息子の手を持ちあげ、銃弾を握らせた。おかげで、傷ついていないほうの手でペンナイフを持ち、鉛玉《なまりだま》に奇妙な象徴を刻むことができた。

いったいどうなってるんだ？　とウィルは思った。なにが起きているかはわかっている。なにが起きているかがわからない。どうなってるんだ？

ミスター・ダークは銃弾に刻まれた三日月を見て、その月におかしなところは見当たらなかったので、ライフルに装塡《そうてん》し、そのライフルをウィルの父親に突き返した。ウィルの父親はまたしても器用に受けとった。

「準備はいいか、ウィル？」

少年のモモ色の顔が、夢うつつの状態で、ほんのかすかにうなずいた。

チャールズ・ハローウェイは迷路に最後の一瞥《いちべつ》をくれ、ジム、まだそこにいるのか、と内心で呼びかけた。準備しろ！

　ミスター・ダークはきびすを返して軽い足どりで歩き、友人である塵の老婆を落ちつかせようと呪文を唱えたが、ライフルの薬室《やくしつ》がふたたび開かれるパチリという音がしたので、思わず立ち止まった。ウィルの父親が銃弾を飛びださせ、弾丸《たま》がはいっていることを観衆に示したのだ。それは本物としか思えなかったが、じつは代用の銃弾で、とても硬い鋼鉄色の蠟でできている、とチャールズ・ハローウェイは遠いむかしに読んだ憶《おぼ》えがあった。ライフルから発射されると、円筒部が溶けて煙と蒸気になるのだ。まさにその瞬間、銃弾をうまくすり替えておいた〈全身を彩った男〉が、本物のしるしのついたものを〈魔女〉の引きつった指にすべりこませていた。彼女はそれを口のなかに隠す。そして発砲と同時に、想像上の衝撃でのけぞったふりをして、それから黄色いネズミの歯にくわえた銃弾を見せるだろう。ファンファーレだ！　拍手喝采だ！

〈全身を彩った男〉がちらっと顔をあげると、開いたライフルと蠟の銃弾を持ったチャールズ・ハローウェイが目に飛びこんできた。しかし、ミスター・ハローウェイは奇術の種《たね》を明かしたりせず、ただこういった。

「われわれのしるしをもっとはっきり刻もうじゃないか、ウィル」

　そして少年の無感覚の手に銃弾を握らせ、この真新しい蠟の無印の銃弾に、前と同じ神秘的な三日月をペンナイフで彫りつけてから、ライフルに装塡し直した。

「準備はいいかな⁉」

ミスター・ダークは〈魔女〉に目をやった。

彼女はためらったが、いちどだけ、かすかにうなずいた。

「準備よし！」とチャールズ・ハローウェイが宣言した。

すると四方に横たわるテント、固唾《かたず》を飲む観衆、不安げなフリークたち、ヒステリーを起こして凍《こお》りついた〈魔女〉、見つけてもらうために隠れているジム、あいかわらず電気椅子にすわって青い炎で輝いている古代のミイラ、ショーが終わって観衆が去るのを待っているメリーゴーラウンド、少年たちと図書館の管理人を罠《わな》にかけ、可能であれば、ひとりひとり回転木馬に乗せるつもりでいるカーニヴァルが、鳴りを潜めた。

「ウィル」とチャールズ・ハローウェイが、いまや急に重くなったライフルを持ちあげながら、会話するようにいった。「おまえの肩がわたしの支えだ。ライフルのまんなかを片手でそっとつかむんだ。つかみなさい、ウィル」少年が片手をあげた。「そう、それでいい。わたしが『こらえろ』といったら、息をこらえるんだ。わかったね？」

少年の頭が了解のしるしにかすかに震えた。彼は眠っていた。夢を見ていた。その夢は悪夢だった。その悪夢がこれだった。

そして悪夢のつぎの場面は、父親の叫びだった——

「淑女のみなさん！　紳士のみなさん！」

〈全身を彩った男〉が拳《こぶし》を握った。ウィルの絵はそのなかに迷いこみ、花のように押しつぶされた。

ウィルは体をねじった。

ライフルが落ちた。

チャールズ・ハローウェイは気づかないふりをした。

「これよりわたしとウィル——と申しますのは、わたしには使えない左腕の役目を果たす息子ですが、そのふたりが唯一無二の危険きわまりない、ときとして命とりになる〈銃弾の奇術〉をお目にかけます！」

拍手喝采。笑い声。

五十四歳の管理人は、年齢を否定するようなすばやい動きで、少年の痙攣している肩にライフルをもどした。

「聞こえるかい、ウィル？　耳をすまして！　あれは、われわれを応援する声だ！」

少年は耳をすましました。少年は落ちついた。

ミスター・ダークは拳をさらに強く握り締めた。

ウィルの麻痺《まひ》がほんのすこしだけ悪化した。

「あの的《まと》を撃ちぬいてやろうじゃないか、ウィル！」と彼の父親。

さらに笑い声。

すると少年はライフルを肩に載せた恰好で、すっかり落ちつきをとりもどした。ミスター・ダークが手の肉のなかに埋もれているモモの産毛《うぶげ》を生やした顔をきつく締めあげたが、少年はいまも流れる笑い声を浴びて落ちつき払い、その父親はこのように息子をけしかけた

「さあ、あのご婦人におまえの歯を見せてやれ、ウィル！」

ウィルは的の前に立っている女に歯を見せた。

〈魔女〉の顔からさっと血の気《け》が引いた。

いまチャールズ・ハローウェイも同じように歯をむきだした。

すると〈魔女〉のなかに冬が住みついた。

「おいおい」と観衆のなかのだれかがいった。「あの女、たいしたもんだ。あの怖がってる演技！　見ろよ！」

見ているとも、とウィルの父親は思った。彼の左手は無用の長物《ちょうぶつ》となってわきに垂れ、右手はライフルの引き金にかかっており、顔は照門《しょうもん》に向けられていた。いっぽう息子は標的とそこに重ねられた〈魔女〉の顔を狙って、ライフルをしっかりと支えていた。そしていよいよ最後の瞬間が来たら、薬室《やくしつ》にはいっているのは蠟の銃弾だ。蠟の銃弾になにができる？　銃口から飛びだす前に溶ける銃弾が、いったいなんの役に立つ？　なぜ自分たちはここにいるのか、自分たちになにができるのか？　ばかばかしいにもほどがある！

だめだ！　とウィルの父親は心のなかで叫んだ。そんなことを考えるのをやめるんだ！

そして疑うのをやめた。

彼は自分の口が音のない言葉を形作るのを感じた。

しかし、〈魔女〉にはその言葉が聞こえた。

おさまりかけた観衆の笑い声にかぶせて、好意を示す音が完全に消える前に、彼は唇《くちびる》で音もなく言葉を作った――

わたしが銃弾にしるした三日月は、三日月ではない。

わたし自身のほほえみだ。

わたしは銃弾に自分のほほえみを刻んでライフルにこめたのだ。

彼はいちどそういった。

彼女が理解するのを待った。

無言でもういちどいった。

そして〈全身を彩った男〉がその口の動きをすばやく読みとる寸前に、チャールズ・ハローウェイは声を潜めて「こらえろ！」と叫んだ。ウィルが息をこらえた。はるか後方、蠟人形のあいだに隠れているジムが、顎からよだれを垂らした。電気椅子に縛《しば》りつけられている半死半生のミイラが、歯のなかで電力をうならせた。ミスター・ダークの刺青が脂汗を流してくねるなか、彼は最後にもういちど拳を握り締めた――だが、手遅れだった！　ウィルは落ちつき払って息をこらえ、武器を支えた。彼の父親が落ちつき払っていった。

「よし、いまだ」

そしてライフルが火を噴いた。

48

一発の銃声！

〈魔女〉が息を吸いこんだ。

〈蠟人形館〉のなかのジムも息を吸いこんだ。

ウィルが眠りながらそうしたように。

彼の父親がそうしたように。

ミスター・ダークがそうしたように。

すべてのフリークがそうしたように。

観衆がそうしたように。

〈魔女〉が絶叫した。

蠟人形のあいだで、ジムが肺からありったけの空気を吹きだした。

ウィルは演壇の上で目をさまし、金切《かなき》り声をあげた。

〈全身を彩った男〉が怒り狂って咆哮《ほうこう》し、口から空気を漏らすと、両手を鞭《むち》のようにふりあげて、すべての出来事を止めようとした。しかし、〈魔女〉は倒れた。演壇からころげ落ちた。土ぼこりのなかに落下した。

チャールズ・ハローウェイは、無事なほうの手で煙を吐くライフルを握ったまま、ゆっくりと息を吐きだした。すべての空気が体から出ていくのを感じる。彼は、さっきまで魔女が重なっていた標的をライフルの照門ごしに依然として見つめていた。

演壇のへりで、ミスター・ダークが絶叫する観衆と、彼らが騒然としている原因を見おろした。

「気を失ったんだ――」

「いや、すべったんだ！」

「あの女は……撃たれたんだ！」

とうとうチャールズ・ハローウェイがやってきて、〈全身を彩った男〉のわきに立ち、下を見た。その顔には多くの感情が表れていた。驚き、落胆、そして奇妙な安堵《あんど》と満足が少々。

魔女がかかえあげられ、演壇に載せられた。その口はなにかを悟ったかのように、開いたまま凍りついていた。

チャールズ・ハローウェイには、彼女が死んでいるとわかった。すぐに観衆にもわかるだろう。見ているうちに、〈全身を彩った男〉の手が下がって彼女にさわり、その輪廓をなぞるように動いて命の気配を探った。それからミスター・ダークは、あやつり人形を動かす流儀で彼女の両手を持ちあげ、動きださせようとした。しかし、その肉体は動くことを拒《こば》んだ。

彼は〈魔女〉の片腕を〈こびと〉に、反対の腕を〈骸骨男〉にあずけた。ふたりは無気味な再生の儀式を執《と》り行うかのように、それを揺すって動かした。いっぽう観衆はあとずさった。

「……死んでる……」

「でも……傷はないぞ」

「ショック死じゃないか？」

ショックだろうか、とチャールズ・ハローウェイは思った。まさか、それが命とりになったのか？　それとも、もう一発の銃弾だろうか？　わたしが撃ったとき、彼女はもう一発の銃弾を吸いこんでしまったのではないだろうか？　彼女は……わたしの微笑で窒息したのだ！　そうか、そういうことか！

「だいじょうぶ！　ショーは終わりです！　気絶しただけです！」とミスター・ダーク。「すべては演技！　ショーの一部です！」女を見ずに、観衆を見ずに、代わりにウィルを見て彼はいった。ウィルは悪夢からさめたと思ったら、つぎの悪夢に囚われて目をしばたたいており、その悪夢では父親が隣に立っていて、ミスター・ダークがこう叫んだ――

「みなさん、お帰りください！　ショーは終わりです！　照明！　照明を落とせ！」

カーニヴァルの照明がチラチラとまたたいた。

観衆は弱まった照明の前で群れをなし、大きな回転木馬のように向きを変えると、電灯がほの暗くなるにつれ、まるで荒れ狂う強風の前で暖《だん》をとろうとするかのように、ぽつぽつと残っている光溜《だ》まりのほうへ急いだ。照明はひとつまたひとつと、たしかに消えていった。

「照明を落とせ！」とミスター・ダーク。

「跳《と》べ！」とウィルの父親。

ウィルは跳んだ。微笑を発射してジプシーを殺し、塵に変えた武器をまだ持っている父親といっしょに走った。

「ジムはあのなかにいるのか？」

ふたりは迷路のところまで来た。背後の演壇の上で、ミスター・ダークが怒鳴った――「照明を落とせ！　お帰りください！　ショーはすべて終わりました！　終了です！」

「ジムはあのなかにいるんだろうか？」とウィルの頭に疑問が湧いた。「いる。いるさ、いるに決まってる！」

〈蠟人形館〉のなかで、ジムはあいかわらず動かずにいて、まばたきひとつしなかった。

「ジム！」声が迷路を抜けてきた。

ジムは動いた。目をしばたたいた。裏口のドアが広く開いていた。ジムはつまずきながら、そちらへ向かった。

「いまそっちへ行くぞ、ジム！」

「だめだよ、パパ！」

ウィルは、迷路の最初の曲がり角で立ち止まった父親に追いついた。チャールズ・ハローウェイの手に苦痛がもどってきて、神経を猛然《もうぜん》と駆けあがり、心臓の近くに火の玉を撃ちこんだのだ。

「パパ、はいっちゃだめだ！」ウィルが父親の傷ついていないほうの腕をつかんだ。

彼らの背後で、演壇は空っぽになっていた。ミスター・ダークは走っていた……どこへ行くのだろう？　夜が深まり、照明がつぎつぎと消えて、夜の闇が集まって周囲のものを吸いこみ、口笛を吹き、にたにた笑っているどこかだ。そして大木から葉がふり落とされるように、観衆が中道から吹き飛ばされているどこか、ウィルの父親が、ガラスの潮と波に面して立っているどこかだ。前途に恐怖の笞刑《ちけい》が待っていることを彼は知っていた。そこを泳ぎぬけるには、大股に歩いてぬけるには、待ちかまえている精神の枯渇《こかつ》、自我の消滅と闘わねばならないこともわかっていた。それがわかるくらいには世間を見てきたのだ。目を閉じれば、迷うだろう。目をあければ、すさまじい絶望、すさまじい苦悶《くもん》が重力となってのしかかってきて、十二番目の曲がり角を越せないかもしれない――それくらいはわかっている。だが、チャールズ・ハローウェイはウィルの手をふりほどいた。

「あそこにジムがいる。ジム、待っていてくれ！　いま行くぞ」

そしてチャールズ・ハローウェイは、迷路のなかへつぎの一歩を踏みだした。

行く手に銀色の光が流れ、影の厚板《あついた》を深く沈めて、彼ら自身とほかの者たちの鏡像を磨《みが》きあげ、汚れをぬぐい、洗いあげた。そのほかの者たちの魂《たましい》が、迷路を通過するさいに、その苦悶でガラスをすり磨き、自己愛で冷たい氷を削《けず》り、あるいは角度のついた鏡面や平坦な鏡面を不安で汗まみれにしていたからだ。

「ジム！」

彼は走った。ウィルも走った。ふたりは立ち止まった。

なぜかというと、ここで照明がひとつずつ消えていき、あたりがほの暗くなり、色を変え、いま青だったのが、つぎの瞬間には光輪となってまぶしく輝く夏の稲妻《いなずま》のような紅藤《べにふじ》色となり、ついで風に吹かれた古《いにしえ》の蠟燭《ろうそく》千本のように光をちらつかせたからだ。そして彼自身と助けが必要なジムとのあいだに、気色の悪い口と、霜《しも》色の髪と、白い顎鬚《あごひげ》の男が百万人も立っていた。

あの男たち！　あの全員が！　と彼は心のなかで叫んだ。わたしなんだ！

パパ！　と父親のうしろでウィルは思った。怖がらないで。ただのパパだよ。みんなぼくのパパでしかないんだ！

しかし、彼らの外見は気に入らなかった。年寄りもいいところ、よぼよぼの年寄りだ。しかも、奥へ進めば進むほど年老いていく。しきりに手をふっているのは、パパが両手をふりまわして、この露《あら》わになった未来の姿を、気が狂いそうなほど反復される異様な鏡像を追い払おうとしているからだ。

パパ！　あれはパパだよ！

しかし、それだけではなかった。

そしてすべての照明が消えた。

そしてふたりとも、息詰まるような静寂のなか、さらに肺を絞られて立ちすくんだ。

49

暗闇のなかで一本の手がモグラのように掘った。

ウィルの手だ。

それはポケットをまさぐり、ひっかきまわし、いったん外に出て、また掘った。というのも、あたりが暗いうちに、百万人の老人たちが怒濤《どとう》のように行進してきて、パパに飛びかかり、その姿を見せつけて、パパを打ちのめすかもしれないとわかったからだ。この閉ざされた闇のなかでは、彼らのことを四秒間考えるだけで、パパの身になにが起きても不思議はないのだ！　ウィルがぐずぐずしていたら、あの〈未来〉から来た軍団、あまりにも卑《いや》しく露《ろ》骨《こつ》な将来の人生の警告、明日の、明後日《あさって》の、しあさっての、そのまたつぎの日のパパがどう見えるかという否定できない真実は、そのありうる歳月の暴走にパパを巻きこんで、踏みにじるかもしれないのだ！

だから、急がないと！

奇術師よりも多くのポケットを持っているのはだれだろう？

少年だ。

奇術師のポケットよりも中身が多いのは、だれのポケットだろう？

少年のポケットだ。

ウィルは台所用のマッチをとりだした！

「よし、パパ、あったよ！」

彼はマッチを擦《す》った。

集団暴走《スタンピード》が迫っている！

彼らは走ってきていた。いまは火明かりに射すくめられて、パパと同じように目を見開き、驚きのあまり口をあんぐりとあけて、古びた仮面をおののかせている。止まれ！　とマッチが叫んだのだ。すると左の小隊と右の分隊がつんのめるように急停止して、吹き消したくてたまらないといいたげに、悪意をこめてマッチをにらみつけた。ならば、つぎに走りだすきっかけがあれば、彼らはこの年老いたよぼよぼの老人に襲いかかり、〈運命〉の力で一瞬にして窒息させるだろう。

「よせ！」とチャールズ・ハローウェイがいった。

よせ。百万の死んだ唇が動いた。

ウィルはマッチを突きだした。鏡のなかで、少年とサルを合わせたような、しわくちゃな複製たちが同じことをして、バラのつぼみを思わせる青黄色《あおき》の炎をさしだした。

「よせ！」

あらゆるガラスが光の槍《やり》を投じた。目に見えない投げ槍はウィルをつらぬき、深々《ふかぶか》と刺さり、心臓を、魂を、肺を見つけだして、血管を霜で覆い、神経を切断し、ウィルを麻痺させてから、フットボールを蹴るように心臓を蹴った。よぼよぼの老人が膝腱《しっけん》を切られたようにがっくりと両膝《ひざ》をつくと同時に、彼の哀願する鏡像――いまから一週間後、一カ月後、二年後、二十年後、五十年後、七十年後、九十年後の怯えた自分の集まりだ！――も同じようにした。毎秒を、毎分を、真夜中をとうに過ぎた時刻を生きのびて狂気におちいったすべての鏡像がますます灰色に、ますます黄色くなって身を沈めたのだ。いっぽう鏡は彼を何度もはね返らせ、命がなくなるまで出血させ、干《ひ》からびさせてから、骨粉《こっぷん》にして吹き散らし、蛾《が》の灰にして床に撒《ま》き散らそうとした。

「よせ！」

チャールズ・ハローウェイは息子の手からマッチをたたき落とした。

「パパ。だめだよ！」

なぜなら、新たな暗闇のなかで、反抗的な老人の群れが、心臓を早鐘《はやがね》のように打ちながら、よろよろと前進してきたからだ。

「パパ、見ないとだめだ！」

彼は二本目の、最後のマッチを擦った。

すると揺らめく光のなかに、目をぎゅっとつむり、拳を固めて膝立ちになっているパパと、この最後の明かりがひとたび消えたら、這《は》いずったり、膝立ちのまま動きだしたりするにちがいないほかの男たちが見えた。ウィルは父親の肩をつかんで、揺さぶった。

「ああ、パパ、パパがどんなに歳をとっていても気にしないよ、絶対に！　気にするもんか、

「愛してる！」

なにも気にしない！　ああ、パパ」彼は泣きじゃくりながら叫んだ。

それを聞いてチャールズ・ハローウェイは目をあけた。すると視界に飛びこんできたのは、自分自身と、自分に似たほかの者たちと、背後から自分を抱き締めている息子と、揺らめく炎と、息子の顔で小刻みに震えている涙だった。そして前と同じように、〈魔女〉の姿形と、ある者にとっては敗北であり、ある者にとっては勝利である図書館の記憶が不意に押しよせてきて、ライフルの銃声や、しるしの刻まれた銃弾の飛翔《ひしょう》や、逃げまどう観衆の大波の記憶と混じりあった。

ほんのすこしだけ長い一瞬のうちに、彼はすべての自分自身とウィルに目をやった。小さな音が彼の口から漏れた。それよりすこしだけ大きな音が、彼の口から漏れた。

それから、とうとう彼は迷路に、鏡に、前方の、彼方の、周囲の、頭上の、背後の、下方の、あるいは自分自身のなかで無駄に費やされている〈時〉のすべてに対して、考えられるただひとつの答えを返した。

口を大きくあけて、この上なく大きな解放の音を放ったのだ。

もし〈魔女〉が生きていれば、その音の正体を知って、ふたたび命を落としたはずだ。

50

ジム・ナイトシェイドは、迷路の裏口から外に出て、カーニヴァルの敷地で迷い、走っていたが、立ち止まった。

〈全身を彩った男〉は、黒いテントのあいだのどこかを走っていたが、立ち止まった。

〈こびと〉はぴたりと動きを止めた。

〈骸骨男〉はふり返った。

全員が耳にしたのだ。

いや、チャールズ・ハローウェイがたてた音ではない。

そのあとにつづいたすさまじい音を。

まず一枚の鏡が割れ、一瞬の間を置いて二枚目の鏡、ついで三枚目、四枚目、そのつぎ、そのまたつぎ、さらにそのつぎとドミノ倒しのように割れ、そのギラギラした鏡面にみるみるクモの巣ができていき、やがてかすかなピシリという音ともに破片が落下した。

信じられないことに、ガラスでできたヤコブの梯子《はしご》が一瞬そそり立ち、鏡像を幾重《いくえ》にも折り重ねて押しこみ、光でできた本にした。と、つぎの瞬間、すべてが砕けて流星のように落下した。

立ち止まって耳をすましていた〈全身を彩った男〉は、その音で自分自身の目もガラスになり、クモの巣が生じて、粉々《こなごな》になった気がした。

まるでチャールズ・ハローウェイが、摩訶《まか》不思議な下級悪魔教会の少年聖歌隊員にもどり、人生でもっとも美しい高音で歌ったかのようだった。好もしいユーモアに満ちたその音は、まず鏡の裏から銀箔《ぎんぱく》を蛾のようにふり落とし、ついでガラス面から映像をふり落とし、ついでガラスそのものを揺さぶって粉砕《ふんさい》したのだ。一ダースの、百枚の、千枚の鏡とともに、年老いたチャールズ・ハローウェイの映像が、目に快《こころよ》い月光のような雪とみぞれとなって大地に降り注いだ。

すべては彼の肺から喉を通り、口から出ていった音のせいだった。カーニヴァルを、その彼方の丘陵を、丘陵に住む人々を、ジムを、ウィルを、とりわけ自分自身と人生のすべてを受け入れ、それと同時に、今夜二度目だったが、首をのけぞらせて、受け入れたことをその音で示したのだ。

すると見よ！　エリコの城壁がラッパの音で崩《くず》れたように、音楽的な雷鳴に揺さぶられてガラスが幽霊を手放し、チャールズ・ハローウェイは解放されて雄叫《おたけ》びをあげたのだ。彼は顔から手をはずした。あざやかな星明かりと消えかけたカーニヴァルの照明が、さっと射しこんで彼を自由にした。鏡に映った亡者たちは消えてなくなり、シンバルの音のする地すべりと、足もとでしぶきをあげるガラスの波浪《はろう》の下に埋もれた。

「照明だ……照明を消せ！」

遠くの声が、さらに激しい調子で叫んだ。

〈全身を彩った男〉は、麻痺状態が解けて、テントのあいだに姿を消した。

観衆はもういなくなっていた。

「パパ、これからどうするの？」

しかし、マッチが指を焼いたので、ウィルはそれを落とした。だが、いまやほの暗い光が射していて、パパが破片をふるい落とし、元は鏡だったガラスの山を踏みつけ、さっきまで迷路があった空っぽの場所の奥へ向かっているのが見えた。

「ジム？」

ドアが開いていた。薄れゆくカーニヴァルの照明がぼんやりと流れこみ、男女の人殺しをかたどった蠟人形を浮きあがらせていた。

ジムはそのあいだにすわっていなかった。

「ジム！」

ふたりは開いているドアを見つめた。ジムはそこから走り出て、黒いキャンヴァスのあいだに群れている夜の闇にまぎれたのだろう。

最後の電球が消えた。

「もう見つからないよ」とウィル。

「いや」と暗闇のなかに立っている父親がいった。「見つけるんだ」

どこで？　とウィルは思って、立ち止まった。

中道のはるか奥のほうで、回転木馬が蒸気を噴きあげ、蒸気オルガンが音楽でみずからを拷問にかけていた。

あそこだ、とウィルは思った。ジムがどこかにいるとすれば、それは音楽の流れているあそこだ。ジムの野郎、まだ乗り物の招待券をポケットに隠してるにちがいない！　ああ、ジムのばか、ちくしょう、呪われちまえ！　と彼は叫んだ。それから考えなおした。ちがう！　彼はもう呪われている。さもなければ、呪われているようなものだ！　それなら、暗闇のなかでどうやって彼を見つける？　マッチもなく、明かりもなく、ぼくらふたりだけ。多勢に無勢《ぶぜい》で、しかもやつらの縄張りにいるのに。

「どうやって――」とウィルは声に出していった。

しかし、彼の父親が「あそこだ」と、ひどく静かな口調でいった。感謝の念がこもっていた。

そしてウィルは、いまや明るさを増したドアまで歩いていった。

月だ！　ありがたい。

月が丘陵から昇りつつあった。

「警察に……？」

「時間がない。つぎの二、三分が勝負だ。なんとかしないといけない人間が三人いる――」

「フリークたちだ！」

「三人だよ、ウィル。ナンバー1はジム、ナンバー2は電気椅子でフライにされているミスター・クーガー。ナンバー3はミスター・ダークと、あいつの皮膚を覆いつくす亡者たち。ひとりを救い、ほかのふたりを地獄へ蹴り落として消滅させる。そうすればフリークたちもいなくなるだろう。準備はいいか、ウィル？」

ウィルはドアに、テントに、暗闇に、新たな光で白みはじめている空に目をやった。

「月よ、ありがとう」

ふたりは手をしっかりと握りあってドアから踏みだした。

まるでふたりに挨拶するかのように、風が巻き起こり、癩《らい》病にかかった翼を広げた先史時代の巨大な雷凧《かみなりだこ》のようなキャンヴァスをはためかせた。

51

ふたりは小便のにおいのする影のなかを走った。清潔な氷のにおいのする月明かりのなかを走った。

蒸気オルガンの蒸気がささやき、その脈動で空気をたたき、震わせた。

あの音楽！　とウィルは思った。逆進しているのか、それとも前進しているのか？

「どっちへ行ったんだろう？」とパパがささやき声でいう。

「ここを通ったんだ！」とウィルが指さした。

テントの前山の向こう側、百ヤード離れたところで青い光がひらめき、火花があがって落ちたかと思うと、また暗くなった。

ミスター・エレクトリコだ！——ウィルはそう思った。連中が彼を移動させようとしているにちがいない！　メリーゴーラウンドに乗せて、殺すか治すかするつもりなのだ！　もし彼が治ったら、そのときは、ああなんてこった、そのときは、彼と〈全身を彩った男〉が、パパとぼくに怒りをぶつけてくるんだ！　それならジムは？　とにかく、ジムはどこにいるんだ？　今日はこちらの味方、明日はあちらの味方、そして……今夜は？　どっちの味方につくんだろう？　ぼくらの味方に決まってるさ！　幼なじみのジム！　もちろん、ぼくらの味方だ！　しかし、ウィルは体をぶるっと震わせた。でも、友情は永遠につづくものだろうか？　永劫《えいごう》のあいだ、温かくて親密な気持ちをいだいていられるものだろうか？

ウィルは左に視線を走らせた。

〈こびと〉がテントのフラップになかばくるまって、身動きせずに待っていた。

「パパ、見て」とウィルが静かな声で叫んだ。「ほら、あそこ――〈骸骨男〉だ」

さらに先のほうで、背の高い男、全身が大理石の骨とエジプトのパピルスでできた男が、枯《か》れ木のように立っていた。

「フリークたちだ――どうしてぼくらを止めないんだろう？」

「怖がっているんだ」

「ぼくらを?!」

ウィルの父親は空っぽの檻《おり》のそばにしゃがみこみ、目を細くしてあたりをうかがった。

「とにかく、あいつらは手負いなんだ。〈魔女〉の身に起きたことを目にしたからだよ。答えはそれしかない。ほら、連中を見てごらん」

彼らは立っていた。アップライト・ピアノのように、テントの支柱のように、牧草地じゅうに散らばって、暗がりに身を潜めて待っていた。なにを待っているのだろう？　ウィルはごくりと唾を飲んだ。もしかしたら、隠れているのではまったくなく、追撃戦にそなえて散《さん》開《かい》しているのかもしれない。ころあいを見計らって、ミスター・ダークが号令をかける。すると——彼らが包囲網を縮めるのだ。しかし、そのときは来なかった。ミスター・ダークは忙しかった。やらねばならないことをやり終えたら、彼は大声で号令をかけるだろうか？　だとすれば？　だとすれば、とウィルは思った。彼に号令をかけさせるわけにはいかない。

ウィルの足が草むらのなかをすべるように進んだ。

ウィルの父親は前進した。

フリークたちは月《つき》色のガラスの目で、通過する彼らを見送った。

蒸気オルガンの音色《ねいろ》が変わった。悲しげで甘い口笛のような音が、テントの曲線をまわりこんで暗黒の川のように流れはじめる。

前進しているんだ！　とウィルは思った。そうだ！　さっきまでは逆進していた。でも、いったん止まって、また動きだしたのだ、こんどは前向きに！　ミスター・ダークはなにをするつもりなんだ？

「ジム！」ウィルが急に大声を出した。

「シーッ！」パパが彼を揺すった。

しかし、その名前は彼の口からこぼれ出てしまった。黄金の未来のあらましを教えてくれる蒸気オルガンの音が聞こえたからだ。どこかにひとりでいるジムが、温かい重力に引かれ、日の出の音にふりまわされて、十六歳、十七歳、十八歳、それから、ああ、それから十九歳、そして信じられないことに！——二十歳の身長で立つのはどんな気分だろうと考えているのを感じたからだ。時間の大風《おおかぜ》が真鍮《しんちゅう》のパイプに吹きこみ、陽気ですばらしい夏の調べが、あらゆるものを約束する。それを聞けばウィルでさえ、その音楽のほうに駆けだしたくなる。陽射《ひざ》しをたっぷり浴びて熟《う》れた実をたわわにつけたモモの木のように成長する音楽に向かって——

いけない！　と彼は心のなかで叫んだ。

そして代わりに自分自身の恐れへと踏みだし、自分自身の曲へ跳んだ。喉に締めつけられ、肺にしっかりと抱かれた低い音が、頭の骨を揺さぶり、蒸気オルガンの音をかき消した。

「あそこだ」とパパが静かな声でいった。

すると前方のテントのあいだを進むグロテスクなパレードが見えた。なんとなく見憶えのある人物が、かごに乗った肌の浅黒い君主《スルタン》のように、さまざまな大きさと形の黒い肩にかつがれた椅子に乗っているのだ。

パパの叫び声を聞きつけて、パレードが急に止まると、いきなり走りだした！

「ミスター・エレクトリコだ！」とウィルがいう。

彼らはミスター・エレクトリコを回転木馬まで運ぼうとしているのだ！

パレードが姿を消した。

パレードと彼らのあいだにテントがあった。

「ここをまわりこもう！」ウィルが父親をひっぱりながら走りだした。

蒸気オルガンが甘い音楽を奏《かな》でた。ジムを引きよせ、ジムをおびき寄せるために。

そしてパレードがエレクトリコを連れて到着したら？

音楽がうしろ向きに回転し、回転木馬がうしろ向きに走り、彼の皮膚を剝《は》ぎとって、若返らせるのだ！

ウィルはつまずいて倒れた。パパが彼を助け起こした。

とそのとき……。

まるですべてが倒れたかのように、人間の吼《ほ》える声が——けたたましくかん高い声、太くうなる声、哀れっぽく鼻を鳴らす声が湧き起こった。喉を傷《いた》めた人々の群れが、長く尾を引くうめき声、あえぎ声、震えがちなため息を合唱したかのようだった。

「ジムだ！　ジムがつかまった！」

「いや……」とチャールズ・ハローウェイが奇妙な口調でつぶやいた。「もしかしたらジムが……あるいはわれわれが……連中をつかまえたのかもしれん」

ふたりは最後のテントをまわりこんだ。

風が彼らの顔に塵を吹きつけた。

ウィルは手で顔を覆い、鼻にしわを寄せた。その塵は大地にしみこんだ古代の香辛料《スパイス》、焼け焦《こ》げたカエデの葉、刺すような青だった。みずからの影に群がったその塵は、テントを越えていった。

チャールズ・ハローウェイはくしゃみをした。いくつもの人影が飛びあがり、ひとつのテントと回転木馬の中間に打ち捨てられた、半分傾いて逆さまになっている物体のもとからあわてて逃げていった。

その物体はひっくり返った電気椅子で、木製の肘掛けと脚からストラップがぶらさがり、金属の帽子が椅子のてっぺんから垂れさがっていた。

「でも」とウィルがいった。「ミスター・エレクトリコはどこ⁉ つまり……ミスター・クーガーは！」

「さっきのが彼だったにちがいない」

「なにが彼だったにちがいないの？」

しかし、答えは、先ほど中道に吹いたつむじ風のなかにあった……ふたりがこの角をまわったときに吹きよせてきた、焦げた香辛料のにおい、秋の薫香《くんこう》のなかに。

殺すか治すかしようとしたんだ、とチャールズ・ハローウェイは思った。ついさっきまで急いで歩いていた彼らの姿が目に浮かぶ。電気の通じていない椅子にすわった、堅い草に古いゴミ袋のような骨と皮をかぶせたものを運んでいるところが。ひょっとしたら、本当は霊安室のごみ溜め、錆《さび》の薄片《はくへん》、どんな風が吹いても二度と火のつかない衰《おとろ》えた石炭でしかないものに宿った生命を呼び起こし、勢いづけ、保存しようという試みを何度も重ねた末の行動だったのかもしれない。それでも彼らは試さないわけにはいかなかった。この二十四時間のうちに、彼らは何度そのような挙《きょ》に出て、パニックにおちいり、活動を中止するはめになったのだろう？　なぜなら、ほんのすこし揺さぶったり、ほんのわずかに息を吹きかけただけで、老いさらばえたクーガーが粉々《こなごな》になる恐れがあったからだ。彼を電気で暖められた椅子に立てかけておき、常設展示にしたほうがよかっただろう。ぽかんと口をあけた観衆のために絶えず演技をつづけさせ、あらためて試したほうがよかっただろう。だが、照明が消え、観衆が暗闇のなかで群れをなして出ていき、全員が銃弾に刻まれた微笑の脅威にさらされたいま、長身で、炎のような髪を生やし、地震の激しさで引き裂かれたかつてのクーガーが必要ないまこそ試さなければならなかった。しかし、二十秒前か十秒前に、どこかで最後の膠《にかわ》がぼろぼろになり、生命の最後のボルトがぬけ落ちて、ミイラの人形、グロテスクなエレクターセット（工事現場の鉄骨やクレーンを模した組み立て玩具）がひとりでにばらけて煙と十一月の落ち葉と変わり、風に乗って死をばらまいたのだ。ミスター・クーガーは、最後の収穫で脱穀《だっこく》され、いまや十億の羊皮紙《ようひし》の小片《しょうへん》となり、ぶちまけられた『死海文書』となって草地をはねまわっている。古い穀物のおさめられたサイロで起きた粉塵《ふんじん》爆発にすぎない――消えてなくなったのだ。

「ああ、そんな、そんな、そんな、そんな、そんな」と、だれかがつぶやいた。

　チャールズ・ハローウェイはウィルの腕に触れた。

　ウィルは「ああ、そんな、そんな、そんな」というのをやめた。ついさっき、彼も父親と同じ考えをいだいたのだ。死骸が運ばれ、骨粉《こっぷん》が撒き散らされ、丘陵の草にミネラルの肥料《ひりょう》が撒かれたのだ、と……。

いまは空っぽの椅子と、雲母《うんも》の最後の粒子と、ストラップにこびりついた特異な土の放射性分子があるだけだった。そして奇態なごみを運んでいたフリークたちは、いまや暗がりへ逃げ去った。

あいつらが逃げたのはぼくらのせいだ、とウィルは思った。でも、あれを落としたのは、なにかのせいなんだ！

いや、なにかじゃない。だれかのせいだ。

ウィルは目をみはった。

打ち捨てられ、人のいなくなった回転木馬が、それ自体の特別な時間を抜けて未来へと進んでいた。

しかし、倒れた椅子と回転木馬のあいだにひとりきりで立っているのは、あれはフリークだろうか？　いや、ちがう……。

「ジム！」

パパに肘をこづかれて、ウィルは口を閉ざした。

ジムだ、と彼は思った。

それなら、ミスター・ダークはいまどこにいるんだ？

どこかこの近くだ。というのも、彼が回転木馬を動かしたはずだから。そうだ！　ぼくらをおびき寄せるために、ジムをおびき寄せるために、そして――ほかになんだ？　ぐずぐずしている暇はない。というのも――

ジムがひっくり返った椅子に背中を向け、きびすを返すと、無料で乗れる乗り物のほうへゆっくりと歩きだした。

彼の行き先は、行かねばならないとむかしから知っていた場所だった。天候の荒れた季節の風見《かざみ》のようにあちこちを向いて、輝く地平線と暖かい方角を前にして迷っていたが、ようやくいまになって一方向に傾き、なかば夢遊病者の足どりで、まばゆい真鍮の引力と夏の行進曲のほうへ、身をわななかせながら向かっていた。彼は目をそらせなかった。

つぎの一歩、そのまたつぎの一歩と、ジムはメリーゴーラウンドをめざした。

「ジムをつかまえに行け、ウィル」と父親がいった。

ウィルは行った。

ジムが右手をあげた。

真鍮のポールがパッパッと未来へ過ぎていき、肉をシロップのように引いて、骨をタフィーのように伸ばし、太陽の金属の色がジムの頰を燃やし、目に火花を散らした。

ジムは手を伸ばした。真鍮のポールがつぎつぎと彼の爪をはじいて、独自のささやかな調べを奏でた。

「ジム！」

真鍮のポールが、夜中の黄色い日の出となってかすめ過ぎる。

音楽が澄んだ噴水となって高く跳んだ。

いいいいいいいいいいいいいいいい！

ジムが口をあけて同じ叫びをあげた。

「いいいいいいいいいいいい！」

「ジム！」と走りながらウィルは叫んだ。

ジムの掌が一本の真鍮のポールをパシンとたたいた。ポールは飛ぶように過ぎていった。

彼は別のポールをピシャリとたたいた。こんどは掌がしっかりと貼りついた。

手首が指につづき、腕が手首につづき、肩と胴体が腕につづいた。ジムは夢中歩行していたが、大地に張った根から引きはがされた。

「ジム！」

ウィルは手を伸ばし、ジムの足が手からすり抜けるのを感じた。

ジムは大きな暗い夏の輪を描いて、むせび泣く夜のなかをまわっていき、ウィルが急いであとを追った。

「ジム、降りろ！　ジム、ぼくを置いていくな！」

遠心力にふり飛ばされそうになったジムは、片手でポールをつかみ、回転をつづけた。そして、わずかに残っている本能のなせる業《わざ》であるかのように、あいているほうの手を風になびかせる仕草をした。彼の一部、彼とは分離した小さな白いその部分が、いまだに彼らの友情を記憶していたのだ。

「ジム、跳べ！」

ウィルはその手をつかもうとして、つかみ損ね、つまずき、倒れかかった。最初のレースには負けた。ジムはひとりきりで一周しなければならない。ウィルは木馬たちのつぎの突進を待った。あまり少年らしくなくなった少年がふりまわされてくるのを——

「ジム！　ジム！」

ジムが目をさました！　半周した彼の顔にはいま七月が、つぎの瞬間には十二月が現れた。彼はポールを握り締め、絶望のうめきをあげた。このまま乗っていたかった。もう乗っていたくなかった。飛ぶような回転のなかで、熱気をはらんだ風の川と金属のまばゆい輝きのなかで、その蹄《ひづめ》で空気を投げ捨てられた果物《くだもの》のように踏みつけている七月と八月の馬たちの軽やかな走りのなかで、彼は望み、拒み、ふたたび熱烈に望んだ。彼の目は爛々《らんらん》と光っていた。舌が歯に押しつけられ、欲求不満の息が漏れた。

「ジム！　跳べ！　パパ、機械を止めて！」

チャールズ・ハローウェイは、配電盤のありかを求めて向きを変えた。五十フィート先だ。

「ジム！」ウィルのわき腹に苦痛が刺さった。「きみが必要なんだ！　もどって来い！」

そしてはるか彼方、回転木馬の反対側で、ジムは飛ぶように進みながら、自分自身の手と、ポールと、風に鞭打たれるうつろな旅と、深まりゆく夜と、ぐるぐるまわる星々と闘った。彼はポールを放した。それをつかんだ。そして彼の右手はいまだに外側の下へ伸ばされており、ウィルに渾身《こんしん》の力をふり絞ってくれと懇願《こんがん》していた。

「ジム！」

ジムがまわってきた。眼下に黒い夜の駅があり、この列車は鋏《はさみ》を入れた切符の屑《くず》でできた紙吹雪《ふぶき》のなかを永遠に出発するのだが、そこにウィル――ウィリー――ウィリアム・ハローウェイが見えた。若い友だ。この旅が終わったら、ますます若く思えるはずの若い友人。そしてただ若いだけでなく、知らない顔なのだ！　別の年の別のときに見た憶えがぼんやりとある……しかし、いまその少年、その友人、その若い友だちが、列車と併走《へいそう》し、手を伸ばし、乗せてくれといっているのだろうか？　それとも降りろといっているのだろうか、どっちなんだ⁈

「ジム！　ぼくを憶えてるか？」

ウィルは最後の力をふり絞って突進した。指が指に触れ、掌が掌に触れた。

白く冷たいジムの顔がじっと見おろした。

ウィルは回転する機械と並んで走った。

パパはどこだ？　どうして止めてくれないんだ？

ジムの手は温かな手、なじみ深い、感じのいい手だった。それは彼の手のすぐそばにあった。彼はそれをつかんで叫んだ。

「ジム、頼むから降りてくれ！」

しかし、彼らはいまだにまわりつづけていた。ジムは回転木馬に乗って、ウィルは引きずられて狂ったように走りながら。

「頼むよ！」

ウィルは身をのけぞらせた。ジムも身をのけぞらせた。ジムにつかまれたウィルの手は七月の熱気を撃ちこまれた。それは愛玩《あいがん》動物のようにジムにつかまれ、愛撫《あいぶ》され、ぐるぐるまわりながら未来へと進んでいった。そのうち遠くを旅する彼の手は、自分自身にとっても異質なものとなり、夜中に寝床《ねどこ》についている彼には推測するしかない物事を知ることになるだろう。十四歳の少年に十五歳の手！　そう、ジムはそれを持っている！　しっかりと握り締め、放そうとしないだろう！　それにジムの顔だ。ぐるぐるまわるうちに歳をとったのではないだろうか？　彼はいま十五歳で、十六歳になろうとしているのだろうか？

ウィルは手をひっぱった。ジムが反対側にひっぱった。

ウィルは回転木馬に倒れこんだ。

ふたりとも夜に乗った。

ウィルのすべてが、いま友人のジムといっしょに乗っていた。

ただ突っ立って、回転木馬に乗り、ジムといっしょにぐるぐるまわるのは、どれほど簡単だろう。ジムを引きずりおろせないなら、そのままにしておいて、友人ふたりで旅をしよう！　彼の体液が揺れ動き、視界をくらませ、耳を打ち鳴らし、股間《こかん》に電撃を走らせ……。

「ジム！　パパ！」

ジムが奇声を発した。ウィルも奇声を発した。

ふたりは果樹園《かじゅえん》のように温かい闇がすべっていくのに合わせて半年ほど旅したあと、ウィルがジムの片腕をしっかりと握り、思いきって跳んだ。たくさんの約束から、背が伸びるすばらしい多くの歳月から、ジムを引きずって飛びおりたのだ。しかし、ジムはポールを放せなかった。このまま乗っていたかった。

「ウィル！」

ジムは機械と友人のあいだで、それぞれの手にそれぞれをつかんで絶叫した。布か肉が大きく引き裂かれるようだった。

ジムの目は、彫像のそれのように視力を失った。

回転木馬がぐるぐるまわった。

ジムは絶叫し、落下し、おかしな具合に宙返りした。

ウィルは彼の落下を止めようとしたが、ジムはもんどりを打って大地にぶつかった。彼は無言で横たわった。

チャールズ・ハローウェイが、回転木馬の制御スイッチをたたいた。

乗り手のいなくなった機械が速度を落とした。遠い夏至《げし》の夜に向かって走っていた馬たちが、足どりをゆるめた。

チャールズ・ハローウェイとその息子は、ふたりそろってジムのかたわらに膝をつき、彼の手首に触れ、胸に耳を当てた。ジムは白目を剝いており、その目は星々に据えられていた。

「ああ、神さま」とウィルが叫んだ。「ジムは死んでるの？」

52

「死んでるって……?」

ウィルの父親はその冷たい顔や冷たい胸を手でさすった。

「感じないな……」

ずっと遠くのほうで、だれかが助けを求めて叫んだ。

ふたりは顔をあげた。

ひとりの少年が切符売り場にぶつかり、テントのロープにつまずき、肩ごしにふり返りながら、中道を走ってきた。

「助けて！　あいつが追いかけてくる！」と少年は叫んだ。「怖い男が！　怖い男だよ！　家に帰りたい！」

少年は身を投げだし、ウィルの父親にすがりついた。

「ねえ、助けて、道に迷ったんだ、こんなのいやだよ。家へ連れて帰って。あの刺青の男が！」

「ミスター・ダークだ！」とウィルが息を呑んだ。

「そうだよ！」と少年が早口にまくしたてる。「あっちにいるんだ！　ああ、あいつを止めて!」

「ウィル――」彼の父親が起き上がり――「ジムの手当をしてくれ。人工呼吸だ。よし、きみ」

少年は走りだした。

「こっちだよ!」

チャールズ・ハローウェイはそのあとを追いながら、とり乱したようすで先を行く少年を見つめた。その頭を、骨格を、背骨から骨盤がぶらさがっているようすを観察した。

「きみ」影に沈むメリーゴーラウンドのわき、ウィルがジムにかがみこんでいるところから二十フィートほど離れたところで彼はいった。「きみの名前は?」

「時間がないんだ!」と少年が叫んだ。「ジェッドだよ。早く、早く!」

チャールズ・ハローウェイは立ち止まった。

「ジェッド」と彼はいった。少年はもはや動いておらず、ふり返って、肘をこすっていた。

「歳はいくつだい、ジェッド?」

「九歳!」と少年がいった。「ねえ、時間がないんだ! ぼくらは――」

「それはすばらしい時だ、ジェット」とチャールズ・ハローウェイがいった。「たったの九歳か? えらく若いな。わたしはそれほど若かったことがない」

「なにいってるの!」少年が腹立たしげに叫んだ。

「あるいは、それほど罰当《ばち》たりだったことは」と、おとなの男がいい、手を伸ばした。少年はあとじさりした。「きみはひとりの男を怖がってるだけだ、ジェッド。つまり、このわたしだよ」

「おじさんを怖がってるって?」少年はまだあとじさった。「そんなことあるわけない!なんで、なんで怖がるんだよ?」

「なぜなら、善の側に武器があり、悪の側にないときがあるからだ。ペテンが通じないときがあるからだ。人を騙《だま》して罠にかけようとしても、うまくいかないときがあるからだ。分断して征服するというやり方は、今夜は通用しないよ、ジェッド。わたしをどこへ連れていこうというんだ、ジェッド? ライオンの檻《おり》でも用意してあるのかね? 〈鏡の迷路〉みたいなサイド・ショーへ連れていこうというのかね? 〈魔女〉みたいなだれかのもとへかね? どうなんだ、ジェッド、どこへ連れていこうというんだ? 右腕のシャツの袖《そで》をまくりあげてみてくれないか、ジェッド?」

大きな月長石《げっちょうせき》のような目がぎらりと光り、チャールズ・ハローウェイを見据えた。

少年は跳びすさったが、それより早く男も身を躍らせ、少年の腕をつかみ、シャツのうしろ襟《えり》をつかんだ。そしていまいったように、袖をまくりあげるだけではなく、シャツ全体を少年の体から剝ぎとった。

「ああ、やっぱりだ、ジェッド」と落ちつき払った声でチャールズ・ハローウェイがいった。

「思ったとおりだ」

「きさま、きさま、きさま、きさま!」

「そう、ジェッド、わたしだ。しかし、とりわけきみだ、自分を見ろ」

すると見たのだ、彼は。

幼い少年の手の甲に、指に、そして手首にかけて何匹もの青い蛇と、青い毒蛇《どくへび》の目が這いまわり、青いサソリが青いサメの顎門《あぎと》のまわりで逃げまどっていた。永遠の飢《う》えに苦しむその顎門は、あんぐりと開いてフリークたちを貪《むさぼ》り食おうとしているが、そのフリークたちは、顎のわきで押し合いへし合いし、頰を縫いあわせ、胸と小さな胴体の上から下まで肌と肌、肉と肉を合わせ、この小さな小さな体、この冷たくて、いまはショックを受けて震えている体の上の秘密の集合場所に押しこめられていた。

「おやおや、ジェッド、すばらしい美術品じゃないか」

「きさま!」少年がなぐりかかった。

「そう、まだわたしだ」チャールズ・ハローウェイはその打撃を受けとめ、少年の手を万力《まんりき》のように締めあげた。

「よせ!」

「いいや、よさない」と傷ついた左手をだらんと垂らし、いいほうの右手だけを使ってチャールズ・ハローウェイがいった。「そうだ、ジェッド、跳んで、身悶《みもだ》えしてみろ。名案だったな。わたしひとりを引き離し、始末してから引き返して、ウィルをつかまえる。そして警察が来たら、なるほど、きみは九歳か十歳の少年にすぎないし、カーニヴァルは、ああ、そうだよ、きみのものではなく、きみとはなんの関係もないってわけだ。じっとしてろ、ジェッド。なぜわたしの腕から抜けだそうとしているんだ？　警察が調べても、団長たちは雲隠れしてしまっているんだろう、ジェッド？　うまい逃げ道を作ったものだ」

「きさまはおれを傷つけられない！」と少年が金切り声でいった。

「おかしいな」とチャールズ・ハローウェイ。「できる気がする」

彼は愛撫するかのように少年を引きよせ、ぐっと体に押しつけた。

「人殺し！」と少年が泣きじゃくった。「人殺しだ」

「きみを殺しはしないよ、ジェッド、いや、ミスター・ダーク、きみがだれであれ、なんであれ。きみはひとりでに死ぬだろう。なぜなら、わたしのような人間のそばにいることに耐えられないからだ。これほど近く、これほど間近に、これほど長いあいだは絶対に無理だ」

「邪悪だ！」と少年が身悶えしながらうめいた。「きさまは邪悪だ！」

「邪悪だって？」ウィルの父親は高笑いした。少年はその音でスズメバチに刺され、茨に刺されたように、ますます激しくもがいた。「邪悪だって？」男の手はハエ取り紙のように小さな骨にぴったりと貼りついたままだった。「きみの口からその言葉を聞くとは奇妙だ、ジェッド。きみにはそう思えるにちがいない。悪にとって善は悪なのだ。だから、わたしはきみに善《よ》いことだけをするよ、ジェッド。きみを抱きかかえて、きみが自分に毒を盛るのを見まもるだけだ。わたしはきみに善いことをする、ジェッド、ミスター・ダーク、ミスター団長、だが、ジムのどこが悪いかを教えてくれたら、やめてもいい。彼の目をさませ。自由にしてやれ。命をあたえてやれ！」

「できない……無理だ……」少年の声が体内の井戸を落ちていき、尾を引くように消えていった……「無理だ……」

「するつもりがないってことか？」

「……できないんだ……」

「いいだろう、わかった。それなら、いまここで、こうしてやる……」

ふたりは生き別れだった父と息子のように見えた。情熱的に出会い、抱擁《ほうよう》し、さらに強く抱擁するあいだ、男が傷ついた手をかかげ、少年の恐怖でこわばった顔にそっと触れた。いっぽうおびただしい数の刺青の観衆がいっせいに身を震わせ、顕微鏡《けんびきょう》サイズの侵略をすみやかに断念し、右往左往しはじめた。少年の目がぐるっとまわって、男の口に据えられた。そこに見えたのは、かつて恩寵《おんちょう》として〈魔女〉に飛びかかった、奇妙でなぜか麗《うるわ》しい微笑だった。

チャールズ・ハローウェイは少年の体をさらに引きよせ、こう思った――邪悪には、われわれがあたえる力しかないのだ。わたしはおまえになにもやらないぞ。あたえたものをとりもどすのだ。飢えろ。飢えろ。飢えるがいい。

少年の怯えた目のなかで、二本のマッチ棒に灯った光がふっつりと消えた。

少年と、打ち身だらけになった怪物たちの集団、感じるが、ぼんやりとしか見えない観衆は、大地に倒れた。

山が崩落《ほうらく》するような轟音《ごうおん》が鳴りひびいて当然だった。

しかし、日本の提灯《ちょうちん》が土ぼこりのなかに落ちたような、カサッという音がしただけだった。

53

チャールズ・ハローウェイは肺が痛くなるまで深呼吸し、その体を見おろしながら長いこと立っていた。テントのあいだの路地すべてで人影が卒倒《そっとう》したり、浮き足立ったりしていた。そこでは自分自身の恐怖と罪を体現した、さまざまな大きさのフリークたちと人々が、支柱にすがりつき、不信のうめき声をあげていた。どこかで、〈骸骨男〉が明かりのなかへ出てきた。ほかのどこかで〈こびと〉が元の自分を思いだしかけて、巣穴《すあな》から出てくるカニのように、あわただしく出てきて、目をしばたたかせ、かがんでジムに人工呼吸をしているウィルと、依然として動かない沈黙した少年の体にかがみこんでいる疲労困憊《こんぱい》したウィルの父親に向かって、もういちど目をしばたたかせた。いっぽうメリーゴーラウンドは、露《つゆ》に濡れて風に吹かれている草むらのなかで渡し船のように上下に揺れながら、ついに、ゆっくりゆっくりと停止した。

カーニヴァルは、集めた石炭で火をともした大きな暗い暖炉だった。いっぽう人影がつぎつぎとやってきて、回転木馬のわきの活人画《かつじんが》を火のような視線で見つめた。

月光を浴びて横たわっているのは、ダークという名の、体じゅうに刺青をした少年だった。

そこに横たわっているのは退治されたドラゴン、廃墟と化した塔、打倒されて錆《さ》びた硬貨となった黎明《れいめい》期の怪物たち、古くてつねに意味のない戦争で生まれた複葉機《ふくようき》のように破砕《はさい》された翼手竜《よくしゅりゅう》、生命の潮が引いていく白砂《はくさ》の岸辺に打ちあげられたエメラルド色の甲殻類《こうかくるい》であり、小さな肉体が冷えるにつれて、いまやすべての刺青が変化し、位置を変え、縮みつつあった。臍《へそ》の目の卑猥《ひわい》なウインクは、それ自体のなかに呑みこまれているし、かん高い声で鳴くマストドンの虹彩《こうさい》になっている乳首が盲目になり、目が見えなくなったせいで荒れ狂っている。長身のミスター・ダークの面影《おもかげ》をとどめていたそれぞれの絵が、いまはミニチュアのキャンヴァスになり、テニスラケットのような少年の骨に張りついている。

魂の戦いに負けつづけたような顔つきのフリークたちが、続々と暗がりから出てきて、チャールズ・ハローウェイと彼が落とした重荷《おもに》をとり囲んだ。

ウィルはジムを生きかえらせようと、必死に胸を押してはゆるめ、押してはゆるめしていた動作を中断した。暗闇のなかで見ている者たちを恐れたわけではなかった。そんなものにかまっている暇はない！　たとえ暇があったとしても、このフリークたちが、これほど新鮮な空気を吸うのは何年ぶりだろうといいたげに夜気《やき》を呼吸しているのは気配でわかった。

そしてチャールズ・ハローウェイが見まもるなか、狐火《きつねび》を思わせる、ロブスターのように濡れたコルク組織に囚われている多くの目が遠くから見まもるなか、かつてミスター・ダークだった少年は、死が悪夢の木材を断ち切るにつれますます冷たくなり、その体を覆う刺青が、戦争に負けたみじめな軍旗《ぐんき》のようにすぼんだり、よじれたりしているくすんだ電光色のスケッチが、横たわった小さな体からひとつずつ消えはじめた。

まるで月がいきなり満ちて、あたりが見えるようになったかのように、大勢のフリークたちがおそるおそる周囲に視線を走らせた。まるで鎖《くさり》がはずれて落ちたかのように手首をさすり、弓なりになった肩から重荷がころげ落ちたかのように首をさすった。長いあいだ生きながら埋葬されていたあとで足もとがおぼつかず、しきりに目をしばたたかせながら、力つきた回転木馬のそばに倒れている自分たちの悲惨な運命の包みを、不信の目で眺めていた。彼らに勇気があれば、身をかがめて、急死をとげて締まりのなくなった口もとに、大理石となった額に震える手で触れてみただろう。じっさいは彼らが肖像画のように茫然《ぼうぜん》と見まもるうちに、彼らの命運を定めた貪欲と怨恨《えんこん》と忌《い》わしい罪の肝心要《かなめ》の部分、つまり、みずからふさいだ目、みずから傷つけた口、みずから罠にはまった体を描いたエメラルド色の抽象画が、そのとるに足りない雪の山からひとつずつ溶けていった。そこで〈骸骨男〉が溶けた！　そこでザリガニのように横向きに走る〈こびと〉が！　いま〈溶岩飲み〉が秋の肉に別れを告げ、そのあとをロンドンの波止場《はとば》から黒い〈死刑執行人〉が追い、〈人間モンゴルフィエ〉、〈風船男〉、〈壮麗なる体重〉がしぼんでただの空気となり、空へ舞いあがって行ってしまい、死が画板《がばん》を洗うにつれ、あそこで、ここで、刺青の群れが逃げていった！

いまや刺青がひとつもない素肌《すはだ》の少年の死体が、ミスター・ダークのうつろな目で星空を見あげて横たわっているだけだった。

「あううう……」

暗がりのなかの奇妙な人々が、解放感に浸っていっせいにため息をついた。ひょっとしたら蒸気オルガンが最後の司会役《リングマスター》の号令を発したのかもしれない。雲のなかで雷が寝返りを打ったのかもしれない。不意にすべてがぐるぐるまわった。フリークたちが集団暴走をはじめたのだ。北へ、南へ、東へ、西へ、テントと団長と邪悪な掟《おきて》から解放され、なによりもおたがいから解放されて、白子《しらこ》の豚か、牙《きば》のない猪《いのしし》か、嵐に怯えるナマケモノのように走った。

それぞれがロープをぐいっとひっぱり、テントの杭《ペグ》を抜きながら走っていたにちがいない。とにかく、そのように思えた。

というのも、いまや空が臨終《りんじゅう》の息づかいで揺さぶられていたからだ。テントが倒れるにつれ、崩壊する暗闇が息を吸っては吐きして騒々しい音をたてていた。

毒蛇のようにシューシューうなり、コブラのようにとぐろを巻きながら、ロープが狂ったように暴れ、這いずり、プツンと切れ、鞭となって草を切り飛ばした。

巨大なメイン・フリーク・テントの張り綱《づな》が痙攣し、中支柱から小支柱、ブロントザウルスなみに雄大な大支柱から中支柱へと、骨が分かれていった。すべてが揺らぎ、つぎの瞬間に落下した。

動物展示用のテントが、黒いスペイン扇《おうぎ》のようにたたまれた。

マントをまとった人物のように草地に並んでいたほかの小さなテントも、風の命令で倒れていった。

そして最後に、憂愁《ゆうしゆう》をたたえた母なる爬虫類鳥《はちゆうるいちよう》（始祖鳥のことだと思われる）のような大きなフリーク・テントが、一瞬ためらったあと、ナイアガラの滝のようなブリザードの空気を吸いこみ、三百匹の大麻蛇《たいまへび》を解き放ち、黒い側面の支柱にピシリと亀裂《きれつ》を走らせた。そのためサイクロプスの顎から歯が抜け落ちるように支柱が倒れ、まるで凧が飛び去ろうとするかのように、何エーカーもの朽《く》ちた翼が空気をたたいたが、大地につながれていたため、単純明快な重力に屈服するしかなく、幽閉《ゆうへい》されたみずからの巨体につぶされるしかなかった。

いま、この最大のテントが大地の熱い息を生《き》の状態でほとばしらせ、ヴェネチアの運河がまだ掘られていなかったころには古かった紙吹雪と、くたびれた羽毛《うもう》製の襟巻きのようなピンクのコットン・キャンディーを吹き飛ばした。みるみる崩落するさなかに、テントは皮を脱ぎ捨てた。肉が剝がれ落ちるときには悲嘆のうめきをあげ、ついにはその見捨てられた怪物の背骨で背の高い博物館の木材が、三発の砲声とともに落下した。

蒸気オルガンが、愚かな風を受けていまにも爆発しそうになった。

列車は、打ち捨てられたおもちゃのように野原に立っていた。

フリークを描いた油絵が、最後まで立っていた旗竿《はたざお》の上で高らかに拍手してから、錘《おもり》のように大地へ落下した。

奇人のなかでひとりだけ残っていた〈骸骨男〉が、身をかがめてミスター・ダークだった少年の磁器のような体を抱きあげた。彼は野原の奥へ去っていった。

ウィルがすばやく顔をあげると、姿を消したカーニヴァル族の足跡をたどって丘を越えていく痩せた男とその重荷が目に映った。

たてつづけの出来事、大騒ぎ、死、逃げていく亡者たちに引かれて、ウィルの顔はあちこちを向いた。クーガー、ダーク、〈骸骨男〉、元避雷針《ひらいしん》売りの〈こびと〉、逃げるな、もどってこい！　フォーリー先生、どこにいるの？　ミスター・クロセッティ、終わりました！　じっとしていて！　静かに！　だいじょうぶ。もどってきて、もどってきてよ！

しかし、吹きわたる風が彼らの足跡を草むらから消していた。いまや彼らは自分自身から逃れようとして、永久に走るのかもしれない。

ウィルはジムに逆向きにまたがり、その胸を押しては放し、押しては放し、それから、震える手で親友の頰に触れた。

「ジム……？」

だが、ジムは鍬《くわ》を入れた大地のように冷たかった。

54

冷気の下にはかすかな温もりがあり、白い肌にはほんのりと色が残っているが、ウィルがそのジムの手首に触れてもなにも感じず、耳を胸に押しつけても、なにも聞こえなかった。

「死んでる！」

チャールズ・ハローウェイが息子と息子の友人のもとへやってきて、膝をつき、静かな喉と、ぴくりともしない肋《あばら》に触れた。

「いや」と困惑した声。「そうでもないらしい……」

「死んでるんだ！」

ウィルの目から涙があふれ出た。しかし、そのとき、彼は頬をはたかれ、揺さぶられるのを感じた。

「泣くんじゃない！」と父親が叫んだ。「ジムを救いたいんだろう?!」

「手遅れだよ、ああ、パパ！」

「黙れ！　聞くんだ！」

しかし、ウィルは泣きじゃくった。

すると、父親はふたたび彼をたぐり寄せて、頬を張った。左の頬に一発。右の頬に強めに一発。

彼のなかの涙が、一滴残らず飛んでいった。もう涙はなかった。

「ウィル！」父親が指で乱暴に彼とジムを突いた。「泣くな、ウィリー、泣くんじゃない。ミスター・ダークとその同類たち、あいつらは泣き声が好きなんだ、ちくしょう、涙が大好きなんだ！　いいか、おまえが泣き叫べば泣き叫ぶほど、あいつらはおまえの顎から塩をたくさんなめとるんだ。泣きわめけば、あいつらが猫みたいにおまえの息を吸いとるんだ。さあ、起きろ！　立ちあがれ、ちくしょうめ！　飛び跳ねろ！　ぐるぐるまわれ！　聞こえるか！　叫べ、ウィル、歌うんだ。しかし、なによりも笑え、そうとも、笑うんだ！」

「無理だよ！」

「笑わなくちゃだめだ！　それしかない！　わたしは知ってるんだ！　図書館で！〈魔女〉が逃げていった、そうとも、這々《ほうほう》の体《てい》で逃げていったんだ！　わたしはそれで彼女を撃ち殺した。一発の微笑だ、ウィリー、夜の民《たみ》はそれに耐えられない。そこには太陽がある。あいつらは太陽が大嫌いだ。あいつらをまともにあつかってはいけないんだ、ウィル！」

「でも――」

「でも、じゃない！　鏡を見ただろう！　あの鏡はわたしを半分ほど墓穴《はかあな》に押しこんだ。しわだらけでよぼよぼの姿を見せた！　わたしを脅迫したんだ！　ミス・フォーリーを脅迫して、あてどない大行進に参加させ、なんでもほしがる愚か者どもの仲間入りをさせたんだ！なにもかもほしがるなんて――愚《ぐ》の骨頂《こっちょう》だ！　哀れな愚か者たち。だから、水面に映った骨をくわえようとして骨を池に落としたまぬけな犬のように、なにも手に入れられずに終わった。ウィル、見ただろう、鏡という鏡が落ちるのを。雪解けのときの氷みたいだった。わたしは岩もライフルも使わず、ナイフも使わず、この歯と舌と肺だけで、純粋な軽蔑をあの鏡に撃ちこんだんだ！　一千万人の怯えた愚か者どもをなぐり倒し、本物の男が立ちあがるようにした！　さあ、こんどはおまえが立つんだ、ウィル！」

「でも、ジムが――」とウィルは口ごもった。

「半死半生だよ。ジムはいつもそうだった。むらっ気《け》が多いんだ。こんどは遠くへ行きすぎて、帰ってこられないのかもしれない。だが、ジムは助かろうとしたんじゃないのか？　おまえに手を伸ばして、あの機械から落ちたんじゃないのか？　だから彼のためにこの闘いを終わらせるんだ。さあ、動け！」

ウィルは起き上がり、めまいに襲われて体をよろめかせた。

「走れ！」

ウィルはまた鼻をすすった。パパが彼の顔を平手打ちした。涙が流星のように飛んだ。

「跳ねろ！　跳びあがれ！　叫べ！」

彼はウィルをたたいて前進させ、いっしょにすり足で歩きながら、手をポケットにつっこんで裏返し、ついにはピカピカ光るものをひっぱりだした。

ハーモニカだ。

パパは和音を吹き鳴らした。

ウィルが立ち止まって、ジムをじっと見おろした。

パパが彼の耳をコツンとたたいた。

「走れ！　見るんじゃない！」

ウィルは一歩走った。

パパが別の和音を吹き鳴らし、ウィルの肘をひっぱって、左右の腕を急に伸ばした。

「歌え！」

「どんな歌を？」

「おいおい、なんだっていいさ！」

ハーモニカが調子はずれの「スワニー川」を試しに吹きはじめた。

「パパ」へとへとに疲れているウィルが足を引きずりながら、頭をふった。「それじゃばかみたいだよ……！」

「そのとおり！　それが狙いなんだ！　ばかみたいな愚かな男！　ばかみたいなハーモニカ！　調子っぱずれの曲！」

パパは奇声を発した。踊るツルのようにくるくるまわった。彼はまだ動けなくなっていなかった。精根《せいこん》つきるまで踊りたかった。事態を打破しなければならなかったのだ！

「ウィル。もっと大きな声で、もっとおかしくだ！　ああ、ちくしょう、あいつらにおまえの涙を飲ませるな、涙をもっとほしがらせるな！　ウィル！　あいつらにおまえの泣き声をとられるな。ひっくり返して、にんまり笑うために使うのをやめさせろ！　死神がわたしの悲しみを晴れ着代わりにまとうなんてことがあってたまるか。あいつらになにも食わせるな、ウィリー、肩の力を抜け！　さあ、息を吸え！　吹きだせ！」

彼はウィルの髪をつかんで、揺さぶった。

「なにも……おかしくないよ……」

「おかしいに決まってる！　わたしだって！　おまえだって！　ジムだって！　三人ともおかしいんだ！　なにもかもおかしいんだ！　見てごらん！」

そういうとチャールズ・ハローウェイは、ウィルを引きずりながら百面相《ひゃくめんそう》をし、目を剝きだし、鼻をつぶし、ウインクし、チンパンジーのように跳ねまわり、風とワルツを踊り、タップ・ダンスで土ぼこりを巻きあげ、首をのけぞらせて月に向かって吠えた。

「死神なんて笑い飛ばせ！　そこを曲がれ、二、三、ウィル。ソフトシュー（底に金具のついていない靴で踊るタップダンスの一種）だ。スワニー川へ通じる道――つぎはなんだっけ、ウィル？……はるかはるか彼方だ！　ウィル、おまえの声はひどいな！　聞くに耐えないガール・ソプラノ。ブリキ缶のなかのスズメみたいだ。ジャンプしろ、ウィル！」

　ウィルは飛びあがって、降りた。頬がもっと熱くなり、喉にレモン汁を垂らされた気がしてたじろいだ。胸のなかで風船がふくらむような気がした。

　パパが銀色のハーモニカを吸った。

「そこはなつかしい人の――」とウィルが歌った。

「いるところ！」と父親が怒鳴った。

　足を引きずり、タップを踊り、跳ねて、走る。

　ジムはどこだ！　ジムはすっかり忘れられていた。

　パパが彼の肋をつついて、くすぐった。

「ディ・キャンプタウンのご婦人がたがこの歌をうたう！」

「ドゥーダ！」とウィルがわめいた。「ドゥーダ！」こんどは節をつけて歌った。風船がふくらんだ。喉がむずむずした。

「キャンプタウンの競馬場、長さ五マイル！」

「おお、ドゥーダの日！」

男と少年はメヌエットを踊った。

そしてステップの途中でそれは起こった。

ウィルは体内で風船が大きくふくらむのを感じた。

彼はにっこりした。

「どうした？」パパは息子の歯を見て驚いた。

ウィルは鼻を鳴らした。クスクス笑った。

「なにかいったのか？」とパパが尋ねた。

温かい風船の爆発力が、それだけでウィルの歯を押し広げ、首をのけぞらせた。

「パパ！　パパ！」

彼は飛び跳ねた。パパの手をつかんだ。奇声を発しながら、アヒルのようにガーガーいいながら、ニワトリのようにコッコといいながら、狂ったように駆けまわった。掌が脈打つ膝を打った。土ぼこりが足裏から飛び散った。

「おお、スザンナ！」

「わたしのために――」

「――ああ、泣かないで！」

「わたしは――」

「アラバマから――」

「やって来るから――」

「バンジョーを――」

ふたりそろって、

「膝に載せて！」

ハーモニカが歯にぶつかり、パパはゼーゼーいいながら、底抜けに陽気な和音を吹き鳴らし、くるりと輪を描いて飛びあがり、踵《かかと》を打ちあわせた。

「はっ！」ふたりは衝突して倒れかかり、肘をぶつけ、頭をごっつんこさせ、その頭は空気をさらに速く吹きだした。「はっ！　これはたまらん、はっ！　いやはや、まいった、ウィル、はっ！　もう降参だ！　はっ！」

高笑いの途中で――

くしゃみが一発！

ふたりはくるっとふり返った。目をこらした。

月明かりを浴びた大地に横たわっているのはだれだ？

ジムか？　ジム・ナイトシェイドか？

彼が身じろぎしたのか？　その口は広がって、まぶたがピクピク動いているのか？　頬に赤みがさしてきたのか？

見るんじゃない！　パパがウィルを楽々とふりまわし、さらに回転させた。彼らは手を伸ばしてドシド（背中合わせにまわりながら踊るスクエア・ダンス）を踊り、コウノトリのように脚をふりだし、七面鳥のように腕をばたつかせる父親が、飾りのない調べをハーモニカからしみだせては、がぶ飲みした。ふたりはジムが草むらにころがる石ころでしかないかのように、その体の上を飛び越えて、逆向きに飛び越えた。

「ダイナといっしょにだれかがキッチンにいる。だれかがキッチンにいる――」

「――知ってるよ、おーおーおー！」

ジムの舌がするっと唇からはみだした。

だれもそれを見なかった。あるいは、見たとしても、それっきりで終わるのを恐れて見ないふりをした。

ジムは最後の仕上げを自分でした。目を開いたのだ。踊っている愚か者たちを眺めたのだ。自分の目が信じられなかった。彼は何年にもおよぶ旅に出ていたのだ。こうして帰ってきたのに、「やあ！」と声をかけてくれる者もいない。黒人の流儀で踊っているだけなのだ。涙が目にこみあげてきたのかもしれない。だが、それがあふれる暇もなく、ジムの口が曲線を描いた。彼はかすかな笑い声を漏らした。というのも、つまるところ、愚かなウィルと、愚かな年寄りの管理人であるその父親が、ゴリラのように拳を地面につけて草地を走りまわっているのはまちがいないからだ。ふたりはとまどった顔をしていた。手をたたいて彼を見おろし、耳をくねらせ、身をかがめ、いまや満々と水をたたえて流れる川のように輝いている、空が落ちたり大地が裂けたりしても止められない笑い声で彼の全身を洗おうとし、自分たちのはしゃいだ気分を彼の気分と混ぜあわせ、光を融合させ、彼に点火して爆発させ、最後の審判の日に打ちあげられる歓喜《かんき》の大型花火の爆発に巻きこもうとした。

そして激しい踊りで骨をぐらぐらさせ、爽快《そうかい》な気分で彼を見おろしていたウィルはこう思った。ジムは死んだことを憶えていない。だから、いまはいわずにおこう——いつか、きっと話してやるが、いまはだめだ……ドゥーダーッ! ドゥーダーッ!

ふたりは「やあ、ジム」とか「いっしょに踊ろう」とさえいわずに、手をさしだしただけだった。まるでジムが彼らのスイングする万魔殿《ばんまでん》から落ちてしまい、ひっぱりあげてやらないと群れにもどれないかのように。彼らはジムをぐいっとひっぱった。ジムは飛びあがった。ジムは踊りながらやってきた。

そしてウィルは手をつないで、熱い掌と掌を合わせ、自分たちは本当にわめき声をあげたり、歌ったり、生き生きした血がもどった喜びで叫んだりしたのだと実感した。ふたりは新生児のようにジムを吊りあげ、肺をたたき、背中をぴしゃりとやり、その衝撃で喜びにあふれた息を飛びださせた。

それからパパが身をかがめ、ウィルはパパを飛び越え、こんどはウィルが身をかがめて、パパがウィルを飛び越えた。そして一列になってうずくまり、心地よい疲れに浸《ひた》って、息を切らして歌いながら、ふたりともジムを待った。いっぽうジムは唾を飲みこみ、思いきり前傾して走った。彼がパパを飛び越えかけたとき、三人とも倒れて、草むらのなかにころがり、三人ともフクロウかロバのように奇声を発し、天地創造の最初の年、喜びがまだ楽園から放《ほう》逐《ちく》されていなかったころそうだったように、三人とも管楽器とシンバルの演奏のような音をたてた。

とうとう彼らは上体を起こし、肩をたたき合って、膝を抱きかかえ、体を揺らし、ワインに酔ったように静かになりながら、明るい幸福の表情でおたがいを見つめた。

そして燃える松明《たいまつ》にほほえみかけるようにおたがいの顔を眺めるのをやめると、三人は野原を見渡した。

すると黒いテントの支柱が象の墓場に横たわり、死んだテントが大きな黒バラの花びらのように風にあおられていた。

眠れる世界にいるのはこの三人だけだった。世にも稀《まれ》な三匹の雄猫が、月明かりを浴びていた。

「なにがあったんです？」とうとうジムが訊いた。

「なにもなかったよ！」とパパが叫んだ。

そして三人はもういちど笑い声をあげると、ウィルがいきなりジムをつかみ、彼をしっかりと抱いて、泣きだした。

「おい」とジムが何度も何度も静かな声でいった。「おい……どうしたんだ……」

「ああ、ジム、ジム」とウィル。「ぼくらは永遠に親友だよ」

「そうだよ、もちろんだ」ジムはいまとても静かだった。

「もうだいじょうぶだ」とパパ。「すこし泣いたらいい。もう安全だ。泣いたあとは、またひとしきり笑って、家へ帰るんだ」

ウィルはジムを放した。

彼らは立ちあがり、おたがいを見つめた。ウィルは誇らしさで胸をいっぱいにして父親をまじまじと見た。

「ああ、パパ、パパ、パパがやったんだ、パパがやったんだよ！」

「いや、ふたりでいっしょにやったんだ」

「でも、パパがいなかったら、すべてが終わっていた。ああ、パパ、ぼくはパパを知らなかった。でも、いまはたしかに知っている」

「本当かい、ウィル？」

「本当だとも！」

濡れたような光のまばゆい後光のなかで、ふたりは揺らめく微光でたがいを照らしあっていた。

「それじゃ、あらためて挨拶しよう。ウィル、はじめまして」

パパは片手をさしだした。ウィルはそれを握った。ふたりとも笑い声をあげ、目をぬぐってから、朝露に濡れた丘に点々と残っている足跡にすばやく目をやった。

「パパ、あいつらはもどって来るかな？」

「答えはノー。そしてイエスだ」パパはハーモニカをしまった。「いや、あいつらじゃない。でも、あいつらみたいなほかの連中が来るだろう。カーニヴァルじゃないだろう。つぎに来るとき、どんな形をしているかは神のみぞ知るだ。しかし、明日の日の出か、正午か、どんなに遅くても日没には姿を現すだろう。そいつらは、いまこちらへ向かっているんだ」

「ああ、そんなことって」とウィル。

「いや、そうなんだ」とパパ。「だから、われわれは死ぬまで気をゆるめちゃいけない。闘いははじまったばかりだ」

彼らは回転木馬をゆっくりとまわりこんだ。

「そいつらはどんな恰好をしているんだろう？　どうしたら見分けられるんだろう？」

「もしかしたら」とパパが静かな声でいった。「もうここにいるかもしれんぞ」

少年たちはふたりとも、すばやくあたりに目を配った。

しかし、そこには草地と回転木馬があるだけで、彼ら自身がいるだけだった。

ウィルはジムを見て、父親を見てから、自分自身の体と手を見おろした。ちらっと顔をあげてパパを見る。

パパはいちど重々《おもおも》しくうなずいてから、回転木馬を顎で示し、その上にあがって、真鍮のポールにさわった。

ウィルはそのかたわらに登った。ジムがウィルの隣に登った。

ジムは馬のたてがみを撫でた。ウィルは馬の肩をポンとたたいた。

大きな機械が夜の潮のなかでそっと傾いた。

前向きに三周だけ乗ろう、とウィルは思った。ものは試しだ。

前向きに四周だけ乗ろう、とジムは思った。かまうもんか。

うしろ向きに十周だけ乗ろう、とチャールズ・ハローウェイは思った。それぐらい、いいじゃないか。

それぞれが相手の目のなかにある考えを読みとった。

なんとも簡単だ、とウィルは思った。

このいちどだけだ、とジムは思った。

だが、そうしたら、とチャールズ・ハローウェイは思った。いったんはじめたら、かならずもどって来ることになる。もういちど、もういちどと乗ってしまう。そして、しばらくすると、友人たちを乗せるようになり、さらに多くの友人、そしてついには……。

その考えは、同じ静かな瞬間、三人すべての頭に浮かんだ。

……ついには回転木馬の所有者、フリークたちの番人になってしまう……永遠に旅する黒いカーニヴァル・ショーのささやかな一部の持ち主に……。

もしかしたら、と彼らの目がいった。彼らはもうここにいるかもしれない。

チャールズ・ハローウェイはメリーゴーラウンドの機械装置のなかにはいり、レンチを見つけると、フライホイールと歯車をバラバラにした。それから少年たちを連れだし、配電盤を二、三度なぐった。それはついに壊れて、痙攣する稲妻を撒き散らした。

「ここまでしなくてもいいかもしれない」とチャールズ・ハローウェイ。「とにかく、動力をあたえるフリークたちがいなければ、もう動かないかもしれない。だが――」彼は配電盤を最後にもう一回たたいてから、レンチを投げ捨てた。

「もう遅い時間だ。真夜中が近いにちがいない」

その言葉につられたかのように、町役場の時計、バプティスト教会の時計、メソジスト、再洗礼派、カトリック教会など、すべての時計が十二時を打った。風に〈時〉の種《たね》が蒔《ま》かれたのだ。

「グリーン・クロッシングの鉄道腕木《うでぎ》信号まで競争しよう。ビリッケツは老いぼれ婆《ばばあ》!」

少年たちはピストルのようにみずからを撃ちだした。

父親は一瞬だけためらった。胸にぼんやりとした痛みを感じたのだ。もし走ったら、どうなるだろう? 死ぬことは重要だろうか? いや。肝心なのは死ぬ前に起きるいろいろなことだ。そしてわれわれは今夜すばらしいことをした。〈死神〉だってそれにケチをつけられない。だから、少年たちが行くのだから……かまうものか……追いかけるんだ。

彼も同じようにみずからを撃ちだした。

すると! 不意に訪れたクリスマスの朝のように暗く冷たい野原で、夜露《よつゆ》に自分たちの生命をしるしていくのは、なんと気分のいいことか。少年たちは併走する小馬のように走った。いつの日かひとりが先にベースにタッチして、もうひとりは二番目か、まったくタッチしないのを知っていたが、いま新しくはじまった午前のこの最初の一分は、勝ち負けを決めるときではなかった。いまはどちらが年上で、どちらがずっと年下かをたしかめようと、顔をじっくり眺めるときでもなかった。今日は十月の平凡な一日にすぎず、今年はほんの一時間前には夢にも思わなかったほどすばらしいものに突如としてなったのだ。月と星々は、かならず訪れる夜明けに向かって大きな環《わ》を描いて動いており、彼らは飛び跳ねていて、今夜は涙が涸《か》れ果てるまで泣いたので、ウィルは笑い声をあげては歌い、ジムはひとつひとつに返事をし、そのあいだ彼らは枯れ草の波をかき分けて、あと数年は路地をへだてて住むことになりそうな町へ向かった。

そして彼らの背後では、中年男が深刻な思いに駆られたかと思うと、楽しい考えにふけりながら、ゆっくりと走っていた。

ひょっとしたら少年たちが速度を落としたのかもしれない。彼らにはわからなかった。ひょっとしたらチャールズ・ハローウェイが足どりを速めたのかもしれない。彼にはなんともいえなかった。

しかし、中年男は少年たちと並んで走りながら手を伸ばした。

ウィルが腕木信号の台座をパシンとたたき、ジムがパシンとたたき、パパがパシンとたたいたのが同時だった。

彼らは天にも昇る心地で三つの歓声を風にぶつけた。

それから、月が見まもるなか、三人そろって荒野をあとにし、町のなかへ歩いていった。

著者あとがき　近くのカーニヴァル、遠くのカーニヴァル

アイデアがどこから来るのか、どういう形で最終的にやって来るのかは、作家生活における最大の謎だ。

『何かが道をやってくる』は、幼少期からはるかに旅してきて、中年にさしかかったわたしのもとに到達したカーニヴァルだ、といってもいいだろう。

はじまりはわたしが四歳で、母にメリーゴーラウンドに無理やり乗せられ、ヒステリーを起こしたときだったのかもしれない。というのも、幼いレイが金切《かなき》り声をあげる暇《いとま》もなく、蒸気オルガンが鳴り響き、馬たちが早駆け《ギャロップ》で突進をはじめたからだ。回転木馬の操作員という名の人殺しが馬たちを止めて、わたしたちを解放するまで、わたしの絶叫はつづいた。

それからまもなく、わたしはロン・チェイニーが頭にローラースケートを載せて、張り綱《づな》をすべり降り、落下して、美しい若い踊り子、ロレッタ・ヤングの腕のなかで死ぬのを見た。その映画、『道化師よ笑へ』が、道化師の仮面の裏で起きていることを教えてくれた。チャーリー・チャップリンの『サーカス』がつぎに来たが、家出して入団したいとは思わなかった。テントのなかの奇妙な生活に、好奇心をますますそそられただけだった。

それと同時期にロン・チェイニーは『殴《なぐ》られる彼奴《あいつ》』という映画を撮《と》り、家のなかに数頭

のライオンを放って、婚約者の愛人を食わせようとした。

こうした出来事と映画と歩調を合わせて、わたしのカーニヴァルは着々と進んでいたのだ。

十二歳のとき、人生最大の衝撃を受けた。一九三二年の労働者の日《レイバー・デイ》の週末、ミスター・エレクトリコがやってきて、電気椅子にすわり、〝電気処刑〟されたあと、わたしの髪が逆立ち、鼻の穴から火花が飛び、彼が「永遠に生きよ！」と叫ぶまで、炎の剣でわたしの肩を軽くたたいたのだ。あくる日、わたしはカーニヴァルの敷地へ駆けもどり、どういう仕掛けだったのかを突き止めようとした。ミスター・エレクトリコが、舞台裏でカーニヴァルのフリーク全員にわたしを紹介してくれた。そのなかには〈カバ女〉と〈人間骸骨《がいこつ》〉と〈全身を彩《いろど》った男〉がいた。わたしたちは浜辺にすわり、わたしがたまらなく魅力的な自分の将来にまつわる大きな考えを話すと、彼は耳を傾けてくれた。

わたしがガス欠になったころ、ミスター・エレクトリコが「わたしたちは前に会ったことがある」といった。「いえ、ありません」とわたし。「あなたと言葉を交わすのは、これがはじめてです」「いやいや」と彼はいった。「きみはわたしの親友で、一九一八年十月、パリ郊外のアルデンヌの森の戦いで負傷し、わたしの腕のなかで死んだんだ。そして新しい顔、新しい名前をつけてここにいるが、きみの目から出る光は、わたしの失われた友人の魂《たましい》だ。よくこの世にもどってきてくれたね」

わたしは茫然《ぼうぜん》としてカーニヴァルからさまよい出ると、回転木馬の突進する馬たちのわきに立ち、蒸気オルガンが息も絶え絶えに「麗《うるわ》しきオハイオ」を奏《かな》でるのに耳を傾けながら、さめざめと泣いた。なにか驚くべきものが電気の火でわたしを打ち、わたしを永久に変えてしまったとわかったのだ。

八週間と経《た》たないうちに、わたしは書きはじめた。その後は毎日書いた、つぎの六十五年にわたって。

だからこういってもいいと思う――ジーン・ケリーがわたしと妻のマギーを彼のミュージカル映画『嘆きのピエロ』の試写に招いてくれたとき、作中のカーニヴァルの場面がだめ押しになったのは、きわめて自然な成り行きだったのだ、と。

試写会から歩いて帰る途中、遠いむかしの一九三二年の九月のある日に回転木馬のわきにいたあの少年とよく似た気持ちを味わいながら、わたしはいった――

「ジーン・ケリーのために映画の脚本を書けるなら、右腕をくれてやるよ」

「だったら、ファイルを浚《さら》いなさいよ」とマギーがいった。「そこにはおかしなにおいのする道化師がたくさんいて、午前三時にだけ生き返るサーカスがあるんだから」

妻のいうとおりだった。「黒い観覧車」という短編が見つかった。「闇のカーニヴァル」という題名で最初の本におさめるつもりだった作品だ。その短編は未完に終わり、『闇のカーニヴァル』という本は、表題作となる幻想小説を欠いた状態で出版された。

そういうわけで、わたしはその未発表の物語を下敷きにして八十ページの映画脚本を書き、真夜中をとうに過ぎたころ遠くから旅してくるわたしのカーニヴァルが、本当にやってきたのだった。

ケリーはそれを大いに気に入り、監督と製作をしたがったが、資金を調達できず、わたしのカーニヴァルを返してくれた。映画の脚本が死亡して、小説が命を得た。わたしは黒い列車を線路に乗せるのに五年を費やした。いまは『何かが道をやってくる』と題されている小説は一九六二年に刊行された。その後ふたたび一連の映画脚本となり、紆余曲折の末に一九八三年のディズニー映画となった。

こうして回転木馬から回転木馬へ、サーカスからカーニヴァルへとあなたは長い旅をしてきたわけだ。そしてウォルト・ディズニーとわたしは、ふたりともある疑いをいだいている。つまり、フリーク・テントのキャンヴァスの裏にあるデンマークでは、なにかが腐っているのではないか、と。ディズニーは輝かしい解毒剤《げどくざい》としてディズニーランドを創造した。彼は新しい世界を作った。わたしはミスター・エレクトリコを中心にして長編小説を書きあげ、親切なキリスト教神秘主義者をクーガー&ダークのパンデモニウム・シャドウ・ショーの邪悪きわまりないクーガーに変えた。

もしミスター・エレクトリコが遠いむかしにこの小説を読んだとしたら、彼を裏返して逆さまにし、真昼から永遠の夜へ変えたわたしを許してくれたのではないかと思う。

わたしの一部は、四歳のときに乗った、あの忌《いま》わしい回転木馬の上に依然として乗っている。どうやら降りる方法が見つからなかったようだ。

——レイ・ブラッドベリ、ロサンゼルス

一九九八年十二月

訳者あとがき

ここにお届けするのは、アメリカの作家レイ・ブラッドベリ初の本格的長編 *Something Wicked This Way Comes*（1962）の全訳である。

時は一九三〇年代前半。ところはイリノイ州の田舎町《いなかまち》グリーン・タウン。この町に住む幼なじみの少年ウィルとジムは、ある十月の夜、カーニヴァル列車が午前三時に到着し、野原にテント村がひとりでにできあがるのを目撃する。そこには邪悪なものが潜《ひそ》んでいるのだが、その正体に気づいたのは彼らだけ。ふたりは町の人々をカーニヴァルの魔手から守ることができるのだろうか……。

まことに印象的な題名は、シェイクスピアの戯曲『マクベス』第四幕第一場に出てくる台詞《せりふ》から。本書第三十七章に問題の台詞が引用されているので確認してほしいが、邪悪なものの到来をテーマにした本書にはぴったりだといえる。

ところで、アメリカでカーニヴァルといえば、サイド・ショーと呼ばれる見世物《みせもの》を数多くともなった巡回サーカスを指すのが一般的。ブラッドベリの伝記『ブラッドベリ年代記』（二〇〇五／河出書房新社）を著《あらわ》したサム・ウェラーの言葉を借りれば、「それは魔法と、遊園地の乗り物と、影に潜むフリーク・ショーの登場人物から成る謎めいた世界。明滅する明かりと、むせび泣く蒸気オルガンと、甘いにおいのキャンディーやポップコーンから成る世界だった。レイ・ブラッドベリがこよなく愛する世界だった」ということになる。

アメリカの文学者にはこの世界に魅《み》せられたものが多く、幻想小説の分野にかぎっても、ひとつの系譜が存在する。たとえば、本書の前にはチャールズ・G・フィニーの『ラーオ博士のサーカス』（一九三五／ちくま文庫他）があり、本書のあとにはピーター・S・ビーグルの『最後のユニコーン』（一九六八／ハヤカワ文庫FT他）やトム・リーミイの『沈黙の声』（一九七八／ちくま文庫他）がつづくといった具合だ。その意味で、本書はカーニヴァル・ファンタシーの頂点に君臨《くんりん》するものと位置づけられる。

そのいっぽうで、著者の自伝的要素を色濃く映した青春小説としての側面もある。グリーン・タウンという名前に聞き憶《おぼ》えのある方も多いだろう。これはブラッドベリの生まれ故郷イリノイ州ウォーキーガンをモデルにした架空の町で、俗に《イリノイ三部作》と呼ばれる一連の作品の舞台となっている。具体的に書名をあげれば、『たんぽぽのお酒』（一九五七／晶文社）、『さよなら僕の夏』（二〇〇六／同前）、本書である。

ブラッドベリは作家生活の早い時期から半自伝的な長編小説の構想をいだいており、『夏の朝、夏の夜』Summer Morning, Summer Night という仮題のもとに執筆をつづけていたが、作業は難航をきわめ、けっきょく書きためた膨大《ぼうだい》な量の断章（その一部は独立した短編として発表された）のなかから半分を選びだしてつなぎ合わせ、ひとまず『たんぽぽのお酒』として刊行した。『さよなら僕の夏』は、そのとき使われなかった断章をもとに書かれた直接の続編で、刊行はなんと五十年近く遅れた。どちらもブラッドベリの分身であるダグラス・スポールディング少年を主人公に、前者は一九二八年の夏、後者は一九二九年夏の出来事を描いている。

その二作が思春期の夢と光に焦点を合わせていたとすれば、本書は悪夢と闇に焦点を合わせており、両者はポジとネガの関係にあるといえるだろう。

本書の初版はサイモン&シュスターからハードカヴァーで刊行され、一九九九年にエイヴォン・ブックスから新版が出た。このとき献辞が変更され、「著者あとがき」が追加されたが、本文にはいっさい手が加わらなかった。そのため散見する矛盾《むじゅん》や不統一がそのままとなったが、ブラッドベリにとっては、細かいミスを修正することよりも、書きあげたときの勢いを残すことのほうが大事だったのだろう。その意を汲《く》んで、この翻訳でも矛盾や不統一はそのままにしてある。ちなみに翻訳の底本には、二〇〇一年にウィリアム・モロウから出たハードカヴァーを使用した。内容的にはエイヴォン版とまったく同じである。

さて、本稿の冒頭で「ブラッドベリ初の本格的長編」と書いた。書誌の上では、本書は長編第三作に当たる。しかし、先行する『華氏《かし》四五一度』(一九五三/ハヤカワ文庫SF他)は、短編二作と抱きあわせで刊行されたショート・ノヴェルであり、『たんぽぽのお酒』は、既発表の短編をつなぎ合わせ、書き下ろしの断章を加えて一冊にしたものであったため、ブラッドベリ自身は真正《しんせい》な長編とはみなしていなかった。彼にとってはじめての本格的長編――アメリカ流にいえばフルレングス・ノヴェル――は、あくまでも本書だったのである。その成り立ちについては、著者自身があとがきに記しているが、話はもうすこし複雑なので、順を追って説明しよう。

一九四五年から四六年にかけて、まだ一冊の著書もなかった新進作家ブラッドベリは、『闇のカーニヴァル』Dark Carnival と題する長編を書こうとしていた。探偵小説と幻想小説の中間にあるような作品で、乗った者を過去や未来へ送りこむ回転木馬が登場する予定だった。しかし、三十ページほどの断片的文章とアイデア・メモの段階で頓挫《とんざ》した。

同じころ、ブラッドベリは第一作品集の腹案も練《ね》っており、当初は『恐怖の子供庭園』Child's Garden of Terror だった仮題を『闇のカーニヴァル』に変更した。同書は一九四七年に怪奇幻想文学出版の雄《ゆう》、アーカム・ハウスから刊行された。じつはブラッドベリは、邪悪なカーニヴァルの登場する同題の中編を書き下ろしで収録するつもりでいたのだが、けっきょく完成にはいたらず、同書は表題作を欠いた形で世に出たのだった。

――ちなみに、わが国で出ているブラッドベリ短編集『黒いカーニバル』(ハヤカワ・SF・シリーズ/一九七二→一編を増補してハヤカワ文庫NV/一九七六→ハヤカワ文庫SF/二〇一三)は、同書を参考に訳者の伊藤典夫氏が独自に編んだもの。収録作はかなり異なるので、ちがいを明確にするために、本書では『闇のカーニヴァル』という仮邦題を当てた。では話をもどして――

邪悪なカーニヴァルという着想は、怪奇小説誌〈ウィアード・テールズ〉一九四八年五月号に掲載された「黒い観覧車」(原題は"The Black Ferris")という短編に結実した。この作品には乗る者の年齢を自在に変える観覧車が登場する。そしてカーニヴァルのよこしまな団長が、観覧車を逆回転させて少年になり、悪事を働いたあと、こんどは正常に回転する観覧車に乗っておとなにもどり、まんまと罰をまぬがれようとするのだ。

一九五二年、ブラッドベリはベヴァリー・ヒルズの画廊でジョー・ムニャイニという画家の絵と出会って衝撃を受ける。その作風が自分とあまりにも似通《にかよ》っていて、精神的な双子を見つけたとしか思えなかったからだ。とりわけ、「キャラヴァン」と題された絵には心惹かれた。両端が途切れた構脚橋《こうきゃくきょう》を深夜に渡るカーニヴァル列車を描いたものだ。ふたりはたちまち意気投合し、邪悪なカーニヴァルの登場する挿絵《さしえ》入りの本を作る話をはじめた。しかし、実現にはいたらなかった。

一九五四年、短編「黒い観覧車」がNBCのTVドラマになった(ただし、題名は「メリーゴーラウンド」"Merry-Go-Round"に変更され、全国放映は一九五六年七月十日となった)。メル・ディネリという作家が書いたその台本を読んで、ブラッドベリはこれを長編映画にふくらませることを思いつく。できあがった五十ページの脚本は、『闇のカーニヴァル』と題されていた。アメリカの小さな町に邪悪なカーニヴァルがやってくる話だ。しかし、買い手はつかなかった。

そして一九五五年、邪悪なカーニヴァルにまつわる一連のアイデアは、ついにひとつにまとまった。きっかけはジーン・ケリーの新作映画『舞踏への招待』の試写会に出かけたこと。ブラッドベリとケリーは共通の友人を介して面識があり、おたがいの作品のファンだった。「著者あとがき」にくわしく書かれているように、ケリーといっしょに仕事をしたいと思ったブラッドベリは、それにふさわしい未発表作を探しだした。つまり、脚本『闇のカーニヴァル』である。ケリーはこの企画に乗り気になり、海外で資金調達することにしてヨーロッパへ飛んだ。しかし、なんの成果も得られないまま帰国し、ブラッドベリに陳謝《ちんしゃ》した。だが、「ジーンが試してくれただけでも光栄に思った」と後年ブラッドベリは述懐《じゅっかい》している。

ブラッドベリはこの脚本を英米の各映画会社に売りこんだが、どこからも色よい返事はもらえなかった。とはいえ、この脚本からは意外な副産物が生まれた。「しるしつきの銃弾」"The Marked Bullet"と題された三十分のTVドラマである。カーニヴァルを舞台にした三角関係の物語で、本書でも重要な役割を果たす「銃弾の奇術」が大きくとりあげられている。このドラマは《ジェイン・ワイマン・プレゼンツ》の一環として一九五六年十一月二十日に放映された。

けっきょく映画化を断念したブラッドベリは、脚本『闇のカーニヴァル』の小説化に着手する。一九五八年から五九年にかけて書かれた最初のヴァージョンは、『ジェイミーとぼく』Jaime and Me と題されており、主人公のひとりウィル少年の一人称で語られていた。しかし、一九六〇年の前半に三人称に書き直され、四月四日に一応の完成を見る。題名を『秋の民』The Autumn People とすることも検討されたが、けっきょくシェイクスピアの戯曲に由来する『何かが道をやってくる』に落ち着いた。

この初稿は全四十三章（三百七十七ページ）から成るものだったが、ブラッドベリはすぐに改稿にとり組み、七月には全四十章（四百二十五ページ）から成る第二稿を完成させた。

このあと、ブラッドベリは育ての親ともいうべき出版社ダブルデイとの関係を解消したので、同書は新たな版元サイモン＆シュスターから出る運びとなった。

前述の第二稿は、一九六一年八月から十二月にかけて大幅な改稿がなされ、主要登場人物のひとりで、市井《しせい》の賢者ともいうべき老図書館員ミスター・エリスがウィルの父親に統合され、主人公の片割れの名前もジェイミーからジム・ナイトシェイドに変更された。この第三稿は全四十四章（三百八十ページ）となったが、ブラッドベリはさらに推敲《すいこう》を重ねて、一九六二年二月に全五十四章（三百四十ページ）まで磨《みが》きあげた。この決定稿は一九六二年九月に刊行された。

だが、当時の評判はあまり芳《かんば》しいものではなかった。多くの批評家は同書の本質を見誤り、伝統的なホラー小説、あるいはキリスト教的な寓意物語《アレゴリー》の観点から評価しようとして、大いにとまどったり、失望したりしたらしい。だが、時間がたつにつれ、少年期の悪夢と寝汗《ねあせ》を形にしたような本書の美質が理解されるようになり、評価は跳《は》ねあがった。その最たる例が、ホラー界の大御所スティーヴン・キングの絶賛だろう。

キングはその浩瀚《こうかん》なホラー論『死の舞踏』（一九八一／ちくま文庫他）で本書のために一章を割《さ》いて、その魅力を語りつくした。本書は、ブラッドベリの作品のなかでは特に知名度が高いわけではないと断ったうえで、つぎのように述べている――

「それでも私は、『何かが道をやってくる』こそが、おそらくはブラッドベリの最高傑作だと思っている――虚構と現実が相半《あいなか》ばするイリノイ州グリーンタウンという舞台でくりひろげられる神秘的で詩情豊かなこの物語は、巨人ポール・バニヤンと青い牛ベイブや、超人的カウボーイのペコス・ビルや、開拓時代の英雄デヴィ・クロケットの伝説を生み出した幻想的イマジネーションの系譜に属しているのだ。完璧な小説ではない。七〇年代のブラッドベリ作品の多くに特徴的な凝《こ》った美文に流れるきらいがあるし、自己模倣《もほう》に陥《おちい》っている部分や呆《あき》れるほどくどい部分もある。だが、全体を見ればそんなことは取るに足りない。この小説は、とにかく勇気にあふれ、凛々《りり》しく美しい」（安野玲訳）

これ以上の贅言《ぜいげん》は不要だろう。

だが、話はこれで終わらない。『何かが道をやってくる』は、映画化に向かってさらに変転をつづけたのだ。

一九七一年、画期的な西部劇『ワイルドバンチ』（一九六九）の成功で飛ぶ鳥を落とす勢いだった映画監督のサム・ペキンパーが、同書を映画化したいといってきた。じつはペキンパーはむかしからブラッドベリの大ファンで、一介の大学生だった一九五〇年にブラッドベリの自宅を訪れて言葉を交わしたこともあった。ブラッドベリはペキンパーの才能に敬服していたので、その申し出を快諾《かいだく》したが、ペキンパーは出資者を見つけられず、企画は暗礁《あんしょう》に乗りあげたままだった。

業《ごう》を煮やしたブラッドベリは、一九七七年にパラマウントと契約し、同書の映画化権を売って、その脚本を執筆することになった。この企画のプロデューサーは、旧知のジャック・クレイトンだった。フィッツジェラルドの名作を映画化した『華麗なるギャツビー』（一九七四）の監督としても有名だった人物だ。ブラッドベリは、まず二百二十ページの脚本を書きあげたが、クレイトンの要請で刈《か》りこみを重ね、三度の改稿の末に百二十ページまで圧縮した。だが、この脚本に対する上層部の意見が割れて企画は流れ、映画化権はブラッドベリにもどってきた。

そして一九八二年、ようやくディズニーに映画化権が売れた。ブラッドベリは監督にクレイトンを推薦し、この要求が通らないなら脚本は売らないとまでいって、渋る映画会社を説得した。

ところが、この判断が大きなまちがいだったのだ。翌年になって撮影がはじまる前日、クレイトンが別の作家ジョン・モーティマーに書かせた脚本をブラッドベリに見せたのである。五年前にふたりで磨きに磨いた脚本があるにもかかわらずだ。ブラッドベリには理解できなかった。ブラッドベリはその脚本を持ち帰り、検討の末、欠点をリスト・アップして翌日クレイトンに渡した。するとクレイトンは機嫌を損ね、ふたりは口もきかない仲となった。

こうして『何かが道をやってくる』の撮影がはじまり、ブラッドベリは憤懣《ふんまん》をかかえながらもスタジオに日参《にっさん》した。野外撮影地に作られた美しいセットを眺めるためだ。そこには彼の思い描くグリーン・タウンがみごとに再現されていた。

やがて映画の製作が終了し、試写会が開かれた。ふたたびウェラーの記述を引けば、「レイの予想どおり、映画はひどい出来だった。彼にいわせれば、編集から結末、音楽にいたるまで――なにもかもがまちがっていた。試写会の観客は黙りこくっていた」

この事態に青ざめたディズニーの上層部は、ブラッドベリに善処を依頼した。ブラッドベリは新たに脚本を書いて、自分で監督することにした。そして俳優を雇いなおし、セットを組みなおしたうえで撮影が再開された。「けっきょく、ジャック・クレイトンの過《あやま》ちをなにもかも正すのに五百万ドルを費やした。非公式だが、わたしはあの映画の監督になった。監督じゃないふりをしようとしたが、監督だった」とブラッドベリは述べている。

一九八三年四月、映画『何かが道をやってくる』は、ディズニー傘下《さんか》のタッチストーン・フィルム第三作として全米公開された（わが国ではヴィデオ版のみの公開となった）。期待が大きかっただけに失望も大きく、凡作《ぼんさく》という評価が大方の意見だった。

最後に翻訳方針について述べておく。

周知のとおり、『何かが道をやってくる』は、大久保康雄氏によって訳出され、原著刊行のわずか二年後、一九六四年に創元推理文庫SF部門の一冊として刊行された（現在は創元SF文庫）。以来、六十年近くにわたって版を重ね、名作・名訳として読み継がれてきた。その偉業を否定するものではない。

だが、現在の目で見ると、この翻訳は「わかりやすさ」を優先するあまり、ブラッドベリの文体を伝えきれていない憾《うら》みがある。具体的にいえば、意味だけとって、ブラッドベリ独特の言葉遣《づか》いを消してしまった点と、文章の脱落が目立つ点である。

後者については数が多すぎるので、単なる不注意とは思えない。おそらく訳すとわかりにくくなるという判断が働いたのだろう。

前者については、ひとつ簡単な例をあげる。第五章に「smashed like small windows by life that hit without warning, ran, hid, came back and hit again.」という文章がある。大久保訳ではこの部分は「人生の荒波にもまれ」となっている。意味だけとれば、たしかにそのとおりだろうし、このほうがわかりやすいという意見もあるだろう。

だが、キングもいうように、ブラッドベリの文章はアメリカ人にとってさえ読みやすいものではないのだ。むしろ、そのとっつきにくさ、わかりにくさにこそ、ブラッドベリの特質があるのだといえる。したがって、この翻訳ではできるだけ直訳に近い形にすることを心がけた。

とはいえ、そうしてできあがった訳稿には、編集者と校閲者から膨大な量の疑問が寄せられ、それに答える形で語句の補《おぎな》いや言い換えを余儀《よぎ》なくされた。おのれの力不足を痛感するしだいである。

なお、『何かが道をやってくる』の新訳としては、二〇二二年に小学館世界J文学館の一冊として出た金原瑞人訳がある。これは名作のカタログである紙の書籍を一冊買って、そこに付されたQRコードを読みこむことで、百二十五冊の電子書籍にアクセスするという新たな出版形式。金原訳を読んだら剽窃《ひょうせつ》したくなるのは必至《ひっし》なので、訳者は目を通していないが、その存在を明記しておく。
編集の小浜徹也氏と校閲の河野佐知氏には大いにお世話になった。末尾になったが深甚《しんじん》の感謝を捧げる。

二〇二三年七月

訳者紹介 1960年生まれ。中央大学法学部卒、英米文学翻訳家。編著に「影が行く」「時の娘」「時を生きる種族」、主な訳書にウェルズ「宇宙戦争」「モロー博士の島」、ブラッドベリ「万華鏡」、ヤング「時が新しかったころ」ほか多数。

検印
廃止

何かが道をやってくる

2023年7月28日　初版

著　者　レイ・ブラッドベリ

訳　者　中《なか》　村《むら》　融《とおる》

発行所　(株)東京創元社
代表者　渋谷健太郎

162-0814/東京都新宿区新小川町1-5
電　話　03・3268・8231-営業部
　　　　03・3268・8204-編集部
URL　http://www.tsogen.co.jp
DTP　キャップス
暁印刷・本間製本

乱丁・落丁本は、ご面倒ですが小社までご送付ください。送料小社負担にてお取替えいたします。

ISBN978-4-488-61207-8　C0197

創元SF文庫を代表する一冊

INHERIT THE STARS◆James P. Hogan

星を継ぐもの

ジェイムズ・P・ホーガン

池 央耿 訳　カバーイラスト=加藤直之

創元SF文庫

◆

月面で発見された、真紅の宇宙服をまとった死体。
綿密な調査の結果、驚くべき事実が判明する。
死体はどの月面基地の所属でもないだけでなく、
この世界の住人でさえなかった。
彼は５万年前に死亡していたのだ！
いったい彼の正体は？
調査チームに招集されたハント博士は壮大なる謎に挑む。
現代ハードSFの巨匠ジェイムズ・P・ホーガンの
デビュー長編にして、不朽の名作！
第12回星雲賞海外長編部門受賞作。